Querverlag

Sarah Mondegrin

Berlin am Meer

Roman

Lektorat: Ulrike Schuff

Erste Auflage September 2006

Umschlag und grafische Realisierung von Sergio Vitale unter Verwendung einer Fotografie von Anja Müller.

Druck und Weiterverarbeitung: Druckhaus Köthen
ISBN 3-89656-133-2
Printed in Germany

Bitte fordern Sie unser Gesamtverzeichnis an:
Querverlag GmbH, Akazienstraße 25, D-10823 Berlin
http://www.querverlag.de

Danke an

– Crosby McCloy, you connected me
– Susanne Bürkle, 12 Pfoten für ein Halleluja
– Heriburg Lammers, mit vielen Grüßen von Grete Z.
– Ilke S. Prick, das ganz große Tandoori
– Und an Ilona Bubeck und Jim Baker, die den Kaiserschnitt wagten!

Kapitel 1

Wann ich Stella begegnet bin? Ich gebe es nicht gern zu, aber unmittelbar bevor mir das Glück zuteil wurde, der Frau mit den schönsten Schlüsselbeinknochen diesseits des Horizonts über den Weg zu laufen, verschwendete ich halbverschlafene und dennoch kostbare Urlaubstage am Meer damit, über Igel nachzudenken. Gegen Igel ist eigentlich nichts einzuwenden. So stachelig sind sie, so unabhängig, so geschäftig und so gut gelaunt. Das genaue Gegenteil von mir damals. Ich beneidete sie.

Und warum? Nun, es war circa vier Monate, bevor ich vierzig wurde. Geburtstag feiern gehörte noch nie zu meinen Lieblingsbeschäftigungen. Ich hasse es, im Mittelpunkt zu stehen. Und die Vorstellung von vierzig sich auf einer zuckrigen Torte zusammendrängenden Kerzen erzeugte in mir schon seit Wochen den Wunsch, mich zu einer hermetisch abgeriegelten Kugel zusammenzurollen. Doch sechsunddreißig Stunden, nachdem Stella lachend ihren Koffer ins Foyer des Hotels geschoben hatte – so lange sollte es immerhin dauern, bis ich wirklich mit ihr sprach –, war ich endlich aus meinem emotionalen Winterschlaf aufgeschreckt.

Mein Äquivalent dazu, als pieksende Kugel mucksmäuschenstill die Augen zuzukneifen, hatte darin bestanden, einen Tag nach Weihnachten allein nach Bournemouth zu fahren. Ich lebe in einer Kleinstadt im Norden Englands. Für Bournemouth sprach, dass ich dort in wohltuender Anonymität planschen konnte. Die speckigen Zeigefinger, die an der Supermarktkasse in meine Richtung stachen und Mummie darüber informierten, dass da „meine Lehrerin" stand, hatten begonnen – seit wann? –, mich wehrlos zu machen. Vor mir auf dem Warenband türmten sich Monatsbinden, Kloreiniger und eine Doppelpackung Hershey's Kisses.

Nur gut, dass ich den Scotch im Regal gelassen hatte. Mein Privatleben – reduzierte es sich wirklich auf die Ansammlung solcher Konsumgüter? – war den Augen des zahnspangigen Grundschülers und seiner Mutter schutzlos preisgegeben. Exponiert als öffentliche Person und lebenslänglich zu kultureller Vorbildfunktion verurteilt, waren mir einige Aspekte meiner Arbeit als Lehrerin inzwischen regelrecht verhasst.

Bournemouth bot Abwechslung. Niemand kannte mich hier. So sollte es auch bleiben. Ich entrollte mich zögernd aus meiner Igel-Kugel und dehnte meine langen, etwas knochigen Arme und Beine.

„Und? Wie willst du jemals wieder eine Freundin finden?" Am Abend vor meiner Abreise stellte Veronica mit ruppiger Zärtlichkeit ein Glas Tomatensaft vor mich hin. Ich strich mir meine unkoordinierbaren Haare aus dem Gesicht; sie wirkten im Spiegel neuerdings lasch. Der Anblick erinnerte mich an eine ausgebleichte Medusa. Als ich sieben war, hatte mein Haar rotgolden in der Sonne geleuchtet wie das Fell eines Irish Setters. Ich probierte ein beschwichtigendes Lächeln.

„In unserem Alter ist das doch nicht mehr so wichtig. Ich habe doch euch."

„Was?" Veronica schnellte auf ihrem Sofa vor. Ich griff nach meinem Glas, um es vor ihrem Ellbogen zu schützen.

„Willst du dich mit neununddreißig etwa aufs Altenteil zurückziehen?"

„Altenteil?" Ich senkte die Stimme. Im Flur telefonierte giggelnd Veronicas dreizehnjährige Tochter. Das war doch keine Atmosphäre für eine Unterhaltung zwischen zwei mittelalterlichen Frauen.

„Altenteil würde ich das nicht gerade nennen."

„So? Wie denn dann?" Veronica verengte ihre Augen zu schmalen Schlitzen. Sie sah aus wie ein verärgerter Adler.

Ich kniff den Mund zusammen und deutete mit dem Kopf in Richtung Flur. Ich hasste es, wenn mein Mund sich auf diese Weise zusammenzog. Davon bekam ich vermutlich Falten. Aber meine Mimik war immer lebhaft gewesen. Vielleicht musste ich mir das für den Rest meines Lebens – wie lange konnte das noch sein? – abgewöhnen.

Veronica winkte ab. Ella, sollte das heißen, interessierte sich nicht für die Gespräche ihrer alten Mutter.

„Ich meine doch nur", flüsterte ich – die Unterhaltung war mir bereits von Herzen zuwider –, „wenn man älter ist, dann kann man die Dinge viel gelassener auf sich zukommen lassen."

Wie wenig wusste ich doch damals über mich. Einer Frau in meiner Lage hätte ich auf einer Skala von eins bis zehn eine verächtliche minus siebzehn gegeben. Schließlich benahm ich mich genau wie diese Siebenjährigen, die sich in Schwimmbädern hoch oben auf dem schwingenden Sprungbrett aneinander klammern. Da runterspringen? Niemals! Ihre Haare, die sich feucht auf den Schulterblättern kringelten, sind fast wieder trocken, so lange zappeln sie schon drei Meter über dem Wasser herum. Achtmal haben sie sich probeweise die Nase zugehalten, doch dann schrecken sie quiekend wieder zurück. Nun, das Quieken ließ ich aus, doch auch ich schaffte es nicht, mich ins Tiefe fallen zu lassen. Ich hatte alles überstürzt. Und ich tat nichts. Diese Tendenz zu Widersprüchen in meinem Leben war in den letzten Jahren immer schlimmer geworden. Hätte ich geahnt, welche Ausmaße das anzunehmen vermochte, hätte ich mir vollends gewünscht, mich in einen Igel zu verwandeln. Ein Liebesleben war unter diesen Umständen sowieso nicht mehr möglich.

Keine lesbische Liebesgeschichte, die im Sea-Hotel in Bournemouth beginnt, ist einfach. Denn das Sea-Hotel ist ein Familienhotel. Allein reisende Lesben neigen nicht dazu, an solchen Orten aufzutauchen, ausgeschlossen. Sollten sie es – gegen jede Wahrscheinlichkeit! – aber doch tun, dann bietet das den Vorteil, dass sie hier kaum übersehen werden. Andererseits erwartet keine Lesbe, dass eine andere ihr absonderliches Interesse teilt und sich ausgerechnet dort zwei Tage nach Neujahr eingräbt wie eine Wüstenspringmaus, wenn alle, die etwas auf sich halten, zu Hause eingekuschelt sind und Mince Pies knabbern oder an wirklich romantischen Plätzen wie dem Lake District traumhaften Sex in hübschen Gästezimmern haben. Vielleicht wäre hier eine Entschuldigung an Bournemouth und alle Lesben, die dort schon romantische Wochenenden verbracht haben, fällig.

Wenn aber doch eine andere Lesbe dort auftauchen sollte, folgt der Verblüffung gleich die Frage: Warum? Warum tut sie das? Hat sie gerade eine beleidigte Geliebte in der Candy Bar in Brighton hinter sich gelassen? Oder in einem hübschen Gästezimmer im Lake District? Oder – noch schlimmer – macht sie etwa eine Phase von Selbstmitleid durch? Genau wie ich, obwohl ich mich so bemühe vorzugeben, dass dem nicht so ist?

Und wenn es bei ihr so sein sollte: Warum finde ich sie trotzdem so unglaublich attraktiv?

Das Sea-Hotel liegt nicht weit vom Strand. Trotzdem kann man von dort nicht den kleinsten Blick aufs Meer erhaschen. Allerdings sieht man von keinem Hotel dieser Preisklasse in Bournemouth das Meer. Für diese Äußerung beabsichtige ich mich nicht zu entschuldigen, denn Stellas Gesicht magnetisiert mich in diesem frühen Stadium unserer Begegnung. Ich möchte sie einfach nur anschauen.

Es war ein Wintermorgen an der Dorset-Küste. Ich erinnere mich, wie sie den Füller zwischen ihren Zähnen hielt wie eine Zigarre. Ihre lachenden Lippen öffneten ihr Gesicht, statt es zu versiegeln, wie ich es bei so vielen anderen Frauen in den letzten Jahren gesehen hatte. Sie trug eine

Mütze in der Form eines Schneemanns, die sie tief in ihre runde Stirn gezogen hatte. Ich vermisste den Anblick ihres dicken, dunklen Haars, in das meine Hand sich hineinwühlen wollte. Ich war von der Vorstellung besessen, ihren Nacken am Haaransatz zu umfassen, während wir uns küssten. Die Mütze sah wirklich lächerlich aus, selbst ich, die ich in meiner Verzückung bereit war, alles, ausnahmslos alles, an dieser Frau hinreißend zu finden, hätte das – wenn auch widerstrebend – zugegeben. In gewisser Weise bedeutete die Schrulligkeit der Mütze eine Erleichterung, weil mir meine Anbetung dieser Fremden in den wenigen etwas klareren Momenten geradezu unheimlich war. Der Mützenschneemann wippte auf Stellas Kopf und freute sich über den imaginären Schnee, den außer ihm niemand sehen konnte. Sie nahm das blaue Ende des Füllers aus dem Mund und steckte ihn zurück in ihre Tasche, zu den Ansichtskarten, die sie eben an ihre Freundinnen geschrieben hatte. Dann erzählte sie mir davon, dass es in Deutschland nur rote Eichhörnchen gab. Solche wie die grauen hier hatte sie noch nie in ihrem Leben gesehen. Ihre Stimme hüpfte auf den mir bekannten Worten auf und ab wie eine Surferin auf einer Welle. Manchmal geriet sie ins Stocken, weil sie sich in einer ungelenken grammatischen Konstruktion verfangen hatte. Sie zog die schwarzen Augenbrauen zusammen und sah suchend auf das Meer, als ob von dort das Wort zu ihr heraufleuchten könnte.

Ein Sonnenfleck schimmerte für einen Moment auf dem wintergrauen Flügel der See. Meine Augen streichelten die Nacktheit von Stellas schlanken Fingern – zum Postkartenschreiben hatte sie die Handschuhe ausgezogen –, sie zog den Reißverschluss ihrer Tasche zu, und ich höre das banale Geräusch noch heute. Es war, als hätte ich eine Deutlichkeitsdroge genommen. Die Farbe der Wolken spiegelte sich in Stellas dunklen Augen, und das Meer ruhte in seiner ganzen Größe schieferfarben auf der Glasplatte eines Mikroskops, das Gegenwart hieß. Ich wollte nichts weiter als den Wind in mir aufbewahren und mir vorstellen, wie sich die Härchen an Stellas Wange unter meinen Fingerspitzen anfühlen würden, wenn ich sie in der Nacht berührte, während die Straßenlaternen vor dem Hotel das Zimmer mit künstlichem Mondlicht fluteten. Hoch über uns segelten Möwen in ihrem entfernten Zuhause aus Licht. Ich konnte ihre roten Füßchen erkennen, die sie parallel ausgestreckt hatten. Stella schob ihre Tasche zwischen uns zurecht. Sie war noch immer fast eine Fremde für mich.

Zwei Abende zuvor hatte ich in der Lounge gesessen. Während ich eine weitere Ausgabe von *Hello* aufschlug, hörte ich ein Auto – vermutlich ein Taxi – mit puckerndem Dieselmotor vorfahren. Türen schlugen zu, und eine Kofferraumklappe knallte gegen die Gummierung. Lindsey, die Hotelbesitzerin, eilte in ihrer schwarzweiß gewürfelten Schürze durch die Lounge. Ein schwacher Geruch nach frischem Hefegebäck hing in der Luft. Sie nickte mir flüchtig, aber mit der für sie typischen Wärme zu. Offensichtlich war der neue Gast eingetroffen, mit dem ich sie vorhin an der Rezeption hatte telefonieren hören. Ich stemmte meinen Rücken gegen die Lehne des Sessels und richtete mich auf.

Im Lauf der letzten Stunde war ich tiefer und tiefer in das Bermuda-Dreieck dieses Sessels hineingerutscht. Er war einer von mehreren grauen Ungetümen, die auf dem Perserteppich vor dem Kamin arrangiert waren. Die großohrigen Sessel ähnelten Elefanten aus einer David-Attenborough-Doku.

Im Kamin brannte kein Feuer. Nebenan in der Halle klirrten die Räder eines rollbaren Koffers auf dem gefliesten Boden. Lindsey sagte etwas, das ich in der allgemeinen Unruhe nicht verstand. Ich zog die Beine an. Die Januarluft wehte unangenehm kalt durch die geöffnete Hoteltür herein. Wenn es doch wenigstens geschneit hätte! Ein schwerer Gegenstand fiel zu Boden und eine Frau lachte. Sie schien sich über ihre eigene Tollpatschigkeit zu amüsieren. Ich drehte mich im Schutz des elefantenohrigen Sessels und lauschte. Es spielte keine Rolle, dass ich mit meinem schief gelegten Kopf wie ein beschwipster Kanarienvogel aussah. Das japanische Pärchen hatte nach einer gewisperten Partie Scrabble den Raum verlassen, bevor sie für die Disconacht ins hippe Bournemouth aufbrachen. Mit über den Teppich schabenden Pantöffelchen war das Mädchen hinausgeschlendert, ohne mich eines Blickes zu würdigen. Plötzlich wurde mir bewusst, warum ich die Ankunft des neuen Gastes so spannend fand.

Ich lauschte wieder. Nein, sie schien tatsächlich allein zu sein. Das Lachen hatte jetzt nachgelassen. Da waren nur ihre Stimme und die von Lindsey. Und da war noch etwas, ein Akzent? Ich beugte mich vor. Die Zeitschrift rutschte mir von den Knien. Was war das? Dänisch? Irgendetwas Skandinavisches? Die dunkle Stimme der Frau klang jetzt hektischer. Sie brach in der Mitte des Satzes ab. Lindsey gab beruhigende Laute von sich. Zu gern wäre ich aufgestanden und hätte – ganz beiläufig um die Ecke biegend – einen Blick auf den Neuankömmling geworfen. Ich schaute in den Spiegel neben dem Weihnachtsbäumchen. Bei meinem Anblick prallte ich zurück. Mein Haar stand völlig zerwühlt in die Höhe. Nachdem ich mir mit ungeduldigen Strichen über den Kopf gefahren war, wandte ich mich Richtung Halle.

Die Fremde kehrte mir den Rücken zu. Sie war so groß, dass Lindsey in ihrer Schürze wie ein mehlbestäubter Zwerg wirkte. Neben dem umgestürzten Trolley hatten sich Pfützen gebildet. Er weckte Assoziationen an einen Reisesarg für Dracula. Angeblich war der Vampir in Whitby im neunzehnten Jahrhundert an Land gegangen. Offenbar hatte ich die Eindrücke meines Aufenthaltes dort noch immer nicht verarbeitet. Lindsey beugte sich über ihre Anmeldeformulare. War ich unsichtbar geworden? Doch dann drehte sich die Frau halb zu mir um. Vermutlich hatte sie gespürt, dass ich zu ihr herüberschaute. Sie wischte sich eine Lachträne aus dem Auge und lächelte mich an. Ich wollte unbedingt etwas zu ihr sagen, doch mein Kopf wusste nicht, was. Ich deutete auf die Pfütze neben dem Trolley und machte eine Bemerkung über das Wetter, eine Äußerung, die mein Bewusstsein sofort wieder verließ, ein kurzer, aber energisch um Aufmerksamkeit heischender Gast.

Die dunkelhaarige Frau – flüchtig nahm ich wahr, dass wir auf Augenhöhe miteinander sprachen, etwas, das ich immer angenehm finde – nickte und sagte halblaut etwas zu mir, das ich nicht verstand. Sie sprach schon wieder mit Lindsey, die ihr das Anmeldeformular hinschob, und zu schüchtern, um nachzufragen, verließ ich hastig die Rezeption. Die Treppe knarrte, als ich die im Schaukelstuhl schlafende Katze passierte.

Wieder musste ich darüber nachdenken, wie selten mir in den letzten Jahren allein reisende Frauen begegnet waren. Lesben fanden sich höchstens in großen Gruppen – oder in Paaren. Blieben Single-Frauen heutzutage zu Hause, anstatt zu verreisen? Vielleicht beschränkten sie sich ja darauf, Freunde zu besuchen, oder sie reisten in einer Gruppe – natürlich in der Hoffnung, im Urlaub wieder zu einem Paar zu werden?

Ich drehte den Schlüssel meiner Zimmertür herum und streckte mich auf einem der beiden Betten aus. Gibt es etwas Deprimierenderes als den Anblick zweier Betten, wenn man nur eines braucht? Sollte mir da schon wieder ein Spiegel vorgehalten werden, dass ich inkomplett, unvollständig war?

Jackie wäre da ganz anderer Ansicht gewesen. In den vielen Jahren unserer Freundschaft hatte sie ihre sexuellen Präferenzen mehr als einmal gewechselt. Jedes Mal verteidigte sie ihre Wahl mit Eloquenz. Seit neuestem hatte sie das Zölibat für sich entdeckt. „Das reinigt! Kein überflüssiger Ballast mehr von unerfüllbaren Wünschen!" Sie hatte mir – per SMS – zu meiner Singlereise gratuliert. Sie konnte nicht wegfahren und behauptete, mich zu beneiden. Als Mitarbeiterin einer Software-Firma mit Neunzigstundenwochen blieb ihr wohl nichts anderes übrig als das Zölibat. Unser Kontakt beschränkte sich auf Telefonate, SMS-Botschaften und E-Mails. Mit fünfzehn hatten wir eine morbide Verehrung für Leonard Cohen geteilt, jetzt war sie zu einer virtuellen Gefährtin geworden, die ich am ehesten im Cyberspace treffen konnte. Mit ihrem schlanken Körper wirkte sie keinen Tag älter als vierunddreißig. Neben ihr sah ich aus wie ein Eselchen. Jackie protestierte. „Du hast doch Klasse!" Manchmal war es mir peinlich, wie sie sich ausdrückte. „Du siehst interessant aus! Wie eine dieser Frauen aus den Fünfzigern, weißt du, die mit den Caprihosen und den um die Schultern gelegten Strickwestchen. Und die Sommersprossen auf deinen Armen findet doch jede süß." Ich zog es vor, nicht zu erwähnen, dass Veronica diese Sommersprossen vor kurzem für Altersflecken gehalten und mir ungefragt erzählt hatte, was ihre Mutter dagegen tat.

Das Zölibat reizte mich nach dem Zwischenfall in der Lobby weniger denn je. Stattdessen sah ich mich selbst, wie ich dem neuen Gast den schnellsten Weg runter zum Boscombe-Pier zeigte. Schwierig zu finden war der allerdings nicht: Man musste nur die Straße überqueren und dem Weg zur Seafront folgen, aber egal. Ich hatte es genossen, mir am Morgen die Lungen mit Seeluft zu füllen. Wenn man den Pier vom Strand aus sah, war er nur eine Konstruktion von herzzerreißender Hässlichkeit. Mit den zerbrochenen Fenstern und dem abblätternden Anstrich wirkte er wie eine Industrieruine. Aber wenn man auf dem Pier stand, war das alles vergessen. Die braune Reling, die sich sanft in die Hände schmiegte, bildetet eine Linie gegen das Graublau der See. Die Sonne hüllte die Strandhütten in pudriges Licht. Nur die weißen Türme der Hochhäuser, die ich für ein Seebad völlig unpassend fand, störten das Bild.

Ich verschränkte die Arme auf dem geblümten Bettüberwurf. Sollte ich Veronica anrufen und sie um Rat bitten, wie ich die Fremde kennen lernen könnte? Aber wenn ich die Haarfarbe der Frau erwähnte, würde Veronica nur ihr Schnauben ausstoßen. Es klang wie das zufriedene Prusten eines Königstigers, war aber dem Ärger gewidmet. Veronica und Jackie bezichtigen mich, dass ich bei dunkelhaarigen Frauen sofort kopflos werde. Doch als ich mit einer blonden Mathematiklehrerin liiert war, die sich nicht outen wollte, hörten die beiden sich geduldig meine Klagen an.

Ich klopfte mir mein Kopfkissen zurecht. Heute Abend blieb mir nichts anderes übrig, als den Roman über das Rhinozeros in Yorkshire auszulesen. Der Plot war entsetzlich langweilig, und ich nutzte das Buch als Beruhigungspille, wenn ich im Fernsehen keine Gartensendungen oder den Hausdoktor finden konnte. Morgen Abend würde es anders sein, das spürte ich. Ich legte mir ein inneres Bild von der Fremden unter mein Kopfkissen und schlief hoffnungsvoll ein.

Als ich am nächsten Morgen den Frühstücksraum betrat, war *Sie* nicht da. Ein Überfluss an Zeit und ein undisziplinierter Geist ohne feste Ziele – ausgelöst durch die Feriensituation – hatten dazu geführt, dass eine Fremde in Rekordzeit in eine bedeutungsvolle *Sie* transferiert worden war. Ich frage mich, ob es Lesben gibt, die das Phänomen einer *Sie* nicht kennen. Eine *Sie* ist eine fiktive Person, hineinprojiziert in ein Wesen aus Fleisch und Blut. Manchmal ist eine solche *Sie* eine reale Frau, manchmal noch nicht einmal das. Die Kleinanzeigen wimmeln von Rufen nach ihr. Überall jagen sie nach der unerbittlichen, unauffindbaren *Sie*, mit

Schmetterlingsnetzen, mit Ehrfurcht, mit Sehnsucht – und mit Verzweiflung.

Ich füllte meine Frühstücksschale mit Cornflakes. Die ältere Dame von Tisch fünf kaute ihre Cerealien mit durchgedrücktem Rücken wie ein silberhaariges Pony, dem jemand einen Hafersack umgehängt hatte. Sie schien aus den vierziger Jahren zu stammen wie die Zelluloid-Varianten meiner Spinster-Kolleginnen. Eine Lehrerin zu sein bedeutet auch, in einem Beruf zu arbeiten, in dem Frauen traditionsgemäß als sexlose Kreaturen gelten. Zumindest dachte man früher so über die unverheirateten Miss Reads. Aber wer weiß? Vielleicht hatte Miss Read ein recht angenehmes, sie mit Zufriedenheit erfüllendes Sexleben – auch jenseits ihres vierzigsten Geburtstages? Vielleicht zog sie es ja nur vor, das nicht mit der Öffentlichkeit zu teilen, wie es heute der Fall ist mit all diesen offenen Häusern mit TV-Kameras überall?

Das japanische Pärchen, das vermutlich eine der Sprachschulen in der Stadt besuchte, glitt an mir vorbei. Das Mädchen trug wieder ihre türkisfarbenen Hausschuhe.

Die *Sie* tat mir nicht den Gefallen, sich im Frühstücksraum zu materialisieren, und so entschied ich mich für einen weiteren Tag als aktive Urlauberin und ging hinunter zum Strand. Am Meer war es so kalt, dass ich meinen Wollschal über das Gesicht ziehen musste. Das gleißende Sonnenlicht spendete keinerlei Wärme, dennoch hielt ich es lange im Zischen und Sprühen nahe der Wellenlinie aus. Obwohl ich am Meer lebe, verliert es für mich nie und nirgendwo seine Faszination. Vier Stunden und zwei Coffee-Shops später – meine Handschuhe waren mit einer Eisschicht überzogen, und ich kam mir vor wie ein Besatzungsmitglied der Endurance – schaute ich aus dem Fenster und beobachtete die Passanten in der High Street. Ein Mann ging in den Superpet-Shop, wo ich vorgestern den quietschenden Schneemann gekauft hatte. Der Plastik-Schneemann – später musste ich bei seinem Anblick immer daran denken, dass er ein entfernter Verwandter von Stellas Mütze zu sein schien – schlummerte nun friedvoll neben meinem Hotelbett der baldigen Zerstörung durch die scharfen Zähne meines Hundes entgegen.

Ich vermisste meinen Hund. Ich vermisste die Katzen auch, aber anders. Es wäre nett gewesen, wenn ich mich mit einem Gegenüber über den Unterschied zwischen diesem Vermissen hätte unterhalten können. Aber mich schaute nur die gebogene Lehne des leeren Stuhls an. Vage dachte ich, dass dieser Stuhl aussah wie einer der Stühle, auf dem Timmy immer seine Milch getrunken hatte. Lassie hatte man ja kaum in der Küche gesehen, aber Hunde gehörten vielleicht im Amerika der fünfziger Jahre nicht in eine ordentliche Küche mit karierten Tischdecken, wo zum Ende der Folge immer herzlich gelacht wurde. Neben dem Superpet-Store drückte die National Westminster Bank ihre gemauerte Brust heraus. Dann kam das „Salad Centre" und links davon ein Friseur mit dem phantasievollen Namen „Beyond the Fringe".

Der leuchtende Morgen hatte sich in einen trüben Nachmittag verwandelt. In der Tiefe der Café-Küche türmte die Frau, die mir meinen Kaffee gebracht hatte, Teller und Tassen auf. Sie bewegte sich in einem klirrenden Nest aus blitzendem Besteck wie eine Elster. Wahrscheinlich wollte sie bald schließen. Außer mir war nur noch ein Kunde da, der in Zeitlupe eine Pastete auf seinem Teller zerbröselte. Plötzlich entdeckte ich *Sie* draußen in ihrer Daunenjacke. Sie aß ein Belgian Bun direkt aus der Papiertüte und war dabei, mit hüpfenden Schritten die Straße zu überqueren. Ohne weiter nachzudenken – ein ungewohnter Impuls für mich –, hob ich die Hand und winkte ihr zu. Ein leichter Regen hatte eingesetzt, und die Fensterscheiben des Cafés waren beschlagen. Sie konnte mich gar nicht sehen. Trotzdem fühlte ich mich zurückgewiesen und hätte beinahe an die Scheibe geklopft.

Sie ging vorbei, aß ihren Kuchen auf, warf die Tüte in einen Abfalleimer und verschwand unter der Weihnachtsbeleuchtung der Fußgängerzone. Ich sackte in mich zusammen. Auch heute Abend erwartete mich das Rhinozeros aus Yorkshire in meinem Hotelzimmer mit den zwei Betten.

Am nächsten Tag hatte der Himmel die Farbe von cremiger Hühnersuppe angenommen. Es war Samstag, und ich saß vor dem Frühstück auf einer Bank, die Fred W. Colburne gewidmet war, einem sehr vermissten und geliebten Ehemann und Vater, der von 1925 bis 2000 gelebt hatte. Morgen war mein letzter Tag. Am Montag musste ich mich in mein ungeputztes Auto setzen und nach Hause fahren. Ob *Sie* noch da wäre – oder ob sie vielleicht schon heute abreiste? Die gefährliche Möglichkeit, dass genau dies eintreffen könnte, ohne dass ich sie noch einmal gesehen hatte, ließ mich auf die Füße springen. Ich ging den Pfad hinunter, der unmittelbar am Meer entlang in den Park mündete, dessen geometrisch angelegte Beete mit steinernen Bällen dekoriert waren. Die Steinbälle wirkten wie Spielzeug für ein sehr starkes, unsichtbares Kind. Ich konnte die Muskeln auf ihren Armen sehen, als sie einen Steinball hochhob. Sie trug ein weißes Seidenkleidchen mit kurzen Ärmeln wie die Kinderathleten aus dem ehemaligen Ostblock. Das Kind lächelte mich mit silbernen Zähnen an.

„Warum hast du silberne Zähne?"

„Meine Mutter war ein Hai."

Während ich die befremdliche Information in meinem Kopf filterte, hastete ich zurück zum Hotel, wo ich *Sie* im Frühstückszimmer fand, Gabel und Messer aufrecht in den Händen haltend. Vor ihr auf dem Teller brutzelte ein Cooked Breakfast.

„Guten Morgen. Ist hier noch frei?" Die Frau wedelte ermutigend mit der Gabel. Ich setzte mich, ermattet von meinem Mut.

„Ihr Mantel", sagte *Sie*. Verstört blickte ich an mir herab.

„Sicher, sicher." Zum Aufknöpfen der Jacke erwies es sich als hilfreich, mich auch der Thermohandschuhe zu entledigen. Mir war entgangen, dass sie noch über meinen Händen lagen wie wollige Flossen. Lindsey erschien und erkundigte sich nach meinen Frühstückswünschen.

„Schon draußen gewesen?" Ich bejahte hastig und schichtete meine Sachen auf den Stuhl. Mir war nicht nach einer Plauderei mit Lindsey. Das war undankbar, denn oft genug hatte Lindseys Freundlichkeit die Monotonie meines Single-Frühstücks aufgelockert. Doch meine Aufmerksamkeit wurde in den Fokus der *Sie* gezogen, die aus der schockartig neuen Nähe erstaunlich vertraut und gleichzeitig aufregend unbekannt wirkte. Stumm riss sie eine Scheibe Toast in winzige Stücke. Hatte sie ein Sprachproblem, oder wusste sie ebenso wenig wie ich, was sie sagen sollte? Ich wertete das als gutes Zeichen. Nichts belästigte mich mehr als dieses belanglose Menuett aus „Woher kommen Sie? Wie lange bleiben Sie?", das man im Urlaub mit Fremden tanzen musste.

„Ich sehe immer noch das Meer", gelang es mir schließlich hervorzubringen. Die Frau nickte, als hätte ich etwas sehr Profundes geäußert. Entweder sie war höflich oder sie fand mich sympathisch und war deshalb bereit, mir meine Unbeholfenheit zu verzeihen. Sie steckte sich einen Toastfetzen in den Mund. Ihre Wortkargheit half mir, mich zu entspannen. Ich sah tatsächlich das Meer vor meinen Augen. In salzigen Wasserzungen leckte es den Strand wie eine Hundemutter ihre Welpen. Weit draußen am Horizont entdeckte ich die dreieckige Flosse der Haimutter.

„Haben Sie schon mal von Haien an dieser Küste gehört?"

Sie trank einen Schluck Orangensaft. „Diese Haie sind verrückt nach Fish and Chips", entgegnete sie trocken. „Sie schwimmen den ganzen Weg vom Indischen Ozean hierher."

Nachdem sie die Worte der beiden Sätze aufeinandergemauert hatte wie eine gründliche Handwerkerin, sah sie mich mit einem Blick an, der mir ziemlich lang vorkam und aus dem erwartungsvolle Zufriedenheit sprach. Ich lächelte abgelenkt, denn ihr Hals gefiel mir noch besser als ihre Art, Witze zu machen.

Meine ungehorsamen Augen hatten begonnen, den Körper der Fremden zu bereisen. Ihre Haut sah gebräunt aus, als wäre sie noch vor kurzem in der Sonne gewesen – wie sollte das gehen, mitten im Winter? –, und zwischen dem Ansatz der Schlüsselbeinknochen hatte sie eine Vertiefung, die ich atemberaubend schön fand. Eigentlich hatte ich geglaubt, aus dem Alter heraus zu sein, in dem ich einzelne Körperpartien mit dem Adjektiv „atemberaubend" umschrieb. Einen Augenblick später fragte ich mich, wie dieser Hals aussehen würde, wenn sie ihn im Liegen nach hinten streckte, während sie ihre schimmernden Arme hinter dem Nacken dehnte. Ich schluckte, um die Vision zu verscheuchen, aber das Bild blieb hartnäckig hinter meiner Netzhaut. Der Hals der fremden Frau war feucht vor Schweiß, und meine Lippen schienen bereits zu wissen, wie sie in diesem Licht – es war ein dämmriges, intimes Licht, das in die Tiefe der Nacht gehörte – schmeckte.

In der Hoffnung, meine Gedanken zu neutralisieren, richtete ich meine Augen entschlossen auf ihre Hände, die damit begonnen hatten, eine weitere Scheibe Toast zu zerreißen. Es waren Sommerhände, die ich Erdbeeren pflücken und unter klarem, kalten Wasser abwaschen sah. Nach einer kurzen Atempause durch die Hausfraulichkeit dieses Bildes schlingerte ich in eine weitere Vision, in der diese Hände Erdbeeren auf meinen nackt vor ihr hingegossenen – hingegossenen? – Körper legten. Was war los mit mir? So kannte ich mich gar nicht. Verzweifelt dachte ich an Johannisbeeren, was die Dinge aber nicht wirklich besser machte.

Vor zwei Minuten hatte ich die ersten Worte mit dieser Frau gewechselt, und schon kniete sie im Frühlicht eines Junimorgens in meinem Garten und legte Johannisbeeren in die weiße Emailleschüssel, die im Gras stand. Das Gras war mit Tau bedeckt. Offenbar hatten die Fremde und ich gerade die Nacht miteinander verbracht und benötigten Früchte, wofür auch immer. Glücklicherweise kehrte Lindsey zurück und stellte den Kaffee vor mich hin. Die Frau beugte sich vor.

„Mögen Sie den Kaffee hier?", fragte sie in verschwörerischem Ton.

Wenn das silberhaarige Lehrerinnen-Pony gestern nicht abgereist wäre, hätte es an dieser Stelle sicher aufmerksam zu uns herübergeschaut. Ich schüttelte den Kopf. Die Frau verzog ihr Gesicht. Ihr Mund schien zu denen zu gehören, die auch Grimassen nicht zu entstellen vermochten. Die Stelle, wo sich die beiden Bögen der Oberlippe senkten, zog mich magisch an, als würde sie von dort einen dieser die Hormone manipulierenden Duftstoffe aussenden. Lindsey setzte mein Frühstück auf den Tisch, und reflexhaft lächelten wir drei das Standard-Frühstücks-Lächeln. *Sie* fühlte sich offenbar wegen ihrer Bemerkung über den Kaffee genauso schuldig wie ich. Es gehörte sich nicht, hässliche Dinge über den Kaffee der immer ein wenig müde wirkenden Lindsey zu sagen. Trotzdem genoss ich es, Schuldgefühle mit einer attraktiven Fremden zu teilen. Die Katze kam herein.

„Hallo Elsie", sagte die Frau mit einer warm vibrierenden Stimme, von der ich mich sofort fragte, ob sie sie nur für kleine Haustiere reservierte. Die Katze hielt genau auf uns zu, mit hoch erhobenem Schwanz. Offenbar war zwischen ihr und der *Sie* für genau diesen Zeitpunkt ein äußerst dringender Termin vereinbart worden. Sie hob ihr kleines, graues Kinn und gestattete ihrer menschlichen Bewunderin mit all der Würde, die nur Katzen zu eigen ist, sie hinter den Ohren zu kraulen. Mein Kopf richtete sich auf. Ich wünschte mir nichts mehr, als eine Katze zu sein und pelzige Ohren zu haben.

„Hat Sie Ihnen selbst verraten, wie sie heißt?" Ich hoffte, dass sie mir bei dieser Gelegenheit ihren eigenen Namen sagen würde, aber sie ging nicht darauf ein.

„Nein, der kleine Junge hat mir ihren Namen gesagt."

„Welcher kleine Junge?"

„Lindseys Enkel. Er hatte gestern seinen vierten Geburtstag. Ich war in der Lounge, als er die Kerzen auf seinem Geburtstagskuchen ausblies, und Elsie hier, die hat ein bisschen Sahne bekommen, nicht?"

Sie richtete ihre Aufmerksamkeit wieder auf mich. „Und Sie? Haben Sie heute etwas Bestimmtes vor?"

Ich beschloss, dass es wichtigere Dinge gab, als sich namentlich vorzustellen. Möglicherweise hatte ich heute vor, ein unendliches Frühstück zu mir zu nehmen und sechsundsechzig Tassen ekelhaften Kaffee zu trinken – nur damit ich ihr weiter dabei zusehen konnte, wie sie den pelzigen Bauch der Katze streichelte, die sich mittlerweile auf den Rücken gedreht hatte. Elsie hatte jede Würde aufgegeben und schnurrte wie ein glücklicher Außenbordmotor. Doch, wenn ich es recht bedachte, wusste ich genau, was ich heute vorhatte: Das Beste war, ich legte mich dazu. Ich riss mich zusammen. „Ich wollte vielleicht nach Swanage fahren, es soll dort ganz nett sein."

Mein Gegenüber hörte nicht auf, die Katze zu kraulen. Sie sprach etwas undeutlich, deshalb befürchtete ich zuerst, ich hätte sie nicht richtig verstanden. Hatte sie wirklich gefragt, ob ich etwas dagegen hätte, wenn sie mitkäme?

„Nein, natürlich nicht. Ich freue mich! Ich heiße übrigens Noreen."

„Stella.“ Sie zog ihre Hand vom Bauch der Katze fort und reichte sie mir. Ihr Händedruck war fest, und für einen Moment schnitten die Ringe an meiner rechten Hand ein.

Bei Waterstones hatten wir nur kurz nach den Sonderangeboten schauen wollen, doch bald schwammen wir im tiefen Büchersee. Das heißt: Stella verlor sich darin, ich badete in ihrem Anblick. Darin, wie sie, die Hüfte an mit Büchern beladenen Tischen lehnend, Seite um Seite umblätterte. Beim Lachen zog sie die Nase kraus, und ich hatte das Gefühl, das Gleichgewicht zu verlieren, während ich auf einem dünnen Seil die Niagarafälle überquerte. Sie zog mich näher zu sich heran, um mir einen Satz zu zeigen, der sie entzückte, und ich schnupperte ihren Geruch. Wonach duftete sie? Ich kannte diesen Geruch, es war kein Parfüm, kein künstliches Aroma, es war etwas, das ich schon oft gerochen hatte und das mit Sommer zu tun hatte.

Und ich liebte Frauen, die gern lasen. Mit lesenden Frauen hatte ich schon tagelang in grün blühenden Sommergärten gesessen. Mit ihnen war ich wie ein anderes Tier auf einer Weide von Worten. Lesen in der Gegenwart der anderen setzte die Souveränität voraus, dass man sich zurückzuziehen vermochte, dass man Interesse hatte für viele Dinge, dass man gelassen sein konnte. Ich hatte begonnen, mich nach der Zufriedenheit von anderen Menschen zu sehnen. Ich wollte zur Ruhe kommen und nicht mehr in ihre Probleme hineingezogen werden wie in Elektrofelder. Stella, das erkannte ich, war eine Frau, mit der Lesen möglich war. Mit der Frau, die meinem Herzen vor Jahren am nächsten gekommen war, hatte ich mir Nester aus Büchern gebaut, in denen wir uns liebten. Raschelnde, bedruckte Seiten und der Geruch nach Sex an einem Sonntagvormittag gehörten für mich seitdem zusammen.

Stella und ich hatten so viele Bücher gekauft, dass wir den Ausflug nach Swanage streichen mussten. In einem Café, dessen Tapete mich an ein Puppenhaus denken ließ, tranken wir Tee. Die Lampen ragten aus dem Blumenmuster der Wände wie die Geweihe eines viktorianischen Elchs heraus. Die Leute um uns herum, ein alter Mann mit Schuppen auf seinem Kragen, der eilig in ein Notizheft kritzelte, eine Frau, die ihren Pudel mit Scones fütterte, erschienen mir wie Komparsen eines Films, in den ich unversehens geraten war. Später wehten uns Walzerklänge zum Karussell am Bournemouth Boulevard. Stella gelang es nicht, mich zu einer Fahrt zu überreden. Ich wollte lieber auf der grünen Bank sitzen und anderen beim Fahren zuschauen. Eine Mutter hockte mit ihrer kleinen Tochter auf einem weißen Schaukelpferd. Das Kind kämpfte mit einer Wolke klebriger Zuckerwatte. Die Mutter hielt drei vollgestopfte Marks-and-Spencer-Tüten in der Hand und wartete auf den Beginn der Fahrt.

„Solche Karussells gibt es in Deutschland gar nicht mehr!" In Stellas kurzer Bemerkung lag ein Unterton, der mich irritierte.

„Fährst du nicht gern wieder nach Hause?" Mit angehaltenem Atem riskierte ich eine persönliche Frage. Stella zuckte mit den Schultern. Offensichtlich zog sie es vor, nicht zu antworten. Irgendwie hatte ich den Eindruck, dass sie von etwas ablenken wollte, als sie mir dann umständlich von ihrer Ankunft in Bournemouth erzählte: „Mein Pech war, dass ich die Stadt für ähnlich klein wie Llandudno hielt, wo ich vor Silvester problemlos ein Hotelzimmer an der Seafront gefunden hatte. Dort bin ich einfach zum Meer gelaufen. Als ich mich hier am Bahnhof wiederfand, packte mich die Panik. Stundenlang bin ich kopflos in der Dunkelheit herumgelaufen."

„Und dann hast du im Sea-Hotel angerufen?"

„Ja, und zur Begrüßung habe ich mit dem Koffer in der Eingangshalle Lindseys Weihnachtsdekoration umgerissen!"

„Ich bin froh, dass wir im gleichen Hotel gelandet sind!"

In meiner Kehle zuckte es wie von einer heißen, sehr belebenden Flüssigkeit. Die grünen und goldenen Hennen des Karussells flogen an uns vorbei, und ich wünschte mir, dass die Zeit stehen bleiben würde. Es war ein abgeschmackter Wunsch, den ich billigen Gedichten zuordnete, aber es war nicht zu leugnen, dass ich genau das fühlte. Die Hennen sollten fliegen, ich wollte herausfinden, wonach die Frau neben mir duftete – und am besten wäre es natürlich gewesen, wenn ich es endlich geschafft hätte, sie zu berühren. Probeweise legte ich meinen Arm auf die Lehne der Bank, eine Bewegung, die mir unverfänglich genug schien.

„Hast du schon mal eine wirklich rücksichtslose Person getroffen?"

Ich folgte ihrem Blick, der die freundliche Mutter mit ihren Marks-and-Spencer-Tüten auf dem weißen Schaukelpferd fixierte. Ich nahm meinen Arm weg. Nach all dem Geplauder über die Wirren einer Ferienreise kam mir Stellas Frage seltsam vor.

„Bist du etwa auf der Flucht?"

„Nein. Jedenfalls nicht wie ein Spion, der den Eisernen Vorhang in einem Thriller aus den Fünfzigern durchquert."

„Sondern?"

Sie stand auf. „Entschuldigung, ich hab nur einen Scherz gemacht. Möchtest du auch am Strand entlang zum Hotel zurück?"

Auf dem Rückweg sprachen wir wenig. An den Scherz glaubte ich nicht so recht. Stellas Gesicht signalisierte, dass sie lieber dem Meer zuhören wollte. Morgen um diese Zeit würden wir beide noch hier sein, aber am Tag darauf musste ich abreisen. Die Zeit, die in den Tagen zuvor so langsam durch das Flussbett der Stunden geflossen war, hatte sich plötzlich in einen reißenden Strom verwandelt. Nichts wollte ich lieber, als Stella kennen zu lernen. Nein, ich wollte sie nicht „kennen lernen", ich wollte die Innenseite ihres Handgelenks berühren, ich wollte ihren Puls hinter der zarten Haut ihrer Armbeuge klopfen hören. Ich wollte den sich beschleunigenden Rhythmus dieser Trommel hören, während ich endlich erfuhr, wie ihr Körper in meine Arme passte. Doch neben diesen Wünschen ragte ein skeptischer Schatten auf. Was soll das bringen? fragte er. Sie lebt in einem anderen Land, fünfhundert Meilen entfernt! Ich verstopfte meine Ohren gegen diese Stimme und lief hinter Stella her am Strand entlang.

Ich musste plötzlich an meine Schwester denken. Um diese Zeit saß sie in ihrer Küche hinter den OP-grünen Gardinen. Meine Schwester ist neun Jahre älter als ich. Lange hat sie als Einzelkind unsere Eltern regiert, und manchmal denke ich, sie regiert mich noch heute. Mutter war Krankenschwester, und Vater hatte als Koch im gleichen Krankenhaus gearbeitet. Meine Schwester wurde in dem Gebäude mit den vielen Zinnen und Türmchen geboren. Trotz des Geruchs nach Äther und Nachttöpfen war dieses Haus ein Märchenschloss für mich. Margaret war stolz darauf, dort geboren worden zu sein, wo unsere Mutter arbeitete. Sie sperrte Vater aus ihrem Stolz aus. Er gehörte für sie nie mehr dazu.

Mein Einschlafritual bestand darin, dass mir meine dreizehnjährige Schwester von verborgenen Räumen im Krankenhaus-Schloss erzählte, während unsere Mutter als Nachtschwester arbeitete. Vater hatte uns kurz nach meiner Geburt verlassen. Wie sich später herausstellte, war er Koch auf einem Kreuzfahrtschiff, dessen Silhouette wir manchmal am Horizont über die See gleiten sahen. „Da fährt dein Vater", teilte mir meine Schwester mit, und es klang so, als wäre er nie ihr Vater gewesen. Unsere durch die Abwesenheit meines Vaters verstümmelte Familie lebte in einer der beiden Doppelhaushälften, die meine Mutter von ihren Eltern geerbt hatte. Die andere Hälfte war an einen Vikar vermietet, dessen Frau im Wohnzimmer Choräle auf der Hammondorgel einübte. Heute bewohnen meine Schwester und ich die beiden Häuser und leben so nah, aber auch nicht zu dicht beieinander.

Mein Vater war eines Tages doch zurückgekehrt. Er war ein gut aussehender, etwas untersetzter Mann Ende dreißig, der eigenartigerweise sofort zu meinem Vater wurde – obwohl ich ihn bis zu meinem elften Geburtstag niemals gesehen hatte. Lange blieb er ein geheimnisvoller Fremder für mich, den ich auf distanzierte Weise bewunderte. Meine Schwester hatte kurz vor seiner Rückkehr das Haus verlassen. Sie verstand nicht, dass ich meinen Vater so ohne Weiteres akzeptierte, und warf mir vor, kein Rückgrat zu haben. Ihr Medizinstudium ließ wenig Zeit für Besuche zu Hause.

Als ich älter wurde, lebte sie in Norwich. Ich versuchte den Kontakt aufrechtzuerhalten, indem ich ihr Obsttorten in großen Schachteln mitbrachte – unser Vater hatte sie gebacken –, von denen sie nie etwas anrührte. Als meine Eltern vor ein paar Jahren in Pension gingen, zogen sie nach Guernsey und sie freuen sich über Besuche von mir, ohne sie einzufordern. Margaret bewohnt jetzt die andere Haushälfte, nachdem sie fünf Jahre mit einem Pharmavertreter aus Leeds verheiratet gewesen war. Diese Ehe war kein Gesprächsthema zwischen uns. Distanz ist das heimliche Leitmotiv unserer Familiengeschichte. Meine Schwester arbeitet, wie meine Mutter damals, hauptsächlich nachts. Wenn sie nicht arbeitet, verwandelt sie sich in eine extrem schlampige Hausfrau und überzieht alle Räume mit leeren Chipstüten und Schokoladenpapieren. Sobald ihre zehntägige Arbeits-Periode angebrochen ist, fällt sie ins andere Extrem und erledigt ihre Hausarbeit mit fast religiösem Eifer.

„Hast du Geschwister?" Stella und ich waren schon fast an dem Strandabschnitt angelangt, von dem aus wir zum Hotel abbiegen mussten. Ich hielt den Zeitpunkt für gekommen, eine weitere Frage zu wagen.

„Eine Halbschwester, aber ich glaube, sie zählt nicht richtig."

„Wieso?", fragte ich neugierig. „Woran misst sich das, ob eine Schwester als Schwester zählt?"

Stella blieb stehen. Statt aufs Meer schaute sie auf ihre Füße, die in warmen Winterstiefeln steckten. Ich hatte das ungute Gefühl, dass sie sich von meiner harmlosen Frage bedrängt fühlte. Was war los mit ihr? Selbst wenn ihre Schwester drogenabhängig sein sollte oder einer obskuren Sekte angehörte, schließlich war sie, Stella, doch eine eigenständige Person.

„Ich glaube", sagte sie vorsichtig, „eine Schwester ist eine Schwester, wenn du mit ihr zusammen aufwächst." Sie scharrte mit den Absätzen ihrer Stiefel im nassen Sand.

„Nicht unbedingt." Sie sah mich aufmerksam an, als ich ihr von Margaret und mir erzählte. Erleichterte es sie, dass meine Geschwistergeschichte vom üblichen Schema abwich?

„Glaubst du, dass ihr deshalb jetzt so nah beieinander wohnen könnt?"

„Vielleicht – aber wir haben auch jede unsere eigene Küche!"

Stella lachte. „Stimmt, das ist wichtig!"

„Und du? Hast du keine eigene Küche?" Ich brannte darauf, mehr über ihre Lebensumstände zu erfahren.

„Ja, schon, aber sie ist sehr klein und direkt unterm Dach."

„Unterm Dach?" Ihr Gesicht zeigte den ungeduldigen Ausdruck, den es annahm, wenn ihr Vokabeln fehlten. Sie ließ den Rucksack von den Schultern gleiten und holte ihr

Wörterbuch hervor. „Untermiete!" rief sie schließlich. „Ich wohne zur Untermiete."

„Und?", fragte ich verwirrt.

„Meine Wohnung ist klein, und meine Vermieterin wohnt im selben Haus. Bei ihr riecht es immer nach köstlichem Essen, aber ich schleiche trotzdem ganz leise die Treppe hoch, um Liesl und Pogo nicht aufzuwecken."

„Sind das die Kinder deiner Vermieterin?"

Stella lachte wieder. Die dunkle Wolke, die sie während unseres Gesprächs über die Schwestern umschwebt hatte, war verschwunden.

„Nein, nicht direkt! Meine Vermieterin ist eine Schwäbin Mitte siebzig und kein Rehpinscher." Ich begann zu verstehen, dass Liesl und Pogo Hunde sein mussten – doch was machte eine Schwäbin in Berlin? Meine Schwester hatte einmal eine Kollegin aus Stuttgart gehabt, und deshalb wusste ich, dass Schwaben im Süden Deutschlands lag. Stella informierte mich, dass es viele Schwaben in Berlin gab. Und der Hund hieß Pogo, weil er sich als Welpe wie ein Pogo-Tänzer aufgeführt hatte, wenn man ihm etwas Fressbares unter die Nase gehalten hatte.

„Magst du ihn etwa nicht?"

„Magst du es, wenn dich feuchte Glubschaugen anhimmeln?"

Verlegen starrte ich ins Meer. Ich konnte nur hoffen, dass das keine Anspielung sein sollte. „Mein Hund würde dir gefallen, glaube ich."

„Ist er groß?"

„Maud ist nicht riesengroß, aber auch nicht zu klein. Sie ist ein Labrador-Mix, dunkelbraun."

Stellas Augen leuchteten auf. „Oh, die sind wunderbar! Die sind so freundlich! Diese dicken Köpfe! Ich beneide dich! Leider müssen sie nicht oft zum Hundefriseur."

„Wieso leider?"

„Ich arbeite doch in einem Hundesalon, habe ich dir das nicht gesagt?"

„Nein, hast du nicht. Das stelle ich mir ja toll vor! Badest du sie? Oder machst du die Frisuren?"

„Beides. Aber ich bade sie am liebsten. Martin, der Inhaber des Geschäfts, ist für die Haarschnitte zuständig. Seine Lieblingskunden sind Riesenschnauzer."

„Und warum lebst du in dem Haus als Untermieterin?"

Stella begann, zu der Treppe hinüberzulaufen, die zum Park hochführte. „Finanzielle Gründe. Die Gegend ist teuer, weil sie an einem See mitten im Wald liegt. Eine größere Wohnung könnte ich mir dort nicht leisten."

Ich hätte gern noch mehr gefragt, aber Stellas zusammengezogene Augenbrauen warnten mich davor.

Trotzdem lud sie mich für den Abend in ihr Zimmer ein. Ich badete und machte mich richtig schick. Veronica, die mir ständig in den Ohren liegt, ich solle mehr auf mein Äußeres achten, wäre so stolz auf mich gewesen! Den Rest der Zeit bis acht Uhr nutzte ich dazu, aufgeregt zwischen meinen zwei Betten hin und her zu tigern. Doch als ich endlich an Stellas Zimmertür klopfte, hörte ich drinnen den Fernseher. Mein Herz sank wie ein Boot, das jemand zu hoch mit Hoffnungen beladen hatte.

Sicher würde sie den Fernseher gleich ausschalten, wenn sie mich erst vor ihrer Tür erblickte. Nur schade, dass sie mich noch nicht gut genug kannte, um *wirklich* würdigen zu können, wie viel Mühe ich mir mit meinem Aussehen gegeben hatte. Was den Fernseher anbelangte, beschloss ich, großzügig zu sein. Manchen Menschen gibt so ein im Hintergrund plätscherndes Gebrabbel ein Gefühl der Sicherheit. Wahrscheinlich war Stella genauso aufgeregt wie ich und brauchte ein bisschen Ablenkung.

Als sie mir die Tür öffnete, stockte mein Atem. Stella trug einen übergroßen, dunkelrot gestreiften Männerschlafanzug. Besonders aufgeregt wirkte sie nicht. Im Fernsehen wurde gelacht. Sie umarmte mich – ziemlich lang, wie es mir vorkam –, und meine Hand glitt über das seidig glänzende Material des Schlafanzugs.

„Hallo, Noreen!" Sie löste sich aus der Umarmung. „Möchtest du Wein? Stört es dich, wenn ich mir eben noch schnell den Schluss davon ansehe? Das ist hier meine Lieblingssendung, die gibt es in Deutschland nicht."

Ich versuchte, meine Enttäuschung zu unterdrücken.

„Kein Problem!"

Der Wein im Zahnputzbecher schmeckte nach Pfefferminz. Stella hatte sich schon wieder auf ihr Bett geworfen. Es war breit, zumindest war ihr die Demütigung der beiden Einzelbetten erspart geblieben.

„Nimm doch Platz! Mach's dir bequem!"

Ich setzte mich auf den Stuhl neben der Kommode, weil ich es nicht fertig brachte, mich neben ihr auf dem Bett niederzulassen. Glücklicherweise konnte sie meine Befangenheit nicht bemerken, weil sie konzentriert zum Fernseher schaute. Ich gebe es nicht gern zu, aber ich fühlte mich vernachlässigt. Also würden wir heute doch nicht durch die Nacht stürzen, an einen Ort, an dem fliegende Echsen mit ihren Schwänzen tiefe Teiche aufwühlten? Das hatte ich einmal in einem amerikanischen Lesbenbuch gelesen, und seitdem schien es mir als das Synonym geheimnisvoller wilder Erotik.

„Es ist gleich zu Ende!" Für einen Moment drehte sie sich zu mir um. Ihr Blick kam mir merkwürdig vor. Etwas wie Panik schien mir darin aufzuschimmern. Warum hatte sie dieses Treffen in ihrem Zimmer vorgeschlagen? Warum trug sie den Schlafanzug? Wollte sie mich verführen? Wollte sie eine falsche Intimität vortäuschen, die es zwischen uns noch gar nicht gab, wahrscheinlich nie geben würde? Wäre es ihr im Grunde lieber, wenn ich gleich wieder ginge? Wehmütig betrachtete ich die Bücher auf dem Nachttisch, unter denen ich einige erkannte, die sie heute Morgen gekauft hatte. Der vergangene Tag schien voller Möglichkeiten und Gemeinsamkeiten gewesen zu sein. Draußen am Meer war es mir mit Stella gut gegangen. Hier im Pensionszimmer fühlte ich mich mit ihr eingesperrt und überfordert.

Plötzlich trat Stille ein. Sie hatte den Fernseher ausgeschaltet. Und jetzt? Der dunkle Fernsehschirm erzeugte ein Gefühl von Hilflosigkeit in mir. Fernsehen war – unter anderem – eine Paarbeschäftigung, und Paare hatten eine Auswahl von anderen Dingen, die sie tun konnten, wenn eine von ihnen den Fernseher ausmachte.

Mein Blick fiel auf Stellas Hausschuhe, die vor ihrem Bett standen. Sie waren riesig und hatten die Form von schmollenden Elchen. Ich seufzte. Wenn etwas mir den Rest geben konnte, dann waren es diese Pantoffeln.

Stella war offenbar meinem Blick gefolgt.

„Ich weiß, dass sie scheußlich sind", sagte sie schuldbewusst. „Ich hab sie immer noch, weil sie so enorm warm sind, richtig kuschelig." Sie reckte ihre Füße hoch und wedelte mit den Elchgeweihen. Ich musste lachen.

„Meine Freundin hat sie mir geschenkt."

Über meinen Magen legte sich Blitzeis. Warum erwähnte sie ihre Freundin erst jetzt?

„Exfreundin, meine ich."

Täuschte ich mich, oder lag da eine gewisse Hast in ihrer Beteuerung?

„Möchtest du noch Wein?" Sie hielt die Flasche hoch. Ich nickte zustimmend und kraftlos zugleich.

„Ich weiß nicht, ob ich noch mehr dazu sagen will. Es scheint mir nicht besonders passend zu sein."

Ich hob fragend die Augenbrauen.

„Na ja", Stella nahm einen Schluck Wein, „man soll doch nicht ständig von den Exbeziehungen sprechen, besonders wenn ..."

„Wenn was?"

Wie eine Schnecke zog sie sofort ihre Fühler zurück. „Mein Englisch ist manchmal nicht gut genug."

Ich unterdrückte ein Seufzen. Es war eine idiotische Idee gewesen, mich auf diese Einladung einzulassen. Dann dachte ich, dass wir übermorgen sowieso wieder in unseren unterschiedlichen Ländern sein würden, und ich nahm mir vor, mich bald zu verabschieden.

Stella klopfte auf das Bett. Es kam mir so vor, als hätte sie einen Entschluss gefasst. „Dieser Stuhl ist doch furchtbar ungemütlich. Hier ist es viel angenehmer."

Widerstrebend schlüpfte ich aus meinen Schuhen und zog ein Bein auf die Decke. Auch in diesem Zimmer hatte Lindsey nicht mit Blumenmustern gespart. Man kam sich vor wie in einem Handarbeitsladen, wo grässliche Stickrahmen und Vorlagen für selbst knüpfbare Teppiche verkauft werden. Ich wette, hier hätten es auch die amerikanischen Lesben aus dem Roman nicht fertig gebracht, leidenschaftlich durch die Nacht zu stürzen. Die fliegende Echsen hätten sich mit ihren Schwänzen im Geflecht der Blumenornamente ziemlich verheddert.

„Streck dich doch mal richtig aus!"

Stella demonstrierte, was sie meinte. Die Elchpantoffeln fielen von ihren Füßen auf den Boden. Gehorsam reckte ich meine Arme und Beine. Stella lachte. „Musst du als Grundschullehrerin eigentlich auch Geschichten erzählen?"

„Sicher."

Entweder ignorierte sie meine Ironie, oder sie nahm sie gar nicht wahr. Dieser Abend gehörte schon jetzt auf den Index.

Ich schloss die Augen. Stella hatte sich auf die Ellbogen gestützt und sah mich an. War sie näher herangerückt, oder kam mir das nur so vor? Der Ärmel ihres Schlafanzugs streifte meine Brust. Die Federung des Bettes war nicht die beste. Durch unser beider Gewicht war eine kleine Kuhle entstanden, die uns näher zueinander rückte.

Ich wollte ihr keine Geschichte erzählen. Ich rollte mich von ihr weg. Ich hatte genug von dieser Farce.

„Bitte! Du willst doch nicht schon gehen?"

Am liebsten hätte ich sie gefragt, was sie eigentlich von mir wollte. Etwas hing in der Luft, eine Sehnsucht, ein starkes, fast mit Händen zu greifendes Verlangen, aber alles, was sie tat – und ich eigentlich auch –, torpedierte dieses Verlangen, dem wir nicht nachgeben konnten. Warum nicht? Was war los mit ihr? Und mit mir? Bei mir wusste ich, dass es an dem Schatten lag, der mir die ganze Zeit einzureden versuchte, dass so ein Abenteuer überhaupt keinen Sinn ergab. Schließlich würden wir uns nicht wiedersehen, weil wir viel zu weit voneinander entfernt wohnten. Aber was war mit ihr? Ich konnte sie nicht fragen. Trotzdem wollte ich noch mit ihr zusammen sein. Es war schön, ihr Gesicht zu sehen und ihre Anwesenheit zu spüren. Vielleicht würde ich sie so in Erinnerung behalten: wie ein wunderbares Bild aus einem Film, das ich niemals berühren würde, weil meine Hände nicht in das Zelluloid hineingreifen konnten.

„Meinst du das ernst, mit der Geschichte?"

„Ja, ich fände es so gemütlich. Und ich höre deine Stimme so gern. Deine Stimme würde ich gern in eine Dose füllen und mir zu Hause wieder anhören."

Ich lächelte. Was war eigentlich gegen eine Geschichte einzuwenden?

Auf dem Weg zurück zu meinen zwei Betten, wo mich, wie ich wusste, das Rhinozeros aus Yorkshire erwartete, fühlte ich mich wie eine Kröte, die die Stufen hinunterplumpste. Hatte ich die letzte Chance meines Lebens vertan, noch einmal mit einer attraktiven Frau eine Nacht zu verbringen? Ich widerstand der Versuchung, mit dem Kopf gegen die Zimmertür zu hämmern, nachdem ich sie hinter mir geschlossen hatte. Ein Elch! Eine Fee! In einem Kleid aus Moos! Und die ganze Zeit hatten wir auf ihrem Bett gelegen! Sie im Schlafanzug! Nein, so ging das nicht mehr weiter mit mir. Ab sofort wollte ich in einer Eisenwarenhandlung arbeiten! Ich wollte mit Rasenmähern zu tun haben, mit Zinkeimern, mit scheppernden Gießkannen, mit Dachpappe, die ich auf verrottete Gartenhäuschen nageln würde. Ich wollte mit Spaten hantieren, mit Steinbohrern, mit Presslufthämmern! Zu viele Jahre mit zu vielen dümmlichen Liedchen, die ich mit Erstklässlern gesungen hatte, haben meine Fähigkeit, mit erwachsenen Menschen in einer angemessenen Umgebung zu interagieren, vollständig aufgeweicht. Ganz zu schweigen von einer lesbischen, erwachsenen Umwelt, die nichts mit auf der Leine trocknenden Lätzchen zu tun hatte und Plüschtieren! Gut, gut – ich übertrieb. Als Grundschullehrerin hatte ich nichts mit Lätzchen zu tun, aber offensichtlich hatte ich doch einige Geschichten zu viel erzählt.

Ins Bett zu gehen, glich einer Notlandung. Ich kniff die Augen zusammen und begann, die üblichen Nonnen und Nerze zu zählen, deren milde Gesichter alle mehr oder weniger pelzig waren. Vielleicht wurde ich ja verrückt? Vielleicht waren das die Folgen fehlender sexueller Aktivität? Die Nonnen und Nerze – ich war erst bis Nummer dreiundzwanzig gekommen – schüttelten synchron ihre Köpfe. „So schlimm ist das doch auch nicht!", tröstete mich eine Nonne. „Vielen herzlichen Dank!", versetzte ich bissig. „Du kennst dich ja aus! Schließlich bist du eine Expertin auf dem Feld des lesbischen Fachwissens!" Die Nonne wandte sich beleidigt ab, und mit ihr drehten sich auch alle anderen Nonnen und Nerze am Strand um.

Am nächsten Morgen hatte sich mein Nacken in ein Stück Dachpappe verwandelt. Draußen regnete es. Der Klang des alten Regens und auch der Geruch trösteten mich, während ich vergeblich versuchte, meinen Nacken zu bewegen. Ich dachte an die St.-Mary-Kirche in Scarborough, die vermutlich heute auch in Regenschleiern hockte. Den Friedhof, auf dem Anne Brontë begraben war, konnte ich mit dem Auto von zu Hause aus in zwei Stunden erreichen. Ich sah – was sicher nie real der Fall gewesen war – die Kühe mit nassem Fell zwischen den verwitterten Grabsteinen herumlaufen. Ich sehnte mich nach dem milchigen Blau der Bucht und nach dem verwitterten Palast des alten Theaters unten am Strand.

Es klopfte an meiner Tür. Wie spät oder wie früh war es überhaupt? „Herein!"

Die Tür öffnete sich, und da war Stella, fertig angezogen zum Ausgehen. Ich war, bemerkte ich, in dem Stadium angekommen, wo mir der Anblick ihres unerreichbaren Gesichts wehmütige Schmerzen bereitete.

„Darf ich hereinkommen?"

Ich versuchte, mich aufzurichten, doch die Dachpappe in meinem Nacken ließ es nicht zu.

„Was ist passiert?"

„Irgendwas hat mir heute Nacht den Hals verdreht!"

Sie zog ihre Handschuhe aus und setzte sich auf meine Bettkante. „Soll ich das massieren?"

Sollte sie? Ich drehte mich auf den Bauch, und sie hob meine struppigen Haare hoch. Ihre Handflächen senkten sich überraschend warm auf meine Schulterblätter. Ich erinnerte mich an die Katze vom Vortag. So war mein Wunsch doch noch wahr geworden.

„Hier?"

„Ja, genau, danke – das tut sehr gut."

Der Regen prasselte heftiger gegen die Scheiben. Wohin wollte Stella bei diesem Wetter gehen? Ich entschied mich, nicht zu fragen. Reden hatte die Dinge bis jetzt zwischen uns nicht gerade besser gemacht. Endlich Stille. Es wäre praktischer gewesen, das Hemd auszuziehen, aber das wagte ich nicht, und Stella schlug es nicht vor. Ich atmete langsam aus. Der Schmerz im Nacken war immer noch störend, aber mein Rücken sog jede Berührung hungrig auf. Sie strich mit kräftigen Bewegungen über den schmerzenden Muskel. Ich konnte ihren Atem hören. Außerdem war da wieder ihr Duft, den ich noch immer nicht einordnen konnte.

„Willst du mich besuchen, wenn du das nächste Mal nach England kommst?"

„Für eine weitere Massage?" Ihre Hände glitten tiefer.

„Zum Beispiel."

„Du könntest aber auch nach Berlin kommen, willst du?"

„Warum nicht", sagte ich beiläufig. War es nicht kompletter Blödsinn, sich überhaupt jemals voneinander zu verabschieden? In meinem Körper breitete sich eine Mixtur aus Schmerzentkrampfung und erotischem Genuss aus. Dann schwiegen wir wieder. Ich atmete in mein Kopfkissen. Sollte ich ihr mitteilen, dass ich es bedauerte, nicht schnurren zu können?

„Wenn du mal keine Hunde mehr baden willst, könntest du dich mit Massagen selbstständig machen!"

„Tatsächlich?"

„In meiner Stadt, da fehlt so etwas!"

„Gibt es einen Hundesalon?"

„Auch nicht."

„Ist gut, das merk ich mir. Ich muss das nur irgendwie mit meinen Arbeitspapieren regeln."

„Aber das ist doch jetzt alles viel einfacher durch die EU, oder?"

Ihre Hände stoppten. Sie zuckte zurück. Pause. Dann strich sie mir mit dem Daumen über die Wirbelsäule. „Ich habe keinen deutschen Pass."

„Sondern?"

Zögernd schwebten ihre Hände wieder über meinen Rücken. Ihre Wärme war über mir, auch wenn die Hände nicht auf dem dünnen Stoff des Hemdes auflagen. Ich hatte Angst, dass sie sich zurückziehen würde.

„Kanada."

„Kanada? Wie hat es deine Eltern denn dorthin verschlagen?" Von meiner Taille hob sie ihre Hände weg ins Kalte, Unerreichbare. Dann kehrten erst die rechte und dann die linke Hand zurück und senkten sich sacht auf die Stelle zwischen den Schulterblättern. Meine Lieblingsstelle. Ich genoss die konzentrierte Wärme ihrer Handinnenflächen. Ihre Stimme wurde leiser.

„Meine Eltern sind nie dort gewesen."

Ich widerstand der Versuchung, den Kopf hochzuheben und sie fragend anzusehen.

„Meine Mutter ist Engländerin. Sie war in Montreal, als junge Frau. Sie hat mich später zur Adoption freigegeben. Meine Eltern, sie sind Deutsche."

Sie knetete konzentriert die Region in meinem Nacken, wo sich der Schmerz festgesetzt hatte. Es tat weh. Ich hielt es aus. Ich wollte, dass sie weiterredete.

„Und wie alt warst du da?"

„Fast fünf."

Ihre Hände verharrten mit leichtem Druck auf meiner Lieblingsstelle zwischen den Schulterblättern. Sie hielt ihre Hände so, als wollte sie mir damit den Mund zu weiteren Fragen verschließen. Plötzlich ging Kälte von ihr aus, sickerte durch die leicht gespreizten Finger auf die offene Haut meines Rückens. Das Schweigen jetzt hatte eine andere Färbung. Mir fiel auf, dass ich den Atem anhielt.

Ich murmelte: „Das hört sich nach einer sehr langen Geschichte an."

Sie strich mir sachlich über den Rücken, voller Distanz. Tat es ihr schon Leid, was sie von sich preisgegeben hatte?

„Das stimmt. Wenn du willst, erzähl ich dir mehr."

„Natürlich." Ich drehte mich um. „Sollen wir heute Abend essen gehen?"

„Zum Chinesen? Wo die glubschäugigen Drachen in der Auslage stehen, die wie Rehpinscher aussehen?"

Ich nickte. Plötzlich identifizierte ich ihren Geruch. Hellrot und sommerkühl, Himbeeren.

Kapitel 2

Gereizt nahm Stella noch einen von den bleichen Krabbenchips. Der Kellner, dessen Rücken sich wie ein Bambuszweig bog, servierte in fragiler Zeitlupe eine weitere Vorspeise. Die Seidenkrawatte verlieh ihm das Äußere eines asiatischen Konfirmanden – oder was auch immer die chinesische Entsprechung dafür sein mochte. Noreens Hals steckte in einem orthopädischen Kragen, der befremdlich zu dem ärmellosen Top und ihrem überraschend üppigen sommersprossigen Dekolleté wirkte. Wegen ihrer Nackenschmerzen hatte sie am Nachmittag zum Arzt gemusst. „Es geht mir jetzt wirklich gut!", beteuerte sie. Aber warum sah sie so aus, als wollte sie sich für die Existenz ihrer Brüste entschuldigen? Hatte Noreen sich für dieses Top, das sie sonst offenbar nie trug, entschieden, weil der wagemutigere Teil ihrer Selbst – derjenige, der mit ihrem Busen vollkommen einverstanden war – sich etwas wünschte, das der andere Teil ihrer Persönlichkeit sabotierte?

Stella schob die Bündchen ihrer Trainingsjacke höher und versuchte, die neunhundert geschnitzten Drachen zu ignorieren, die dem Lokal seinen Namen gegeben haben. Seit dem Pflaumenwein wartete sie mit etlichen Echsen auf das Zustandekommen einer richtigen Unterhaltung. Noreen stellte sich leider immer mehr als eine dieser Frauen heraus, die jeden Blickkontakt vermeiden. Das Näseln der chinesischen Geigen verschluckte das Wenige, das sie halblaut murmelte. Zu ihr durchzudringen, hatte etwas diffus Frustrierendes, wie der Versuch, einen Bleistift anzuspitzen, dessen Mine genau dann abbricht, wenn man gerade losschreiben will. Noreen strahlte Verlegenheit aus wie ein falsch eingestellter Radiator. Trotzdem war Stella hoffnungslos hingerissen von ihr und kämpfte ununterbrochen den Wunsch nieder, einfach ihre Hand zu nehmen und jeden ihrer Finger einzeln zu küssen. Vorsichtige Komplimente zu Noreens Outfit hatten bisher lediglich zu einer Rötung ihres Halsausschnitts geführt. Stella unterdrückte ein Seufzen. Bestand der einzige erotische Schlüsselreiz nicht doch darin, dass diese Frau Engländerin war? Allmählich begann Stella sich zu fragen, was mit ihr selbst eigentlich nicht stimmte, denn nach wie vor wollte sie : a) mit Noreen schlafen und b) sie unbedingt wiedersehen, entweder in Berlin oder in England. Durch Noreens Ambivalenz kamen ihr die eigenen Wünsche schon so unromantisch vor wie binomische Formeln. Trotzdem konnte sie nicht aufhören, sich einzubilden, dass Noreen sich im Grunde für sie interessierte, auch wenn die von ihr ausgesandten Signale so diffus waren.

Stella hielt nicht viel vom Begriff der Romantik. Besser war der muskatscharfe Geruch nach Nähe, den eine Frau verströmte, die mit ihr ins Bett wollte. Doch trotz der Stolpersteine wollte sie unbedingt wissen, warum Noreen so war, wie sie war, und ein vorauseilender Teil von ihr sehnte sich danach, all die winzigen Gemeinsamkeiten zu entdecken, die für frisch Verliebte so wichtig sind. Sie hätte alles dafür gegeben, die Beine dieser Frau heute Nacht um ihre Hüften zu fühlen.

Vielleicht fehlte ihr ja die richtige Sprache? Gab es britische lesbenspezifische Redewendungen, die ihr Wörterbuch nicht enthielt? Als Kind hatte man ihr eine komplette Sprache vom Körper gezogen, so wie man einen Fisch häutet oder einen Hirsch. Auch ihren Namen hatte Stella damals verloren, aber daran wollte sie jetzt nicht denken. Sie würde sich auf die Gegenwart fokussieren, das hatte sie gelernt, sie würde sich auf die Frau auf der anderen Seite des Tischs konzentrieren, auf Noreen. Und immerhin hatte sie sich ja ihren Namen zurückgeholt, es war eine Verschwendung, an Dinge zu denken, die lange abgeschlossen waren, lange vorbei.

Noreen legte mit einem entschuldigenden Blick die Stäbchen beiseite und wickelte Messer und Gabel aus der Serviette. Verrenkter Nacken hin oder her, ihr Appetit war eine Freude. Stella liebte Frauen, die gern aßen. Außerdem hatte Noreen kleine gepflegte Zähne, ein weiterer Pluspunkt.

„Möchtest du kosten?" Stella hielt ihr etwas von ihrem Teller hin, und beim Anblick von Noreens Mund, der genussvoll schmeckend das Häppchen von der Gabel pflückte, verzieh sie ihr auf der Stelle, dass sie, wenn sie überhaupt etwas sagte, konsequent einen Punkt knapp über Stellas Kopf fixierte. Ihrer nordenglisch gefärbten Stimme hätte Stella stundenlang zuhören können. Als Jugendliche hatte sie sich schon gefragt, ob sie all diese englische Popmusik nur hörte, weil ihre Seele Heimweh hatte nach dem Klang der verlorenen Sprache.

Das zweite Glas Weißwein löste endlich Noreens Zunge, und ihre Stimme begann den Tisch zu umfließen wie ein glitzernder Strom. Aufmerksam und manchmal entblößend zärtlich schien diese Stimme Stella zu umwerben und ihr – unabhängig vom tatsächlichen Inhalt des Gesprochenen – das zu versprechen, was Noreens Augen konsequent verweigerten.

Als Zehnjährige hatte Stella im pastellfarbenen Dirndlkleidchen gesteckt. Sie war jetzt ein deutsches Mädchen und durfte in der Schule Englisch lernen. Ihr Geha-Füller malte Worte, mit deren Klang sie noch vor sechs Jahren in England bei ihren Großeltern gelebt hatte, in das Oktavheft. „*Biscuit*", „*cat*", „*kitchen*" – die Silben rührten Erinnerungen an, verschwommen, schmerzlich. Eine Küche war etwas anderes als „kitchen". Der deutsche Vati, den sie am Anfang Onkel Paul nannte, setzte sich den Cordhut schräg auf und wiederholte seinen Lieblingsscherz, der auf einen Gleichklang von Kittchen und „kitchen" abzielte. Mit einem Fernsehkurs und dazugehörigen Schallplatten brachte er sich selbst Englisch bei. Die neue Mutter hörte Stella die Vokabeln ab, die sie selbst nie auszusprechen gelernt hatte, während sie unter einem gestreiften Sonnenschirm Erdbeermilch tranken.

„Entschuldige bitte, dieser orthopädische Kragen scheint mich sehr hungrig gemacht zu haben!" Noreen legte das Besteck beiseite.

„Du brauchst dich doch nicht zu entschuldigen! Sollen wir noch etwas trinken?" Stella gab dem Kellner ein Zeichen, der sich neben das Aquarium zurückgezogen hatte, wo die Familie mit Mah-Jong-Steinen klapperte. Kurz darauf gelang es Stella, einen Blick von Noreen festzuhalten. Es war wie der flüchtige Moment, wenn sich in der Zirkuskuppel zwei Artisten aus dem Flug heraus ineinander verflechten.

Vor der Reise hatte Stella sich vorgenommen, mit einer Engländerin zu schlafen. Natürlich wollte sie nicht im Wortsinn mit ihr schlafen, aber all die hässlichen S- und F- und L-Worte passten nicht zu dem, was sie fühlte. Und obwohl sie sich eingestehen musste, dass ihr aktuelles Verlangen nur eine entfernte Verwandte des Phänomens war, das man als Verliebtheit bezeichnete – vielleicht eine Cousine zweiten Grades? –, hatte es genug von der Intensität, die es brauchte, um mit einer fast völlig fremden Person das Risiko einer intimen Begegnung einzugehen. Erotik war für sie fast abstrakt geworden. Ihr quälender Durst galt nicht den bekannten Berührungen, sondern der Neugier, was die Klangfarbe der Sprache in ihr auslösen würde. Etwas in ihr wollte nach Hause kommen, eingestimmt in die Frequenz der Worte. Sie wollte sich hineinschmiegen in diese verlorene Haut, die nie mehr über ihren erwachsenen Körper passen konnte, denn als sie die Worthaut verloren hatte, war sie vier Jahre alt gewesen.

Was konnte der Intimität von Zuhause näher kommen als guter Sex? Obwohl sie die Formelhaftigkeit verabscheute, die diesem „guten Sex" anhaftete, sehnte sie sich nach den neptunischen Glücksgefühlen jenseits des Thrills. Sie wollte die Stimme einer Engländerin hören, wenn sie sich in der Umlaufbahn zu ihrem Orgasmus befand. Etwas peinlich war ihr das schon, als gehörte sie einer Fetischgemeinde an. Vermutlich würde es sowieso graue Theorie bleiben. Noreen wirkte nicht besonders offen für ozeanische Erfahrungen, besonders nicht mit dem orthopädischen Kragen.

Stella beugte sich vor. „Darf ich dir eine Frage stellen?"

„Natürlich. Was möchtest du denn wissen?"

„Und du wirst nicht böse sein?"

„Böse? Wieso denn?"

„Was ist deine richtige Haarfarbe?"

„Fragst du als Hundefriseuse?"

Stella liebte Noreens Humor und das sich vertiefende Grün ihrer Augen, wenn sie einen Scherz machte.

„Es ist immer dunkelrot gewesen. Ich war sozusagen der Setter unter den Frauen." Noreen stützte das Kinn in komischer Verzweiflung in ihre Hand. „Und seit ich auch noch auf meinen vierzigsten Geburtstag zugehe ..."

Ohne nachzudenken, legte Stella ihre Hand auf Noreens Arm. Seine Nacktheit bat doch schon den ganzen Abend darum, angefasst zu werden. Sie hielt den Atem an. Noreens Arm war so glatt und weich wie eine frisch gefallene Kastanie. Über ihren eigenen Impuls fast erschrocken, wunderte sie sich, dass die Basslinie ihres Herzens so gleichmäßig weitertrommelte. Alles hing davon ab, ob Noreen jetzt zurückzuckte und sich in ihre Distanz flüchtete. Aber das Wunder geschah, und ihr Arm war einverstanden. Mittlerweile lag er sogar ganz entspannt unter ihrer Hand, von der sie fürchtete, sie würde rhythmisch in ihrem eigenen Herzschlag vibrieren. Zu entspannt? Verstand Noreen die Berührung als eine Art schwesterliche Geste?

„Ach, um dieses Vierzig-Werden machen alle viel zu viel Theater!" Stella bemühte sich um souveräne Beiläufigkeit, als ob ihre Stimme und ihre Hand völlig unabhängig voneinander wären. „Vorher kommt es dir fürchterlich vor – aber wenn es so weit ist, dann ist es ganz leicht. Und an deinen Haaren könntest du doch etwas machen, wenn du dich damit nicht mehr wohl fühlst."

Stella drehte wie geistesabwesend an dem grünen Ring an Noreens Zeigefinger. Noreen ließ es geschehen, als wäre es das Normalste von der Welt. Stellas Herzschlag wechselte in einen noch schnelleren Takt.

„Aber beim Friseur weißt du nie, was sie mit dir anstellen! Vor Jahren hatte ich einen Schnitt, da sah ich aus wie Thatcher! Wenn ich ein Hund wäre, dann könnte ich zu dir kommen – aber so?"

Stella hielt den Atem an. Flirtete Noreen jetzt?

„Du kannst trotzdem zu mir kommen! Was möchtest du denn? Flohbad oder Krallenpflege?" In ihrem Körper breitete sich eine weiche Schwerelosigkeit aus. Was würde passieren, wenn ihre Hand ganz langsam zu Noreens Schulter hinaufglitte? Nein, hier drin hatte das keinen Sinn. Sie musste abwarten. Es musste noch einen anderen Ort geben. Sie musste auf Zeit spielen und einfach darauf vertrauen, dass dieser Abend noch lange, lange nicht zu Ende wäre. Sie versuchte, Noreen in die Augen zu sehen und dabei daran zu denken, dass der Fluss dieses Abends möglicherweise in den unendlichen Ozean einer Liebesnacht einmünden würde.

„Ganz im Ernst", plauderte sie weiter, „ich bin auch Menschenfriseurin. Ich hatte nur irgendwann keine Lust mehr auf Strähnchen blondieren. Privataufträge nehme ich aber noch an!"

„Sei vorsichtig, was du sagst, ich würde glatt zu dir nach Berlin fliegen!"

In einem surrealen Zeitschnitt sah Stella Noreens vor Lust weit geöffnetes Gesicht neben sich auf dem Kopfkissen liegen.

„So vertrauenswürdig erscheine ich dir?"

Augenkontakt wäre jetzt gut gewesen, aber Noreen blätterte bereits in ihrem Terminkalender. Leider hatte sie ihren Arm dafür wegziehen müssen. Stellas Hand fühlte sich leer an, ausgekühlt ohne den Kontakt mit Noreens Haut.

„Ein Wochenende wäre günstig – mittlerweile gibt's ja diese billigen Flüge. Wie viel nimmst du denn für Waschen, Schneiden, Färben?"

„Sei nicht albern, ich freue mich, wenn du kommst! Wie wär's in zwei Wochen? Da habe ich am Samstag frei."

Während sie auf die Rechnung warteten, legte Noreen Stella einen ihrer Ringe mit leichtem Druck in die Hand. Er sah aus wie die Murmeln, mit denen die Jungen in ihrer Grundschule auf dem Zementboden des Schulhofs geklickt hatten. Stella verstand nie, worum es bei dem Murmeln ging. Sie war sechs Jahre alt und bekam keinen Sonnenbrand, während ihre neuen Eltern sich im Urlaub mit Hüten gegen die Sonne schützen mussten. Wenn sie von der Schule kam, erwartete ihre neue Mutter sie mit dem Essen. Ihre Freundin Anita und sie spielten wochenlang Indianer. Mit hinter den Ohren steckenden Federn hopsten sie auf den Kinderzimmerstühlen herum.

„Was war dein Lieblingsspiel als Kind?"

Noreen schnitt eine schuldbewusste Grimasse. „Ich fürchte, ich habe am liebsten meine Schwester und ihre Freunde genervt. Ich war vier, und sie waren schon dreizehn. Meine Schwester musste mich mit zum Strand schleppen, obwohl sie lieber mit den anderen Platten gehört hätte. Ab und zu grub sie mich im Sand ein, damit ich endlich Ruhe gab!"

„Du hast am Meer gelebt?"

„Ja, nur als ich studiert habe, wohnte ich weiter vom Meer entfernt. Aber wie du weißt: Das hier ist eine Insel."

Stella dachte voller Erleichterung, dass Noreen nicht auf die Adoption zurückgekommen war. Sie bereute schon ihre morgendlichen Andeutungen. Das Thema stellte einen zu unbequemen Test dar. Zu oft war sie gefragt worden, ob sie ihren Adoptiveltern nicht dankbar sei. „Hast du es denn nicht gut gehabt?" Dabei ging es nicht um ihr Wohlbefinden, sondern um die Entlastung der Fragenden, wenn sie eine positive Antwort bekamen.

Später schwangen die roten Türen des Lokals gedämpft hinter ihnen zu. Es hatte geschneit.

„Meine Güte, bei dieser weißen Warze handelt es sich wohl um mein Auto!"

„Das war ja ein Schneesturm!"

„Oder sind wir länger da drin gewesen, als wir dachten?"

„Vielleicht ist es schon Februar und die Schule hat ohne dich angefangen?"

Noreen zog den Mantelärmel von ihrer Armbanduhr zurück. „Drei Stunden!" Zielstrebig ging sie auf das zu, was sie für ihr Auto hielt.

„Komm, lass uns einsteigen!"

Stella blieb stehen. Der plötzliche Schnee gab ihr das Gefühl, als wären ihre Arme in Flügel verwandelt. Unter ihren Achselhöhlen schien sich etwas mit Luft zu füllen, und gleich würde sie losfliegen.

„Warum lassen wir das Auto nicht einfach hier? Wir könnten noch mal am Meer entlanglaufen!"

Fast hätte sie unbefangen die Hand nach Noreen ausgestreckt. Sie sah sich schon mit ihr an einem weißen Strand, über ihnen der Januarmond. Inzwischen hatte sie sich emotional offenbar dem angenähert, was einer direkten Cousine der Verliebtheit entsprach.

„Wie bitte?" Noreens Stimme durchschnitt Stellas neue, noch verletzliche Weichheit.

„Und morgen? Dann muss ich früh hierher, allein alles frei kratzen und mich später durch den Berufsverkehr quälen?"

Stella prallte zurück. Sie hatte doch bloß einen Gedanken geäußert! Nein, so ließ sie sich nicht abkanzeln! Typisch Lehrerin! Sie presste den Unterarm gegen den Magen und stemmte sich gegen den ziemlich kalten Kotflügel des Wagens.

„Willst du nicht einsteigen?" Wenigstens schien Noreen gemerkt zu haben, dass sie sich im Ton vergriffen hatte.

„Nein danke!" So war das also, wenn man in einen Paar-Streit geriet, ohne ein Paar zu sein. Und die Chancen, jemals eines zu werden – und wenn auch nur für eine Nacht – verringerten sich gerade rapide. Frau Lehrerin hatte im Wagen die Hände auf den Lenker gelegt. Stella öffnete den Mund und fing eine Schneeflocke mit der Zunge auf.

Im letzten Winter in England – sie war drei – lief die Katze durch den Schnee wie in dem deutschen Kindervers. Vor dem Kamin rollte sie sich zu einem lakritzschwarzen Bogen zusammen. Als Stella in der Schule war – inzwischen hieß sie Silvia –, musste sie unbedingt wissen, was Schornsteinfeger auf Englisch hieß, denn das war der Name der Katze gewesen. Weil sie von Wörterbüchern noch keine Ahnung hatte, fragte sie ihre Lehrerin, eine stattliche Dame im Jackenkleid. Das ganze Schuljahr hindurch trug Stella das Wort „chimney sweeper", den Schlüssel zu einer Welt, über die sie nicht sprechen durfte, in ihrem Kinderportemonnaie herum.

Um sich weiter beleidigt gegen einen Kotflügel zu drücken, war es definitiv zu kalt. Widerstrebend stieg Stella ins Auto. Noreen räusperte sich.

„Verzeihst du mir?"

„Ach, schon vergessen." Stella schnippte gegen die rotplüschige Teekanne, die vom Innenspiegel baumelte.

„Ach?" Noreen drehte ihr Gesicht angestrengt zu ihr herüber. Sie hatte ihren Mantel nicht zugeknöpft, und im Halbdunkel des Wagens war der zarte Spalt zwischen ihren Brüsten zu sehen. „Sprichst du walisisch?"

„Ich?" Stella gab der Teekanne einen Schubs. „Du meinst wegen des ‚Ach'? Nein, walisisch kann ich nicht. Es soll viele Laute haben, die es im Deutschen auch gibt. Komm, versuch es mal!"

„Ach", würgte Noreen. „Aber was bedeutet es?"

Stella nutzte die Gelegenheit, Frau Lehrerin einen Vortrag zu halten. „Du kannst sagen: ‚Ach, mein Nacken schmerzt!'"

Noreen lächelte. Stella dachte: Oder ich könnte sagen: ‚Ach, ich möchte dich überall anfassen, die kleine Vertiefung zwischen deiner Nase und deiner Oberlippe, deine Ohrläppchen …' Laut sagte sie: „Doch wenn du wirklich jammern willst, dann sagst du: ‚Ach weh!'"

Noreen schaute sie sanft an: „Das sind ja sehr nützliche Informationen!" Sie versuchte sich erneut an dem Laut, brachte aber nur ein kehliges Röcheln hervor. „Manchmal hasse ich mich selbst."

„Aber warum? Das mit dem ‚Ach' lernst du schon noch."

„Nein, wenn ich so bin wie vorhin. Hinterher hätte ich gern ein Mauseloch, aber in meiner Größe gibt es keine!"

„Schluss jetzt! Sollen wir die Fenster frei kratzen? Hast du das nötige Werkzeug?"

„Klar!" Noreen öffnete das Handschuhfach, und Hundekuchen und Hundebürsten regneten heraus.

„Gehört das Maud?"

„Hab ich dir gesagt, wie sie heißt?"

„Hast du – und Hundenamen vergesse ich nie!"

„Möchtest du sie sehen?" Noreen knipste das Licht an und zog etwas aus der Innentasche ihres Mantels. Stella rückte näher. Im Wagen roch es intensiv nach Hund, und jetzt würde sie die Quelle des Geruchs sehen. Trotzdem gab es Dinge, die sie noch lieber getan hätte, als das Foto eines dunkelbraunen Labradors zu betrachten, der eine Wärmflasche in Form eines Schafs in der Schnauze hielt.

„Und, was sagst du zu der Ähnlichkeit?" Noreen hielt das Foto auffordernd hoch.

„Wie aus dem Gesicht geschnitten!", seufzte Stella.

Noreen warf ihr einen Eiskratzer zu. Ob sie wohl noch jemals an den schneebedeckten Strand kommen würden? Stella kratzte resigniert an der Scheibe herum.

„Ich bin hier gleich fertig – und du?"

„Auch! Sollen wir noch kurz ans Meer?"

„Kannst du Gedanken lesen? Genau das wollte ich dich fragen!" Noreen stützte die Ellbogen aufs Autodach.

„Du bist ja diejenige, die ab morgen ohne das Meer auskommen muss."

Der Wagen glitt durch die schneestille Stadt, und Stellas Blick saugte sich an erleuchteten Erkerfenstern fest. Der Abschiedsschmerz war längst zurückgekehrt. Insgeheim hatte sie gehofft, die Geschichte mit Noreen würde sie ein wenig davon ablenken. Sie vermisste England schon jetzt.

„Wie geht's deinem Nacken?"

Noreen stöhnte. „Hast du schon mal daran gedacht, Krankenschwester zu werden?"

Stella winkte ab.

„Du könntest Hunde-Krankenschwester werden", beharrte Noreen. „Wie wär's? Hundetabletten austeilen? Häubchen mit gekreuzten Knochen tragen?"

Stella musste lachen. Mit Noreen schlug ihre Melancholie schnell in Schalkhaftigkeit um. Die Atmosphäre zwischen ihnen war wie das Wetter an der Küste, wo es an einem Tag drei verschiedene Jahreszeiten gab.

„Was habt ihr wirklich auf der Arbeit an?"

„Im Hundesalon? Ganz normale Kleidung und wasserfeste Schürzen. Und Handschuhe, wenn wir die eher unangenehmen Dinge tun."

Nur gut, dass Noreen nicht weiter fragte. Ein Gespräch über das Reinigen von Analdrüsen hätte Stella jetzt nicht als passend empfunden. Sie seufzte beim Gedanken an Fricko, den Spaniel. Er pflegte dann wimmernd die Augen zur Zimmerdecke zu verdrehen, als würde seine Seele in den Hundehimmel emporschweben.

„Du hast meine Frage nicht beantwortet."

„Welche? Ach, der Nacken. Dem geht's nicht so gut. Vielleicht muss ich Margaret bitten, mich abzuholen."

Stella ließ sich ins hundehaarige Polster zurücksinken. Der Name von Noreens Schwester erinnerte sie an den Ort, in dem ihre Großeltern sich Mitte der zwanziger Jahre kennen gelernt hatten. Den deutschen Namen Margret hatte sie immer gemocht. Heute glaubte sie, dass der ähnliche Klang früher einmal vertrauter Namen für sie als Kind aus dem Meer der deutschen Sprache aufgetaucht war und sie an etwas erinnert hatte, das sie nicht mehr benennen konnte. Sehr schade, dass sie mit Noreen darüber jetzt nicht sprechen konnte. Aber die Stimmung hätte sofort jede Leichtigkeit verloren, wenn sie Noreen von ihrer Kindheit erzählt hätte.

„Möchtest du Musik hören?"

„Ja gern, ich habe noch nie einen CD-Player in einem Auto gesehen!"

Noreen entgegnete mit verstörender Arroganz: „Dann hast du noch nicht gelebt, Frau!"

Stella schwieg. Manche Formen von lesbischem Imponiergehabe blieben besser unkommentiert. In perfekter Akustik ertönten die ersten Takte von „Somewhere over the Rainbow". Die Intensität des Liedes war zu viel für Stella. Dies war nicht Judy Garland, nicht die kratzige Fassung einer Hollywood-Schnulze. Dieses Lied war entkernt, entstaubt, dargebracht mit einer Stimme aus aufgeschnittenem Glas. Stella wusste sofort, dass sie das Lied nie mehr hören würde, ohne an den Wunsch zu denken, diese Fremde neben sich am nächtlichen Meer zu küssen.

Noreen war mit Fahren beschäftigt. Stellas Gedanken kehrten zu dem Seebad zurück, in dem die Mutter ihrer Mutter, ein 1906 geborenes Hausmädchen aus Nordlondon, manchmal einen Sonntagnachmittag verbracht hatte. Die schmale junge Frau mit dem Bubikopf strahlte auf den Jugendbildern eine gewisse schelmische Unbeholfenheit aus. Ihre Mutter, Stellas Urgroßmutter, servierte bei Leuten in Highgate. Das Baby, das sie nicht zur Arbeit mitbringen durfte, versteckte sie in seinem Körbchen unter dem Küchentisch.

Stellas Großvater stammte aus einer Küstenstadt im Südwesten des Landes. Er war Farmarbeiter und außerdem Verkäufer im Dorfladen. Gelegentlich stand er mit hohen Stiefeln im Meer und fing Krabben in den unendlich langen Tagen vor der Vergiftung der Nordsee. Das Wissen um ihre Familie war Stellas kostbarster Besitz. Schon als Achtjährige hatte sie es vermisst, und sie vermisste es auch noch mit dreißig. In den letzten zwölf Jahren nach dem Wiederfinden ihrer Großmutter, die inzwischen mit fünfundachtzig gestorben war, hatte sie endlich die Geschichten gehört, ohne die sie als Kind aufwachsen musste. Das Lächeln ihres Großvaters auf den Bildern blieb das gleiche. Sein dunkles Haar war zu kurz, um seine Ohren zu bedecken, die ihm das Aussehen eines Jungen im Anzug gaben. Auf einer Postkarte aus dem Jahr 1937 hatte ihm ein Schimpanse vom Londoner Zoo – mit ähnlichem Lächeln wie Stellas Großvater – den haarigen Arm um die Schulter gelegt. Vor der Papierlandschaft aus Bergen und Seen sah er nicht aus wie der dreißigjährige Ehemann und künftige Vater einer kleinen Tochter, Stellas Mutter, die nur wenige Monate später geboren wurde.

Das Regenbogen-Lied verklang. Stellas Augen folgten den Scheibenwischern, die den Schnee von der Scheibe schoben. Die Heizung wärmte ihre Füße. Das Auto barg sie in seinem Inneren wie eine Zeitkapsel. Ihre Erinnerung glitt zurück in das Jahr 1990. Die Großmutter erzählte von deutschen

Zeppelinen, die sie im ersten Weltkrieg über dem Londoner Himmel gesehen hatte. Wie die Erinnerungen so vieler alter Leute war auch dieses Bröckchen Zeitgeschichte für ihre Enkelin emotional nicht befriedigend. Stella wollte wissen, was das kleine Mädchen damals gefühlt hatte. Aber ihre Großmutter sagte nur einige sachliche Sätze über die Zeppeline am Himmel, bevor sie den nächsten Löffel der köstlichen englischen Vanillecreme in ihrem kleinen Mund mit der Papageienzunge verschwinden ließ. Stella sollte nie erfahren, was in dem Londoner Kind von 1915 vor sich gegangen war. Davon abgesehen war „Was hast du gefühlt?" eine typische Frage für ihre Generation. Die Menschen vor ihr hatten mit anderen Fragen gekämpft: Was werden wir essen? Wie werden wir überleben? Und später, in den Fünfzigern und frühen Sechzigern: Was werden wir anziehen? Das war definitiv eine der brennendsten Fragen von Stellas Mutter gewesen.

Noreens Stimme katapultierte sie zurück in die Gegenwart. „Da sind wir!" Der Wagen holperte über eine Erhebung. Stella nahm kurz ein Verbotsschild wahr, das mit Strafen vor dem Autofahren auf dem Strand warnte. Besorgnis durchzuckte sie, aber Noreens breites, völlig unlehrerinnenhaftes Lächeln lenkte sie ab.

„Das ist toll!" Sie trommelte eine kleine Melodie auf das Lenkrad. „So was hab ich zuletzt als Teenager gemacht!" Sie ließ den Wagen auf dem schneebedeckten Strand ausrollen. Für einen Moment befürchtete Stella, Noreen würde den Wagen ins Meer lenken, doch dann hielt sie schwungvoll kurz vor der Brandung an. Das Weiß des Schnees vermischte sich mit dem Weiß der Schaumkronen und leuchtete in den Scheinwerfern auf. Der Himmel über dem Meer wirkte schwarz und sehr niedrig. Hinter einem Vorhang unsichtbarer Möwen brachen die Wellen, als Noreen sich zu ihr drehte, um sie zu küssen. Ohne sich mit Präludien aufzuhalten, legte sie ihre Lippen so entschlossen auf Stellas, als wäre das schon vor langer Zeit so ausgemacht gewesen. Stella küsste sie verblüfft zurück, ganz benommen, dass es jetzt tatsächlich geschah. Noreens Mund erkundete ihre Lippen wie eine, die gerade von einer Polarexpedition zurückgekehrt war und mit der niemand mehr gerechnet hatte.

Stella schwebte weich und süß vor Überraschung in einem Vakuum von Körperlust. Bis in ihre Kniekehlen hinein war da dieser schmelzende Sog, den sie viel zu lange nicht mehr erlebt hatte. Noreen hatte jede Zurückhaltung abgelegt. Der Teil von ihr, der lieben wollte und Sex offensichtlich so köstlich fand wie Himbeeren mit Schlagsahne, hatte endlich die Oberhand gewonnen. Ihre Finger erkundeten Stellas Schlüsselbeine, wobei sie kleine Laute des Entzückens ausstieß. Wo war die gehemmte, verhuschte Person geblieben, die keinen einzigen Blick ausgehalten hatte? Sie hatte sich in einem Sternennebel aufgelöst, und materialisiert hatte sich eine Frau, die ganz genau wusste, was sie wollte. Stella öffnete die Beine, als Noreens heiße Handflächen über ihre Knie glitten. Ein lästiges Licht, das hinter ihrer Schulter in den Wagen hineinleuchtete, ließ sie aus dem Kuss emportauchen und die Augen öffnen. Stella blinzelte.

„Öffnen Sie die Tür!" Es war die Stimme einer Frau. Noreen tastete nach ihrer Hand. „Polizei", stieß sie hervor. Das konnte doch nicht wahr sein! Tatsächlich: Da stand eine Polizistin wie eine dieser Figuren, die in Schneekugeln leben. Sie wirkte ärgerlich und nicht so, als ob sie sich in ihrer kleinen Kugel auf den Kopf drehen ließe, damit die Schneeflocken sachte um sie trudelten. Sie umklammerte eine Taschenlampe und trug einen für Stellas deutsch sozialisierte Augen lächerlich runden Hut mit einem schwarzweiß gewürfelten Band. Sie war eine robuste kleine Person. Dass sie außerdem einen dieser neongrünen Schutzumhänge aus Plastik über ihre Jacke gezogen hatte, ließ sie vollends wie eine Playmobil-Figur aussehen. Stella entdeckte den Polizeiwagen, der etwas weiter hinten geparkt war. Die Tür stand offen. Sie schien allein zu sein.

„Sollen wir die Scheibe herunterlassen?"

„Ich fürchte, es bleibt uns nichts anderes übrig."

Die Polizistin hatte sich an Stellas Autoseite aufgebaut. Noreen gab ein Schnalzen von sich und drückte auf den Knopf, um die Scheibe herunterzulassen. Die frische Luft traf Stella wie ein Schwertschlag. Offensichtlich hatte der Kuss die Temperatur im Inneren des Wagens aufgeheizt. Es schneite jetzt heftiger, und die Wellen klatschten gegen die Vorderreifen des Wagens. Hatte Stella jemals eine Begegnung mit einer Polizistin am Strand gehabt? Und dann auch noch an einem nächtlichen, schneebedeckten Strand? Die Polizistin schaute Stella unpersönlich ins Gesicht. Das hatte sie wohl auf der Polizeischule in ihrer Polizeiklasse im Rollenspiel geübt. Es musste Übungen gegeben haben wie: „Einschüchterung eins" oder „Reduzierung des Selbstwertgefühls der Delinquenten", dicht gefolgt von „Einschüchterung von küssenden Delinquenten, denen das Befahren eines Strandes mit dem PKW nicht gestattet ist".

„Was machen Sie hier?", fragte die Polizistin. Ihre Stimme war heiser. Stella fühlte eine halbherzige Welle von Mitleid. Diese kleine Playmobil-Frau brauchte eine Tasse Tee mit Honig, das war klar. Sie warf Noreen einen Blick zu. Hatte die Polizistin nicht gesehen, was sie hier getan hatten? Ob es wohl eine besondere Strafe gab für Frauen, die sich im Winter draußen küssten? Was war das noch mit der „Clause 28"? Noreen neben ihr schien erstarrt zu sein. Hatte sie jetzt schon Angst um ihren Job als Lehrerin? Das konnte doch wohl nicht sein! Stella überlegte. Am besten wäre es wohl, den dicksten deutschen Akzent aufzutragen und die unwissende Fremde zu geben.

„Wissen Sie nicht, dass es verboten ist, hier mit dem Auto zu fahren?"

„Es tut uns so Leid", stammelte Stella schließlich in Zeitlupe. Sie hoffte, ihr Akzent war so dick wie Eisen. War ihr da nicht sogar ein Schweizer Anklang gelungen? Damit würde sie noch rustikaler rüberkommen. Schwyzerdütsch wäre auch günstig für den Fall, dass die erkältete Polizistin eine Deutschen-Hasserin war. Die Polizistin inspizierte Stellas Gesicht voller Misstrauen. Aber warum ignorierte sie Noreen, die Fahrerin?

„Und wieso haben Sie es getan?"

Stella begann zu vermuten, dass diese Polizistin von ihrem Job so unterfordert war, dass ein parkendes Auto auf dem Strand mitten in der Nacht eine Sensation für sie bedeutete.

„Es tut uns furchtbar, schrecklich Leid", wiederholte Stella. Sie fand, dass sich ihre Stimme anhörte wie die von Heidis Großvater an einem seiner schlechten Tage. Vielleicht an einem Tag, als gerade eine der Lieblingsziegen gestorben war? Was würde wohl die Strafe sein? Würden sie eine hohe Summe zahlen müssen? Noreens Finger zitterten auf Stellas Arm. Eine große Hilfe war sie nicht! War sie so paralysiert? Nein, sie hatte sich so weit es eben ging in ihren orthopädischen Kragen verkrochen, um das Lachen zu verbergen, von dem sie stumm geschüttelt wurde. Glücklicherweise hatte die Polizistin die Taschenlampe ausgeschaltet und neben sich gestellt.

„Es war meine Idee", fing Stella wieder an. Noch einen Moment weiter und sie würde zu jodeln beginnen, um die Polizistin von ihrer Unschuld zu überzeugen. „Es ist alles meine Schuld!"

„Also." Die Polizistin kreuzte die Arme vor ihrer neongrünen Plastikschürze. Aus ihrem Walkie-Talkie klang schrill die Stimme eines Partner-Polizisten. Sie hustete. „Nun, ich könnte dieses Mal beide Augen zudrücken." Ein dünnes Lächeln erschien wie mit Bleistift gezeichnet auf ihrem Gesicht.

„Danke!" Noreen drehte den Zündschlüssel. „Danke schön!" Sie trat das Gaspedal heftig herunter und raste mit dem Wagen in schlingernden Linien über den Strand.

„Kannst du nicht vorsichtiger fahren? Willst du, dass sie deine Nummer aufschreibt?"

„Kommt sie hinter uns her?"

„Noch nicht!"

Stella schaute über ihre Schulter. „Aber ich garantiere für nichts!"

Noreen, das Gesicht nass von Lachtränen, rief: „Du warst großartig!" Dann steuerte sie den Wagen mit einem heftigen Ruck zurück auf die Straße. Doch nach ihrem Lachanfall sah sie plötzlich distanziert aus. Beunruhigung stieg in Stella auf. War der Kuss wirklich gewesen? Stella wollte nach Noreens Hand greifen, aber die schien zu sehr mit ihren Gängen beschäftigt zu sein. Stella tastete nach ihren Handschuhen. Der linke war unauffindbar. Sie musste ihn in dem chinesischen Lokal liegen gelassen haben – oder draußen, als sie das Auto frei kratzten. Vielleicht, so dachte sie, war dieser Handschuh als Opfer im Mund einer unsichtbaren asiatischen Gottheit verschwunden, die ihr helfen würde, die Verbindung zu Noreen zu halten? Aber welche Gottheit ernährte sich schon von wollenen Handschuhen?

Bald darauf bogen sie in den Parkplatz vor dem Hotel ein. Die am Giebel befestigten Phantasiefahnen hingen schlapp wie Staubtücher herunter. Das Haus stand dunkel vor ihnen, nur im Eingangsbereich schimmerte eine Lampe. Jemand hatte einen Toyota so nah an den Stufen geparkt, dass man sich kaum zur Tür schieben konnte. Noreen ließ den Motor ersterben. Stellas Sicherheitsgurt klickte in der einsetzenden Stille. Der Gurt lag schlaff über ihrer Schulter, während sie unentschlossen sitzen blieb.

„Sollen wir noch einen kleinen Spaziergang machen?" Der Ton von Noreens Stimme stach in Stella wie eine lange Nadel. Zweifellos: Hier wollte sich jemand distanzieren. Warum konnte Noreen nicht mutig sein und wenigstens eine Nacht mit ihr verbringen? Warum hatte sie sie vorhin wie eine Ertrinkende geküsst, um sich jetzt in eine Frau aus blankem Eis zu verwandeln?

„Ich muss mich wirklich entschuldigen, mein Nacken tut so weh. Es war ein toller Abend mit dir, aber …"

Stella brauchte frische Luft. Sie musste aus diesem Auto heraus! Noch nie war sie weniger bereit gewesen, irgendwelche Entschuldigungen zu akzeptieren. Sie schlug die Autotür hinter sich zu und hörte, wie Noreen ausstieg. Die Wagenschlüssel klimperten in ihrer Jackentasche. Es war ein fröhliches kleines Geräusch, das Stellas Traurigkeit verhöhnte. Noreen näherte sich Stella und legte ihr mit einer entsetzlichen Behutsamkeit, die nur Distanz ausdrückte, den Arm um die Schulter. Stella atmete flach, schaffte es aber nicht, den Arm abzuschütteln, der auf ihrer Schulter lag wie ein freundlicher Ast. Vier Füße setzten sich in Gang, und sie überquerten die autolose Straße, über der die Neonleuchten an dünnen Leitungen wippten. Der Schnee knirschte unter ihren Schuhen, als ob sie durch eine Schüssel mit Cornflakes gingen. Stella wünschte sich, sie könnte Noreen eine Szene machen. Doch war ihr zerbrechliches Verhältnis selbst dafür nicht zu frisch? Meine Gefühle, dachte Stella, sind zu schnell aus der Form herausgewachsen, die passend erschien. Diese wilde Unangemessenheit war beschämend. Und wo waren all die binomischen Formeln ihres eigenen sachlichen Interesses geblieben? Hatte ein einziger Kuss die Barrieren so gründlich beiseite fegen können? Noreen blieb an dem hölzernen Zaun stehen, der Spaziergänger davon abhalten sollte, von den Klippen herunterzufallen. Das Meer warf sich unten gegen den Strand wie eine Schulter aus Wasser gegen eine geschlossene Tür. Noreen löste ihren Arm aus der hölzernen Umarmung und legte sie zu ihrer anderen Hand auf den Zaun. Ihr orthopädischer Kragen schimmerte weißlich im grauen Licht. Stella musste an einen schwedischen Pfarrer denken, der auf seiner Kanzel stand. Welche Predigt würden sie jetzt zu hören bekommen, sie und das unten an den Strand rollende Meer? Beide begehrten sie Einlass, und beide mussten sich damit abfinden, dass das Land ihnen nicht mehr gewährte als einen Streifen schneebedeckten Strandes. Stella bemerkte, wie etwas in ihr austrocknete und sich wie Sandpapier gegen ihren warmen Brustkorb drückte.

„Es ist nicht, weil ich dich nicht mag … ich mag dich sehr, wirklich." Stella knirschte mit den Zähnen. Auf solche Kirchenlieder konnte sie verzichten, auch wenn die Gemeinde schon dünn in die Liturgie einfiel. „Aber ich kann das nicht tun."

„Was? Was kannst du nicht tun?", fragte Stella.

„Du weißt, was ich meine."

„Könntest du es nicht wenigstens aussprechen? Würde es nicht alles ein wenig, sagen wir, realer machen?"

„Stella, wir beide wissen doch genau, wovon wir sprechen, oder?"

Stella hob den ersten Fuß und dann den zweiten, und ihre Füße buchstabierten ihren Unwillen, dieser Predigt noch weiter zuzuhören. Noreen folgte ihr. Stella hörte ihre Schritte hinter ihr wieder in der Cornflakes-Schüssel knistern. Am Hotel schoben sie sich an dem roten Toyota vorbei, wobei Stella sorgfältig darauf achtete, Noreen nicht zu berühren. Sie holte die Schlüssel aus ihrer Tasche und ließ sie beide ein. Der blaue Teppich saugte jedes Geräusch auf. An der Zimmertür drehte Noreen sich zu Stella um. Stella wich zurück, aber Noreen drückte sie schnell an sich. Ihre Brust wurde gegen die Knöpfe von Noreens Jacke gepresst.

Kapitel 3

Bournemouth trug noch sein matschiges Nachthemd aus Schnee, als ich die Stadt am Morgen mit meinem orthopädischen Kragen verließ. An roten Ampeln ignorierte ich Spaßvögel in anderen Autos, die sich gegenseitig mit der Schulter anschubsten und in meine Richtung deuteten. Hatten sie keine Lehrerin gehabt, die ihnen sagte, dass man so etwas nicht tut? Die Fahrt mit dem schmerzenden Nacken verdankte ich meiner Schwester, der Ärztin.

„Noreen, ausgeschlossen! Leider! Ich kann dich wirklich nicht abholen!" Da ich ihre Stimme seit vierzig Jahren kannte, wusste ich auch ungefähr genauso lange, wann sie log. Angeblich hatte sie ein ernstes Problem mit ihrem Computer.

„Ich muss doch morgen wieder arbeiten. Wenn ich das jetzt nicht repariere, kann ich die ganze nächste Woche nicht ins Netz."

Klar, das ging vor. Dubiose Internet-Kontakte waren ihr wichtiger als ihre eigene Schwester. Na gut, geduckt unter Wolken von Wut, von denen ich nicht wollte, dass sie sich auf meiner Seele ausregneten, krümmte ich mich hinter den Lenker. Bloß nicht nachdenken. Als Pädagogin hatte ich schließlich Erfahrung mit Selbstkontrolle und Schmerz. Oft genug bestand meine Aufgabe darin, den Zorn der Schüler zu kanalisieren und in andere Aktivitäten umzuwandeln.

Das Metier meiner Schwester waren Magensonden und Dauerkatheter. Ein Darm musste weiterarbeiten, auch wenn der Kopf es nicht mehr tat. Im Seniorenheim sorgte sie für Sedierung, indem sie Durchschlafpillen verschrieb. Konnte sie, die die Aufrechterhaltung der körperlichen Restfunktionen koordinierte, für das Leben überhaupt noch Interesse aufbringen? Offenbar nicht.

„Du schaffst das schon, Noreen", gurrte sie. Dann ließ sie sich dazu herab, mir den Namen eines rezeptfreien Schmerzmittels zu buchstabieren.

Beschämenderweise hatte ich in der Nacht tief geschlafen. Nur einmal war ich luftschnappend aus dem Wellental eines sexuellen Traums emporgetaucht. Hatte jemand an die Tür geklopft? Ich lauschte verstört und ließ mich dann in die körperwarme Woge des Traums zurücksinken. Stella beugte sich im Halbdunkel über mich; ich zog sie an den Handgelenken zu mir ins Bett. Ihr Körper war üppiger als in Wirklichkeit und vermischte sich schließlich ganz mit dem von Gladys Mulligan, einem Mädchen, in das ich mit dreizehn voller Schuldgefühle verliebt gewesen war. Wir kehrten endlich zu dem Kuss zurück, aus dem die Polizistin uns aufgestört hatte. Das Gewicht ihres Körpers drückte mich tiefer in die Matratze und umgab mich wie ein träges, hochsommerliches Lied. Noch immer, während ich über die vereiste Straße langsam aus der Stadt hinausschlitterte, zwirbelte sich der Rhythmus dieses Traumkusses um einen tiefen, gut verborgenen Punkt im Inneren meines Körpers.

Resigniert ordnete ich mich auf dem Schnellstraßenzubringer ein und drückte auf den CD-Player. Es lag noch die CD von gestern Abend drin. Ich biss mir auf die Unterlippe. „Somewhere over the Rainbow", das war jetzt wohl kaum das Richtige. Mein Handy lag neben mir auf dem Sitz. Noch nicht einmal Telefonnummern hatten wir ausgetauscht. Andererseits: Was war schon passiert außer einem gewissen erotischen Flimmern? Sollte ich mich deshalb wie ein Teenager benehmen? Endlich mal wieder? Eine Frau wie ich stellte doch nicht ihr ganzes Leben auf den Kopf. Nein, Stella war nicht die ersehnte *Sie*.

Davon abgesehen schob ich schon seit Jahren unlösbare Probleme an den Rand meines Bewusstseins. Diese Region meines Hirns sah aus wie ein mit alten Möbeln zugerümpelter Dachboden. Mein Blick fiel auf den Jadering an meiner rechten Hand, und schon war ich wieder mit Stella beim Chinesen. Als sie den Ring mit der Jadekugel in ihrer Hand herumrollte, hatte ich sie unter mir aufschlagen sehen wie ein Buch. Es war der reinste Moment erotischer Sehnsucht, den ich mir in den letzten Jahren gestattet hatte. Plötzlich erkannte ich: Die Entscheidung, nicht die Nacht mit ihr zu verbringen, hatte überhaupt nichts damit zu tun, dass sie in einem anderen Land lebte. Ich hatte mir selbst die erwachsene, bindungswillige Frau vorgespielt, die nur an einer erreichbaren Partnerin in einem vernünftigen geografischen Abstand interessiert war. In Wahrheit fürchtete ich mich vor dem dunklen Meer meiner sexuellen Wünsche und Begierden.

Nun, jetzt war sowieso alles zu spät. Wenn ich die Fahrt heil überstehen wollte, verbot ich mir am besten jeden Gedanken an die letzten zwei Tage. Ich würde mir die Strecke in säuberliche Teilabschnitte zerlegen und wohldosierte Stopps einlegen. In einer Stunde würde ich anhalten und zwei Tabletten aus dem Aluminiumstreifen herausdrücken. LKWs und National-Express-Busse überholten und sprühten Schneematsch auf das Auto.

Ich war wütend und traurig und erwog Möglichkeiten, mich abzureagieren. Ein Roman fiel mir ein, in dem sich eine Frau in ihrem Auto sitzend selbst befriedigte. Ich schüttelte den Kopf. Nein, niemals würde ich mit der Hand zwischen meinen Beinen über den Motorway fahren. Wie hatte sich die Frau überhaupt auf den Verkehr konzentrieren können? Gab es vielleicht eine Dunkelziffer von durch Masturbation verursachten Unfällen? Nein, so etwas tat man einfach nicht. Ich hatte mich immer daran gehalten, was man tut – und genauso sah mein Leben aus. Die Sinnlosigkeit, in einer Salzwüste Liebe mit sich selbst zu machen, hätte selbst Jackie eingeleuchtet.

Am Morgen hatte Lindsey noch übernächtigter als sonst ausgesehen. Mir fehlte der Mut, sie nach Stellas Abreise zu fragen, als sie den Kaffee vor mich hinsetzte. Warum bestellte ich nicht wenigstens Tee? Warum brach ich nicht einmal mit meinen Gewohnheiten? Monoton wie meine Schwester schnurrte ich auf lautlosen Kufen in den Schlittenspuren meiner Gewohnheiten dahin. Was hatte mich gestern Abend dazu bewogen, den Schutzschild ins Meer zu werfen? Dieser Kuss! Die verborgene Murmel in der Tiefe meines Körpers rollte mir wieder durch den Magen und klickte butterweich in meinem Bauch wie eine Flipperkugel, die es gegen jede Erwartung doch noch ein paar Windungen weiter schafft.

Wo bist du jetzt? fragte ich den schneeverhangenen Himmel hinter meiner Windschutzscheibe, aber eigentlich sprach ich noch in den Schwung von Stellas Körper, in die Mulde, wo die Taille sanft gerundet in die Hüfte übergeht und die ich nie unter meinen Händen fühlen würde. Als wir im Autos saßen, war ihre ferne Haut unter der dicken Winterjacke verborgen gewesen, unter dem Pullover und der hellen Skiunterwäsche, die ich einmal gesehen hatte, als sie ihre langen gebräunten Arme über ihren Kopf dehnte. Wo bist du jetzt? fragte ich und wollte, statt in meinem Auto zu sitzen, einer dieser Vögel sein, die genau wissen, wohin sie fliegen müssen. Ich wollte mit gestreckten Füßen wegschweben, meine Flügel in den Saum der Wolken tauchen. Ich wollte an Stellas Fenster mit meinen Krallenfüßen auffedern und sie hinter der Glasscheibe herumgehen sehen, die Linie ihres Nackens und der Schulterblätter, die sich unter dem dünnen Hemdchen abzeichneten, während sie ein Glas Wein trank. Bei diesem Anblick wollte ich mich in eine Frau zurückverwandeln und ganz langsam aus meiner Salzwüste zu ihr hinausgehen, auf nackten Füßen, denn wo sie war, da war klares Wasser, eine Oase, der wedelnde Schatten von Palmen und der sanfte Blick von Kamelen, die ausruhten nach ihrem langen, schwer beladenen Lauf durch Sandberge, die aussahen wie Frauenleiber. In Stellas Augen wohnte der Blick, der mich meinte und der fast zu viel für mich war, denn in ihrem Blick war es so, als läge ich schon vor ihr, neben ihr, in ihr. Als hätte sie meine Arme und Beine und meine Seele bereits geöffnet. Deshalb vergrub ich mein Kinn an ihrer Schulter. Mein Kinn passte in ihre Schulter und auch mein Mund, und ich schob den Träger ihres Hemdchens zurück und küsste sie dorthin. Es war, als wäre dies die Stelle, die vorgesehen war für meine Lippen, so wie es bei Briefen auch eine bestimmte Stelle gibt, wo die Briefmarke hingehört.

Drei Stunden später flatterten die versteinerten Engel mit ausgebreiteten Flügeln wie immer auf den Grabsteinen der Stadt, in der ich lebte. Ich rollte die Straße entlang, die zwischen dem Boots-Einkaufszentrum und den roten Backsteinmauern des Friedhofs lag. Die davon abzweigende High Street führte schnurgerade vom Bahnhof zu der Markthalle aus dem neunzehnten Jahrhundert, in der sie jetzt japanische Computerspiele verkauften. Ich wäre gern für mich geblieben, aber ich musste den Hund abholen. Madges Küche würde wieder aussehen wie eine Kreuzung zwischen Raumschiff Enterprise und dem OP-Saal aus *Emergency Room*. Sie liebte es, das Gehäuse ihres Computers abzuschrauben und mit dem Schraubenzieher zwischen den Drähten herumzustochern. Seit es ihr vor Jahren einmal gelungen war, eine Verbindungsstelle mit einer Borste aus einem Drahtbesen zu justieren, bildete sie sich ein, sie hätte ihren Beruf verfehlt und wäre besser System-Administratorin geworden. „Als Ersatz für einen Kupferdraht!", jubelte sie mir damals entgegen. Nachts, wenn ich von einer letzten Runde mit Maud an ihrer Küche vorbeikam, thronte sie wie der bleiche Commander eines imaginären Raumschiffs am Fenster, das sie, die rechte Hand um die Maus gelegt, regungslos durch das All unserer Nacht steuerte.

Die rotplüschige Teekanne schaukelte, als ich den Blinker setzte, um in die Straße mit dem Kentucky Fried Chicken einzubiegen. Teddy Frank, ein quarkgesichtiger Schüler, hatte sie mir am letzten Schultag vor den Weihnachtsferien in die Hand gedrückt.

Aus dem Kentucky Fried Chicken roch es wie vor fünfundzwanzig Jahren. Vielleicht hätte Madge ja auch Appetit auf Huhn? Das Mädchen in der roten Schürze, deren Wangen sich im Alter in Hängebäckchen verwandeln würden, entgegnete meinen Gruß mit einem freundlichen Röcheln. Sie hatte den ungesunden Hautton, der für die Bewohner unserer Gegend so charakteristisch ist. Schon die Kinder sehen aus wie Kettenraucher. Noch nach all den Jahren erwartete etwas in mir, meinen Vater mit dem albernen gestreiften Hütchen auf dem Kopf hinter dem Tresen stehen zu sehen. Er hatte, wie er uns versicherte, niemals bedauert, dass er als ausgelernter Koch die letzten Jahre seines Berufslebens in einer besseren Frittenbude verbrachte. „Das ist doch alles nicht so wichtig." Und wenn ich ihn hinten im Garten die Stachelbeeren pflücken sah, aus denen er später die köstlichsten Baiser-Torten zauberte, dann glaubte ich ihm sogar.

Zurück im Auto presste ich das Hähnchen-Paket gegen meine Hände. Am Zebrastreifen erblickte ich die alte Mrs. Lobs. Ihre Basttasche – der Hippie-Sohn, der in Goa lebte, hatte sie ihr kürzlich geschickt – hing schlaff in ihrer Armbeuge. Mrs. Lobs setzte sich mit ihrem krabbenartigen Gang in Bewegung. Ich beobachtete sie besorgt. Würde sie es schaffen, die Straße im vorgegebenen Zeitrahmen zu überqueren? Mitten auf dem Zebrastreifen winkte sie mir zu. Eine Hupe gellte. Der Klempner aus dem Nachbarort war in Eile. Mrs. Lobs hob die Hände und hoppelte, so schnell es ihr möglich war, über die Straße. Der Klempnerwagen schoss mit quietschenden Reifen davon. Mrs. Lobs machte eine Geste amüsierter Empörung. Sie war eine liebe alte Dame, die mir als Kind oft klebrige Kekse zugesteckt hatte.

Der Wind wehte durch die Stadt, deren Straßen nach Salz und Halbschlaf schmeckten. Fischfang, Bootswerften, Schmuggelei und Tourismus gehörten schon lange der Vergangenheit an. In einem hingeklotzten Gewerbegebiet wurden Küchen produziert, und in den Andenkenläden am Strand konnte man getrocknete Seesterne kaufen.

Die Gärten von meiner Schwester und mir grenzten an einen Boule-Platz. Im Sommer hörte ich das Klicken der Kugeln, während ich Klassenarbeiten korrigierte. Zwischen den Johannisbeersträuchern am Ende des Gartens schimmerte die Kleidung der Clubmitglieder. Sie unterhielten sich mit ihren Upper-Middle-Class-Stimmen über das, was ihre Hunde und Enkel wieder angestellt hatten. Ich bog in unsere Straße ein. Wann würde ich mich daran gewöhnen, dass die Haushälfte meiner Schwester einer rosafarbenen Hochzeitstorte glich? Das Haus der Nachbarin war mit einem zitronengelben Anstrich überzogen wie Petits Fours. Beim Tod von Prinzessin Diana hatten beide schwarze Trauerfahnen aus ihren Vorderfenstern heraushängen lassen. Meine Haushälfte brütete in zufriedenem Grau zwischen den beiden aufgeregten Erkerfassaden wie eine Eule. In meinem Vorgarten lag Hundespielzeug. Maud saß auf den Stufen und begann, erfreut zu bellen. Ihr wedelnder Schwanz schlug gegen meine Beine. Ich beugte mich mühsam hinunter, um ihren großen Kopf in meine Hände zu nehmen. Sie schnüffelte aufgeregt. Ein großer Teil ihrer Freude galt dem Hähnchenduft.

Die OP-grünen Lampenschirme in der Küche meiner Schwester tauchten den peinlich sauberen Raum in metallisches Licht. Auf einem Handtuch, das wie desinfiziert wirkte, waren Schraubenzieher aufgereiht. Bestand die Tragik von Madges Leben darin, dass sie nicht Chirurgin geworden war? Oder war sie etwa in einen der grünbekittelten Akteure der Krankenhaus-Soap verliebt? Konnte sie sich nicht satt sehen an Dr. Greenes verantwortungsbewusster Glatze, die auf so tragische Weise aufgeschnitten werden musste, weil er, der Chirurg, an einem Gehirntumor litt? Hatte es ihr die mürrische Großmäuligkeit des Dr. Benton angetan? Einzig und allein Kerry, auch bekannt als Dr. Weaver, schied aus diesem Reigen der Möglichkeiten aus, denn ich kannte niemanden, der heterosexueller war als meine Schwester.

„Madge?" rief ich. „Madge, wo bist du?"

„Noreen – schon zurück? Na, siehst du, ging doch!" Madge kniete auf einem Cordkissen wie eine Geisha, die sich noch nicht für ein Weight-Watchers-Programm entschieden hat, und umklammerte mit ihrem molligen Händchen einen Schraubenzieher. Sie kämpfte damit, das Gehäuse wieder auf den Rechnerturm zu schrauben. Eine winzige Schraube weigerte sich, von der Spitze des Schraubenziehers aufgespießt zu werden. Ich senkte meinen schmerzenden Körper auf einen Küchenstuhl herab. Maud stieß mir ihre Schnauze in die Hand.

„Wie war die Fahrt?" Meine Schwester drehte sich um und blies sich eine Strähne ihres drahtigen Haars aus dem erhitzten Gesicht.

„Hast du Lust auf Hähnchen?"

Mit feinem Pling landete das Schräubchen auf dem Boden. Madge fluchte. Mein Hund legte mir fordernd eine lehmige Pfote aufs Bein. Sie bettelte sonst nie, fast nie. Der Aufenthalt bei meiner Schwester, die nicht nur sich selbst großzügig fütterte, war ihr wohl nicht gut bekommen.

„Könntest du mir mal eben helfen?"

Ich beugte mich mit verkrampftem Nacken zum Computer hinunter. Mittlerweile war es Madge gelungen, die Schraube auf die Spitze des Schraubenziehers aufzufädeln. Begütigend redete sie auf das Metallstückchen ein.

„Noreen, würdest du das wohl mal eben zusammendrücken?"

Ich stöhnte, legte aber gehorsam beide Hände fest gegen das Gehäuse. Der Vorgang war mir nicht fremd, da ich Madge schon öfter bei diesem Manöver geholfen hatte. Der entscheidende Punkt war, die ausgestanzten Metallöffnungen auf eine bestimmte Weise zu positionieren. Madges kleine Zunge erschien zwischen ihren Lippen, während sie ächzend die Schraube eindrehte. Diesen Gesichtsausdruck hatte sie schon gehabt, als sie mit vierzehn die Räder meines Puppenwagens reparierte.

„Geschafft!" Mit zufriedenem Schnaufen legte sie den Schraubenzieher beiseite.

„Sagtest du Hähnchen?"

„Und Chips."

Kapitel 4

Den grauweiß gestreiften Schwanz steil wie einen Bleistift aufgerichtet, schummelte sich Elsie durch Stellas Beine hindurch ins Zimmer und nahm mit einem eleganten Sprung das Bett in Besitz. Stella zog den Reißverschluss ihrer Jacke auf. Die Enttäuschung über Noreen und das Ende des Abends steckte als Widerhaken in ihrer Brust. Die pelzigen Maulwinkel der Katze schienen sich hingegen zu einem Lächeln nach oben zu biegen.

„Ich will dich ja nicht kränken, aber ich hätte lieber jemand anderes in meinem Bett gesehen!"

Manchmal wünschte sich Stella, religiös zu sein. Jetzt zum Beispiel hätte sie die Fäuste gern gegen ein in den Wolken thronendes Wesen geschüttelt. Doch hätte sich das Wesen dafür interessiert, dass ihre Liebe abgewiesen worden war? Unwillig, aber sanft schob Stella die Katze beiseite, um sich auszustrecken. Liebe? Was war aus ihrer sorgfältigen Versuchsanordnung geworden? Ein Kontrollverlust, eigentlich kaum der Rede wert, und schon war sie davon besessen, die Kniekehlen einer Frau zu sehen? Sie hätte wetten können, dass Noreen auch an dieser Stelle Sommersprossen hatte.

Damals mit sechzehn in der Schule, als sie Ludwig Feuerbach gelesen und etwas über Projektion gelernt hatte, fand sie es einleuchtend, dass Völker sich Götter ausdachten, um ein Ventil zu haben und sich geborgen zu fühlen. Vor einer Göttin der erfüllbaren Liebe wäre Stella augenblicklich niedergekniet und hätte mindestens sechsunddreißig buttergelbe Kerzen angezündet.

Nein, sie brachte es nicht fertig, Noreen so gehen zu lassen. Sie sah auf die Uhr. Erst halb zwölf. Noch könnte sie bei ihr anklopfen. Sie könnte sagen, dass sie etwas vergessen hatte. Noreen würde die Tür öffnen und vor Erleichterung lächeln. Sie würde sie an sich ziehen und das Handtuch lösen, in das sie sich eingewickelt hatte. Ihr Haar wäre nass, und das Wasser würde in kleinen Rinnsalen über ihre Brüste laufen. So würde es sein, beschloss Stella und schob den Gedanken beiseite, dass diese Szene ihr bei klarem Verstand wie die Kameraeinstellung aus einer Vorabendserie vorgekommen wäre. Der Kuss am Strand lag keine Stunde zurück. Noreen hatte sie gewollt und wollte sie noch immer. Sie hatte doch ihren Atem an ihrem Ohr gehört, ihre Lippen gespürt, die ihren Hals streiften. Stellas Hände waren über die Vorderseite ihrer Jacke gewandert, vor Abenteuerlust vibrierende Hände, die genau gewusst hätten, was sie wollten, wenn nur diese Polizistin nicht gekommen wäre.

Stella hörte das Meer hinter den geschlossenen Fenstern. Ließ sich das Rad doch noch zurückdrehen, wenn sie jetzt mutig war? Oder saß sie in einer Zeitschleife der Unabänderlichkeit fest? Yvonne redete in letzter Zeit dauernd vom Buddhismus. „Das Karma rotiert wie eine Rechenmaschine in ihrem Kopf", beklagte sich Sabine, Stellas beste Freundin, während sie ihre Tupperdose mit Möhrensalat öffnete. Wenn Yvonne, die Nervensäge, in den Hundesalon kam, klappte sie ihre Beine auf dem Tisch, auf dem sonst die Riesenschnauzer gebürstet wurden, in Lotosposition. Sabine zeichnete einen imaginären Heiligenschein über den Kopf der nichtsahnenden Yvonne.

Stella streichelte trostsuchend das seidige Fell der Katze. Welchem früheren Leben verdankte sie diese Situation? Yvonne würde herumtrompeten, dass Stella im vierzehnten Jahrhundert grausam und wählerisch auf amouröse Angebote reagiert hatte, mit denen sie überschüttet worden war. Klar, das Knacken der Herzen, die sie brach, schallte damals durch grüngoldene Flusstäler. Die Katze miaute. Hieß das ja? Stella tappte ins Bad. Im Spiegel bildeten ihre Augenbrauen eine einzige struppige Linie, ein sicheres Indiz für Unglück. Etwas in ihr fühlte sich hohl an wie der leere Schrank, in dem die Bügel aneinander klirrten. In der Hosentasche knisterte der Zettel mit ihrer Adresse. Vorhin, als sie sich aus Noreens künstlich neutraler Umarmung freigestemmt hatte, war sie so wütend gewesen, dass sie den Zettel völlig vergessen hatte. Sie stützte die Hände auf das Waschbecken. Sabine hätte noch nicht aufgegeben. Sie konnte das Drängen in ihrer Stimme hören: „Du darfst nicht so schnell lockerlassen! Vielleicht will sie ja doch nach Berlin kommen! Manche brauchen einfach mehr Zeit!"

Stella drehte den Wasserhahn auf und warf sich heißes Wasser ins Gesicht. Sie tauchte die Wangen in das Hotelhandtuch. Die Frotteemulde roch nach Waschmittel, das dem im Haus ihrer Großmutter vor zehn Jahren ähnelte. Damals, mit Anfang dreißig, hatte sie nach über achtundzwanzig Jahren endlich wiedergefunden, was die erwachsenen Adoptierten „Herkunftsfamilie" nannten. Aber als Nana wenig später starb, konnte Stella noch nicht einmal zu ihrer Beerdigung fahren. Was würde Yvonnes Karma-Theorie dazu sagen?

Ihre Großmutter als Kind zu vermissen, war ein konstanter Schmerz, konturenlos. Unsichtbar wie der verlorene Schatten von Peter Pan. Gesichter waren in den Spalten der Jahre versunken. Als sie dreizehn war, beugte Stella sich über den Badezimmerspiegel wie über den Rand eines tiefen Brunnens. Wenn sie nur lang genug hineinsah und sich konzentrierte, dann würde das Gesicht ihrer Mutter aus dem Spiegel herauszuschimmern beginnen.

Im Hotelflur brannte nur das blaue Nachtlicht. Die Pfoten der Katze trappelten vor ihr her die Stufen hinunter. An Noreens Zimmertür lief Elsie gleichgültig vorbei. Stella klopfte. Keine Reaktion. Sie lauschte – den Zeigefinger gekrümmt in der Luft haltend – mit vorgebeugtem Oberkörper. Sie klopfte wieder, fordernd und gedämpft zugleich. Hoffentlich öffnete sich nicht die andere Tür. Von der Japanerin mit dem verwuschelten Haar wollte sie nicht gesehen werden. Sie legte ihr Ohr an die Tür. Waren da Schritte? Sie wünschte sich so sehr, das Geräusch des sich im Schloss drehenden Schlüssels zu hören. Nein, nichts. Sie atmete tief aus. Dann beugte sie sich wieder gegen die Tür. Sie hielt den Atem an. Jetzt hörte sie es ganz deutlich: das leise, unverwechselbare Geräusch einer Person, die rhythmisch im Schlaf atmete. Stella richtete sich aus ihrer gebückten Haltung auf. Das war doch nicht möglich! Sie legte den Kopf zurück und überprüfte die Zimmernummer, obwohl sie wusste, dass das unnötig war. Noreen schlief. Sie schlief! Stellas Schultern sackten nach vorn. Sie starrte auf den gelben Zettel in ihrer Hand. Sie könnte ihn an die Tür kleben. Noreen würde ihn vielleicht morgen früh finden. Stella lauschte noch einmal. Jenseits der Tür erklang jetzt ein entspanntes, unaufgeregtes Schnarchen. Sie zerriss den Zettel in winzig kleine Schnipsel, die auf den Teppich rieselten. Steif wie ein aufgezogenes Blechspielzeug ließ sie ihre Füße die Treppe hinunterstolpern. Hinaufzugehen war unmöglich. Ins Hotelzimmer wollte sie nicht mehr zurück. Mit hängenden Armen durchquerte sie den Anmeldebereich des Hotels. Wie hatte sie sich nur einbilden können, dass Noreen etwas an ihr lag? Die Katze schlummerte schon wieder zusammengerollt auf dem aufgeklappten Gästebuch unter dem warmen Schein einer Schreibtischlampe. Verräterin.

Wenig später lehnte Stella in der Lounge ihre Stirn gegen die raue Polsterwange eines der elefantenohrigen Sessel.

„Alles in Ordnung?" Etwas Kaltes berührte sie am Handgelenk. War sie eingeschlafen? Vor ihr stand Lindsey. Ihr Bademantel leuchtete phosphoreszierend. Sie sah aus wie eine übergroße Schneeflocke. Über den Bademantel hatte sie ihre schwarzweiß gewürfelte Schürze gebunden. Ihre Hände waren mit etwas Weißem bestäubt. Mehl? Das Kalte, das Stella geweckt hatte, stellte sich als Messbecher heraus, den Lindsey, halb mit Mehl gefüllt, in der Linken hielt. Stella rieb sich die Augen und ließ sich aus dem Sessel herausziehen. Offenbar drohte etwas im Ofen zu verbrennen und Lindsey musste zurück in die Küche.

Stella blinzelte. Ihr Mund schmeckte schal nach zu wenig Schlaf. Hinter den Küchenfenstern war die Nacht schwarzlackiert. Die Uhr an der Wand zeigte vier. Lindsey summte und zog ein Backblech mit Keksen aus dem Ofen. Sie streifte sich die Backhandschuhe ab und lächelte, als wäre es das Normalste von der Welt, zu dieser Zeit einen Hotelgast in die Küche einzuladen. In einer verborgenen Ecke gurgelte eine Kaffeemaschine. Lindsey goss Stella einen Kaffee ein. Benommen ließ Stella sich auf einen Stuhl sinken, dessen mürbes rotes Polster pelzig von Katzenhaaren war. Stella stutzte. Der Kaffee schmeckte ausgezeichnet.

„Konnten Sie nicht schlafen?" Lindsey bestäubte die hölzerne Tischplatte mit Mehl und hob eine Teigkugel aus der Schüssel neben Stellas Kaffeetasse.

„Reisefieber", murmelte Stella.

Lindsey schob sich mit dem Handrücken eine Haarsträhne aus der Stirn und begann, den Teig durchzukneten.

„Wenn die Kekse abgekühlt sind, können Sie gern probieren."

Der Kaffee tat gut und auch der köstliche Geruch, der von dem Backblech ausging. Stella war zumute, als wäre sie nach einer Irrfahrt durch ein einsames, nächtliches Meer an einer hell erleuchteten Kucheninsel gestrandet.

„Ich backe am liebsten nachts. Ich bin wie eins dieser nachtaktiven Tiere." Lindsey kicherte. „Kennen Sie Erdmännchen? Tagsüber funktioniere ich einfach nicht so gut."

Stella verkniff sich eine taktlose Bemerkung über den morgendlichen Kaffee, den Lindsey ihr stets serviert hatte. Außerdem waren Erdmännchen, soweit sie wusste, nicht nachtaktiv. Aber sie war zu müde für Besserwisserei. Und überhaupt: Was spielte das für eine Rolle? Noreen fiel ihr wieder ein, und es tat zu weh, an sie zu denken.

„Morgen um acht geht es los?"

Stella nickte. „Ich wünschte, ich hätte die Fahrt schon hinter mir."

Lindsey streute sich etwas Mehl über die Hände und gab ein zustimmendes Geräusch von sich. „Ja, im Winter kann das Reisen beschwerlich sein." Klatschend gab sie der Teigkugel einen Klaps. „Woher haben Sie Ihr gutes Englisch?"

Stella stöhnte innerlich auf. O nein, bitte, jetzt nicht noch das! Sie wehrte ab. „In der Schule gelernt, damals."

Lindsey warf ihr einen Blick zu. Hatte sie bemerkt, dass Stella die Frage unangenehm war? Manche Menschen waren beleidigt, wenn ihre Fragen nicht sofort zu ihrer Zufriedenheit beantwortet wurden, Stella kannte das gut. Die Leute spürten, dass da mehr war, als Stella ihnen zu sagen bereit war. Im Lauf der Jahre hatte sie gelernt, damit zu leben, auch wenn es sie nervös machte. Stella fühlte sich dann schuldig, obwohl es nötig war, sich zu schützen. Lindsey bearbeitete die Teigkugel mit kräftigen Händen. Der Tisch bebte, wenn sie den Teig darauf schleuderte.

„Ich wäre gern Bäckerin geworden, aber ich musste das Hotel übernehmen. Mein ältester Bruder starb, als ich mitten in der Konditorlehre war."

Stella wusste darauf keine Antwort. „Darf ich?" Sie deutete auf die Kaffeemaschine.

„Gerne, nur zu. Sie können auch was Stärkeres haben!" Lindsey deutete mit ihren teigklebrigen Fingern auf eine Whiskyflasche neben der Kaffeemaschine. „Gießen Sie mir auch ein Glas ein? Eis hab ich leider nicht." Stella füllte Tassen und Gläser.

„Meine Mutter ist Engländerin", hörte sie sich sagen. Der Whisky verätzte ihr die Zunge.

„Dann sind Sie zweisprachig aufgewachsen?" Lindsey ließ das Nudelholz über den Teig rollen.

Stella schüttelte den Kopf.

„Ihre Mutter hat zu Hause nicht mit Ihnen englisch gesprochen?"

Stella leerte ihr Glas. Die Bewegung des Teigausrollens hypnotisierte sie. Die Wolke von Mehl, die Lindsey über den Teig stäubte, erinnerte sie an den Schnee am Meer.

Lindsey legte das Nudelholz beiseite. Mit ihren mehligen Händen wirkte sie auf Stella eher interessiert als neugierig.

„Was ist passiert, mit Ihrer Mutter und mit Ihnen? Ich hoffe, es stört Sie nicht, wenn ich so direkt frage?"

Stella wiegte ihren Oberkörper für einen Moment hin und her. Wenn sie die Frage beantworten würde, zog sie dann nicht den Schlagbaum zu einem Land hoch, in dem mehr Fragen gestellt wurden, als sie zu beantworten bereit war?

„Nach Februar 1964 hat meine Mutter überhaupt nicht mehr mit mir gesprochen."

Lindsey stach Kekse aus und legte sie auf das eingefettete Backblech. Ihre nächste Frage war ungewöhnlich, entsprach nicht dem Katalog der üblichen Fragen. Sie schaute Stella ruhig an und fragte: „Ist sie gestorben?"

„Nein, sie lebt noch. Sie hat mich weggegeben."

Die Ofentür quietschte, als Lindsey sie öffnete. Eine Woge warmer, nach Ingwer duftender Luft ergoss sich in die Küche. Lindsey wandte sich ab und schob das Backblech in den Ofen. Jetzt würde sie wissen wollen, warum Stellas Mutter sie weggeben hatte und warum erst mit fast fünf Jahren. Stella konnte sie schon nicken sehen, auf die Art, wie die meisten nickten, wenn die Adoptiveltern ins Spiel kamen. Stella hätte sich ohrfeigen können. Warum hielt sie nicht einfach den Mund? Sie war eine Deutsche, die ganz gut englisch sprach, hätte sie es nicht einfach dabei belassen können? Lindsey legte die abgekühlten Kekse auf einen Teller.

„Probieren Sie!" Stella kaute dankbar. Lindsey machte nicht den Eindruck, als wollte sie mit weiteren Fragen in sie dringen. Ihre Antennen funktionierten gut.

„Diese Kekse sind ganz wunderbar!"

Lindsey schenkte ihr ein erfreutes Lächeln. Stella mochte die weichen Lachfältchen, die sich in ihren Augenwinkeln bildeten.

„Ein Gast hat mir das Rezept gegeben. Sie saß auch mal um diese Zeit in meiner Küche. Sie war aus Schottland. Nachts kann man sich am besten unterhalten. Finden Sie nicht auch?"

Stella nickte. Plötzlich wollte sie Lindsey mehr erzählen. Manchmal tat es einfach gut, ein paar Steine aus der Mauer zu lösen. Als Kind hatte sie unter der luftdicht verschlossenen Kuppel der Geheimnisse gelebt, weil ihre neuen Eltern glaubten, sie dadurch zu beschützen.

„Meine Mutter", sagte sie, während Lindsey das Mehl vom Tisch wischte, „war eine Fremde für mich. Einige Tage vor meinem vierten Geburtstag stand sie plötzlich vor der Tür. Meine Großmutter in England war bis zu diesem Maiabend meine Mutter gewesen. Dort hatte ich auch noch meinen Namen, Stella.

Lindsey blickte auf. „Ihren Namen? Aber Sie heißen doch Stella!"

„Wieder. Bei meinen Adoptiveltern hieß ich Silvia."

„Ja, das wird oft so gehandhabt, nicht?"

Gehandhabt. Stella unterdrückte einen ärgerlichen Impuls. Es war ihr schon immer ein Dorn im Auge gewesen, dass es im Englischen hieß, „to adopt a dog". Na klar, wenn sich jemand einen Hund kaufte, dann kriegte der schließlich auch einen anderen Namen als den, unter dem die Welpen geboren waren. War es nicht so, dass die ersten Adoptionsverträge Anfang des neunzehnten Jahrhunderts in den USA Kaufverträgen stark geähnelt hatten? Ich darf nicht so zynisch sein, ermahnte sie sich. Lindsey ist nett. Ich will ihr diese Geschichte erzählen. Bei ihr kann ich es üben. Ich werde sie nie wiedersehen.

„An diesem Abend …", sie versuchte, wieder in ihre Geschichte hineinzufinden, „… ich weiß noch genau, dass ich einen Bademantel mit Häschen auf der Tasche anhatte. Es klingelte und ich rief ‚Ich mache auf!' Eigentlich sollte ich schon im Bett sein. Erst letzte Woche hatte ich ein neues Bett bekommen, mit einer rosa Decke. Bis dahin schlief ich bei den Großeltern im Schlafzimmer in einem Gitterbettchen. Und nun hatte ich ein Zimmer ganz für mich allein. Auf einmal war ich schon groß. Ich rannte die Treppe hinunter und öffnete die Tür. Da stand eine Frau in einem blauen Kostüm. Ich hatte schon von ihr gehört. Ich wusste, dass es sie gab, weit weg. Sie lebte in einem Land voller Schnee, das Kanada hieß. Hier in England war das Haus von Daddy und Nana, und da war das Meer, und ich hatte ein rotes Dreirad. Hinten war eine Klappe, da durfte ich das Brot hineinlegen, wenn ich mit Nana zur Bäckerin ging."

Lindsey sagte: „Ich hatte als Kind auch so eins."

Stella schaute von ihrem Keks auf, den sie in der Hand hielt, ohne abzubeißen. Lindeys Bemerkung hatte sie überrascht.

„Die Bäckerin schenkte mir Zuckermäuse. Später, in Deutschland, guckten sie komisch, wenn ich von den Zuckermäusen redete. Die kannten sie nicht. Um unser Haus waren Hecken. Ich wollte immer dabei sein, wenn mein Großvater den Rasen mähte. Hinterher ging er mit mir zum Laden und kaufte mir *Cadbury*-Schokolade. Die gab's später auch nicht mehr. *Chocolate* war nicht Schokolade. *Chocolate* war die Zeichnung von der ‚*box of chocolate*' im Englischbuch. Aber da konnte ich nicht hinein. Ich konnte nicht in die Seiten mit den Bleistiftzeichnungen hineinklettern. Glauben Sie, ich bin verrückt?"

Lindsey machte eine begütigende Geste.

„Dieses Rasenmähen mit meinem Großvater ... Der Duft von frischgemähtem Gras machte mich auch später noch glücklich, als ich nicht mehr wusste, wo meine Großeltern waren und ob es sie überhaupt je gegeben hatte. Mit acht Jahren bei meinen Adoptiveltern hab ich mich gefragt, ob ich mir alles nur eingebildet hatte, genau wie die Zuckermäuse. Und Hering zum Frühstück, das konnte doch nicht sein? Wenn man in England zum Meer wollte, musste man nur die Straße entlanglaufen. Nachts hörte ich die Wellen."

Stella hob den Blick. Lindsey hielt ihr Whiskyglas im Schoß und hörte zu. Stellas Stimme wurde leiser.

„In Kanada war ich als Baby. Die Frau, meine Mutter, breitete ihre Arme um mich wie flauschige Flügel. In jenen Tagen aus Milch hielt sie mich auf ihrem Schoß. Ich glaube, sie wollte weit weg sein von dem Ort, wo ihre Eltern wohnten."

Lindsey nickte. „Es kann eng sein, wenn alle einen kennen."

Stella hob die Füße auf den Stuhl und legte die Arme um ihre Beine.

„Meine Mutter war siebzehn, als sie wegging. Vielleicht war sie die Geschichten leid von dem Pier, der ins Meer ragte und wo im neunzehnten Jahrhundert viktorianische Damen mit großen Hüten entlangflaniert waren. In Kanada gab es genug zu essen. Endlich konnte sie vergessen, wie es war, in der nicht endenden Nachkriegszeit von rationierten Lebensmitteln zu leben."

„Und niemand hat ihr vorgeschrieben, den Teller mit Rosenkohl leer zu essen!"

„Sie schrieb Briefe an ihre Eltern. Meine Großmutter las sie, wenn sie mit ihrem Strickzeug am Strand saß. Meine Mutter legte Fotos von mir bei in einem hellblauen Strampelanzug. In einem Brief schrieb sie dann, dass sie mich zu ihnen schicken wollte. Ich war sechzehn Monate alt, und ich war ihr wohl im Weg. Ob sie nicht auch glaubten, dass ich bei ihnen besser aufgehoben wäre? Meine Großmutter hütete Kinder von Leuten, die für längere Zeit ins Ausland gingen. Das machte man damals so, in den erbarmungslosen sechziger Jahren. Man dachte sich nicht viel dabei. Eine Freundin meiner Mutter brachte mich über das Meer. Am Kai erwarteten mich meine Großeltern. Sie hörten auf dem Schiff ein Baby schreien und wussten, dass ich es war."

Stella stellte ihr leeres Glas auf den Tisch.

„Als ich drei war, schwang ich auf dem Gartentürchen hin und her und schaute zu den Möwen hinauf, die in dem Blau mit scharfen Schnäbeln schwebten. Am Abend sah ich meinen Großeltern dabei zu, wie sie den Frühstückstisch deckten. Am Meer bohrte ich meine Zehen in den nassen Sand. In glitschigen Löchern glitten schleimige Tiere. Mein Großvater strich die Haustür blau. Dann kam meine Mutter. Sie hatte einen Berg von Koffern bei sich, und ich bewunderte in sicherer Distanz das runde, knallrote Kosmetikköfferchen, in dem sie Spiegel und Bürsten aufbewahrte."

Kapitel 5

Stellas Kopf wurde gegen die kalte Härte des Busfensters gedrückt. Mit halb geschlossenen Augen zerrte sie einen Pullover aus dem Rucksack und knüllte ihn zu einem provisorischen Kissen. Sie stopfte es zwischen Lehne und Fenster und lehnte sich probeweise dagegen. Sie hörte, wie weiter vorne der Busfahrer mit der Fahrtbegleiterin in der rotweißblauen National-Express-Uniform scherzte. Vor zwanzig Minuten, bevor er die Abfahrt nach London ankündigte, hatte er ins Bordmikrofon gepustet und lakonisch bemerkt: „Es dauert so lange, wie es dauert." Die kollektive Antwort der Mitreisenden, größtenteils alte Leute und sehr junge Menschen, die mit ihren Handys telefonierten, bestand aus einem trockenen Auflachen. Stella hoffte, dass die Fahrtbegleiterin bald heiße Getränke anbieten würde, was üblicherweise zum Service gehörte.

Noch bis zuletzt hatte Stella überlegt, den Umschlag mit ihrer Adresse unter den Scheibenwischer von Noreens Auto zu schieben. Jetzt war es zu spät für solche Gedanken. Schlaffetzen klebten an ihr wie aufgeweichtes Papier. Ihr Kopf fiel vor Müdigkeit nach vorne, sie stürzte über die Klippe des Schlafes, das Kinn gegen den Rucksack gepresst, und erwachte mit schmerzendem Arm, weil es nach Banane roch. Die weißhaarige Dame auf der anderen Seite der Reihe verstaute eben eine Bananenschale in einer Plastiktüte, die sie mit der Würde einer hundertjährigen Queen Mum in ihre Handtasche gleiten ließ. Schon vor der Abfahrt – wie alle im Bus saß auch sie in ihrem Wintermantel da, denn die Heizung brauchte Zeit, um warm zu werden – hatte sie Stella berichtet, dass sie zur Hochzeit ihrer Nichte nach Islington reiste. Stella schraubte ihre Wasserflasche auf. Ihren Kopf erfüllten blecherne Kopfschmerzen.

„Könnten Sie mir einen Gefallen tun?"

Queen Mum nickte.

„Falls ich bis kurz vor London nicht aufwache, wecken Sie mich dann?"

„Aber ja, meine Liebe. Schlafen Sie ruhig."

Stella zog die Beine auf den Nebensitz, um eine bequemere Position zu finden. Den gestrigen Aufruhr aus Wut und Verletzung hatte die Schlaflosigkeit zu einem tauben Schmerz destilliert, als hätte ihre Seele eine örtliche Betäubung erhalten. In die ursprüngliche Arithmetik ihrer Noreen-Phantasien konnte sie sich überhaupt nicht mehr hineinversetzen. Vor dem Kuss, das war die Theorie gewesen, während die Berührung ihrer Körper den realen Kontakt gezündet hatte. Im vom Rhythmus des Motorways gewiegten Traum lag ihr Gesicht in Noreens Achselhöhle wie in einem Nest. Die nackte Noreen redete mit ihr, ein zärtliches Murmeln, das ihren Brustkorb vibrieren ließ, aber als Stella ihr Bein über das von Noreen legte und den Arm ausstreckte, um ihre seidige Brust zu umfassen, wurde sie von der Fahrtbegleiterin geweckt. O ja, danke, stammelte Stella, sie wolle gern einen Kaffee. Hinter der Scheibe hoben Schafe die wolligen Köpfe auf Weiden aus Weiß. Jemand riss zwei Sitze weiter vorn die unvermeidliche Crisp-Tüte auf. Stella steckte sich Ohropax in die Ohren, denn sie wollte zurück in den Schlaf, zurück in das Land hinter ihren Augen und zwischen ihren Beinen, wo Noreen niemals Nein gesagt hatte. Wie kam es, dass ihr Körper sich an etwas erinnerte, das nicht stattgefunden hatte? Warum war ihr, als stieße Noreens schneller Atem sich in ihre gewölbte Handfläche, kurz, sehr dringlich? Warum zerschmolz tief südlich ihr Rücken unter Noreens Daumen, während sie sich im Traum auf die Ellbogen hob, weil Noreen hinter ihr kniete?

Dann plötzlich vereist ihr Körper, und ihre Mutter kommt die English Alley herunter. Bäume beugen sich über den Asphalt mit Köpfen voller Laub. Blätter trudeln gelbrot in den Nachmittag. In ihrem Kostüm sieht Stellas Mutter aus wie eine Meerjungfrau aus den Sechzigern. Keine Meerjungfrau trägt ein Schneiderkostüm. Sie weiß nicht, wo sie ihren Fischschwanz verbergen soll. Sie kann nicht laufen. Stellas Mutter kann. Sie wölbt ihre Hand über einer Zigarette, zündet sie an und setzt ihren Weg auf hohen Absätzen fort. Der Wind bürstet den Himmel in ein windiges Blau. Bald färbt die Nacht die Gegend um die English Alley, die ein Friedhof ist, schwarz wie eine Tintentablette in einem Wasserglas. Die Meerjungfrauen-Mutter weiß, dass Stella in dieser Stadt in Deutschland lebt, aber nicht, wo. Nie wird sie erfahren, dass diese Straße an der Schule endet, wo Stella später wieder Englisch lernt.

Neben dem Friedhofseingang wartet ihr Mann, der Vater von Stellas Halbschwester. Bald wird Stellas Mutter in den roten Sportwagen steigen. Sie werden zurück in die Stadt fahren, die erstaunlich nah bei der Stadt ist, in der Stella ihr zweites Leben verbringt. Der Karmann Ghia braucht nur eine Stunde. In der Nacht wird Stellas Mutter ihre Beine öffnen und nicht mehr an ihre erste Tochter denken. Erst als sie dreiundfünfzig Jahre alt ist, begegnet sie Stella wieder. Mit lang herabfallendem Haar – eine ergraute Meerjungfrau – kommt sie in einer Cordjacke durch einen Berliner Hinterhof. Stella erkennt in Wangen und Mund ihrer Mutter die Züge des Großvaters, den sie nie wiedergesehen hat. Doch noch ist Stellas Mutter neunundzwanzig Jahre alt. Hätte sie Stella erkannt, wenn sie sie gesehen hätte?

Stellas achtjähriges Gesicht war von Cortison aufgedunsen. Im Morgengrauen hatte sie Asthmaanfälle, und ihre neue Mutter saß abends im weinroten Wollpullover neben ihrem Bett und las ihr Pippi Langstrumpf vor. Sie goss Hustensaft auf einen Löffel und gab Stella einen Gutenachtkuss. Stellas andere Mutter hat keine Ahnung, wo ihr Kind ist. Ihr

Mann mag es nicht, wenn sie ihn warten lässt. Er will mit seinem schnellen Wagen fahren. Er will den kurzen Aufenthalt in seinem neuen Haus genießen, bevor er wieder nach Skandinavien fliegt, um mehr Geld zu verdienen. Stellas Mutter stöckelt über das Kopfsteinpflaster der English Alley. Nur Stella kann ihren Fischschweif sehen. Wie die Meerjungfrau in dem dänischen Märchen hat sie den Meerjungfrauenschweif für ihren Mann abgeschnitten, und jeder Schritt schmerzt.

Stella schreckte auf, der leere Kaffeebecher rollte zwischen die Sitze.

„Was hat er gesagt?"

„Der nächste Stopp ist Victoria Coach Station." Queen Mum legte ihr kurz die Hand auf die Schulter. Es war eine welke Berührung, mit der sie vermutlich auch ihren betagten Hund („*Wake up, Spencer!*") aus dem Schlaf zurückholte.

Während Stella wach wurde, blinzelte sie in Londons Verkehr. Sie war so übernächtigt, dass alle Gebäude neblig aussahen. Die Busse fuhren zwischen ihnen umher wie rote Tintenfässer auf Rädern. Stella wischte sich mit den Händen durchs Gesicht, erfüllt von der trügerischen Erfrischung eines zu kurzen Schlafs. Der Bus durchfuhr die Wassergirlande der Einfahrt zur Victoria Coach Station. Gepäckstücke versperrten die engen Gänge zwischen den nach Auspuffgasen riechenden Bussen, als sie ihren Koffer ergriff, den der Busfahrer aus dem Gepäckfach ausgeweidet hatte.

Im Inneren des Gebäudes schlug ihr Vivaldi in Kaufhaus-Version wie ein akustischer Weichspüler entgegen. Sie zwängte sich benommen durch eine Traube trampelnder Teenager mit Bierflaschen. Wenigstens hatte sie schon ihr Returnticket für den Flughafenbus. Die mäandernde Schlange in der überfüllten Tickethall würde ihr heute erspart bleiben. „*Window number five, window number eight, window number eleven*" – in ihrer Erinnerung klingelte die elektrische Stimme vom Band.

Auf der Hinfahrt – vor erst vier Tagen – hatte sie dort die Tickets für Bournemouth gekauft, voller Vorfreude auf das Meer. Eine schwarze Frau mit einem Hut aus leuchtend grünem Kunstrasen stolperte ihr entgegen. Stella drückte sich gähnend mit ihrem Gepäck an die Wand der Wartehalle. Sie hoffte, nicht von einem der hoch aufgetürmten Trolleys erfasst zu werden. Die verbleibenden dreißig Minuten würden für ein heißes Getränk reichen und für einen der Toilettenbesuche, die auf Reisen so lästig waren. Durch die klinische Heiterkeit des Musiksurrogats fluteten Menschen. Sie ließ sich mit ihrem Kaffee auf einem der Drahtgeflechtstühle nieder, von dem eine indische oder pakistanische Frau mit Gummihandschuhen leere Fastfood-Verpackungen pflückte. Ein schlecht rasierter Mann, der einen mit Bindfaden verschnürten Koffer unter dem Arm trug, setzte sich auf den letzten freien Platz ihr gegenüber. In seinem zerschlissenen Jackett und dem senfgelben Pullover voller Farbflecken sah er aus wie ein Landarbeiter, der nach Hause fuhr, um die Ziegen zu melken.

Ihren Kaffee wie einen Zaubertrank hinunterschluckend, versuchte Stella, sich noch ein letztes Mal auf Noreens Stimme in ihrem Kopf zu konzentrieren. Hier, im Meer der englischen Sprache, wo jede Stimme ein Fisch war, der durch das Unterbewusstsein ihrer Sehnsucht schwamm, konnte sie Noreens Stimme noch ein wenig am Leben erhalten. Bald würde der Klang der Worte in ihr leiser werden und dann verblassen. Sie war wütend auf ihre Ohren, diese unzuverlässigen Kartographen. Schon einmal war sie von ihnen im Stich gelassen worden, genau wie von ihrer Fähigkeit, sich an die Gesichter ihrer Familie zu erinnern.

Sie rückte zur Seite, damit der Mann seinen Koffer abstellen konnte. Er zündete sich eine Zigarette an und deutete ironisch auf das Rauchverbot-Schild. Sie musste lächeln. Die Freundlichkeit von Fremden, die ihr hier so oft begegnete, würde sie auch vermissen. Er tätschelte seine blauschwarz karierte Reisetasche, aus der eine Thermoskanne herausschaute und goss sich Kaffee in eine Blechtasse – „um Ihnen Gesellschaft zu leisten!" Stella hörte ihm zu, aber sie hörte auch Noreen zu, die in ihrem Kopf ankündigte, dass sie gleich losfahren würde, um sie abzuholen. Irgendwann hatte sie im Kopf mit ihr zu telefonieren begonnen, und Noreens Telefonstimme war noch betörender als ihre wirkliche Stimme. Sie schien direkt in Stellas weiches Innere zu gelangen und sich dort auszubreiten wie eine akustische Droge. Sie beschrieb Stella ein italienisches Café ganz in der Nähe von Victoria Station. Dort solle sie sich eine Pasta bestellen – wenn sie so übernächtigt sei, müsse sie dringend etwas Vernünftiges essen –, und dort solle sie auf sie warten. Gestern Abend, das sei alles ein großer Fehler gewesen. Sie müssten sich unbedingt sehen. Und außerdem – die fiktive Telefonstimme war erstaunlich wirklichkeitsbezogen – wäre es das Beste, wenn Stella ihren Koffer aufgeben würde, dann könnte sie noch einen Spaziergang machen. Es gäbe einen Park nicht weit vom Busbahnhof. Der sei zwar nicht besonders schön, aber recht still, und die frische Luft würde ihr sicher gut tun. Stella schaute auf. Der stoppelbärtige Mann verabschiedete sich, weil sein Bus nach Aberystwyth aufgerufen wurde.

Sie warf den leeren Kaffeebecher in den Müll und zerrte ihren Koffer Richtung Toilette. Umflossen von Mozarts *Kleiner Nachtmusik* und am ganzen Körper unter ihrer Winterkleidung schwitzend, taumelte sie die Treppe hinunter. Das Drehkreuz ragte vor ihrem Gepäck auf wie eine Panzersperre. Hatte sie nicht mal gelesen, dass eine Zunge pelzig in einem Mund sitzen konnte wie ein ausgewachsener Goldhamster? Genau das schien jetzt bei ihr eingetreten zu sein. Sie warf

Münzen in den dafür vorgesehenen Schlitz, und die Toilettenfrau öffnete eine Metallstange für sie, womit sie ihr ersparte, den Koffer über das Drehkreuz wuchten zu müssen.

In der Kabine angekommen, bedauerte sie Mozart. Hatte man sich zu seinen Lebzeiten auf seine Orchestrierungen konzentriert, oder waren auch damals, während sich die Geiger in die Melodien hineinlegten, Körperflüssigkeiten geströmt? Stella sah auf die Uhr. Es wurde Zeit, zum Bus zu gehen. Wasserspülungen gurgelten, und unsichtbare Hände rissen Papierhandtücher aus dem Wandspender. Ein Kind, das sich zu fürchten schien, wimmerte in der Nebenkabine. Die Mutter wies es mit schriller Stimme an stillzustehen. *„Don't cry again!"* Stella vermutete, dass die Stimme ihrer Mutter für sie als Kind ganz ähnlich geklungen hatte: Die Haare auf ihren Unterarmen stellten sich auf.

Wenig später hielt sie dem Busfahrer ihr Ticket hin und stieg in den Bus. Wie immer am Ende einer Reise in England dachte sie an ihre Großmutter. Krokodilmütter trugen ihre Jungen zwischen ihren Sägegebissen spazieren, als sie sich mit ihr vor zehn Jahren Tierfilme in der BBC angesehen hatte. Tagsüber unternahm sie Ausflüge nach Canterbury. Im Regenmantel ihres verstorbenen Großvaters lief sie durch Parkanlagen. Abends aß sie mit Nana Truthahnsandwiches. Draußen traten die Raucher ihre Zigaretten aus, und der Busfahrer schloss die Tür. Stella lehnte den Kopf an das weiß überzogene Kopfteil.

Während Nana im Sessel saß, ging Stella noch einmal ans Meer und trank ein Dosenbier, das sie von der pakistanischen Getränkehändlerin gekauft hatte. Es war Mitte Juni, die Abende leuchteten hell. Sie rauchte – damals rauchte sie noch – und dachte an die junge Frau, die ihre Mutter gewesen war. In wadenlangen Hosen wanderte sie in den Cliffs umher. Ihre kurzen Haare hatte sie sich zu Locken gedreht. Das Mädchen, jünger als ihre erwachsene Tochter, beschattete die Augen und sah auf die ihr von Kindheit an vertraute Küstenlinie.

1956 hing das Zimmer ihrer Mutter voller Fotos von Audrey Hepburn. Ihr Traum wurde wahr, und sie fuhr mit einem der großen Schiffe, deren Bilder auf den Keksdosen ihrer Mutter prangten, über den Ozean. Sie arbeitete als Kindermädchen, als Sekretärin. Stellas Vater traf sie bei einem Tanzabend. Er war zwanzig Jahre alt, Berufssoldat. Er war in der Nähe bei der Luftwaffe stationiert. Sein Fotogesicht sah Stella erst mit Mitte dreißig. Um die Krankenhauskosten für die Geburt aufzubringen, habe er zwanzig Dollar beigesteuert, sagte ihre Mutter zu der erwachsenen Tochter.

Der Busfahrer lenkte den Bus aus dem Bahnhof hinaus. Auf den Gehsteigen wurden Menschen von schweren Schultertaschen zu Boden gezogen. Stella stellte sich ihre Mutter, den völlig unbekannten Vater, die beiden Fast-noch-Kinder, vor. Er in Uniform, sie in einem der weiten Tellerröcke, die Stella von Tanzszenen aus bunt kolorierten Filmen kannte. Das Paar, ihre Eltern, die nie ihre Eltern waren, tanzte. Seine schmalen, großen Hände lagen auf dem Rücken ihrer Mutter. In den Tanzpausen tranken sie etwas Buntes aus hohen Gläsern.

Der Bus rollte durch die engen Straßen um den Busbahnhof. Stellas Hals zog sich zusammen. Wann würde sie wiederkommen? Würde sie Noreen – gegen jede Wahrscheinlichkeit – doch noch einmal wiedersehen? Ein Bus fuhr ihnen entgegen, der Busfahrer hob leicht die Hand vom Lenker und grüßte den Kollegen. „Brighton" stand auf dem Schild, das links oben neben dem Spiegel hing. Stella wollte zurück ans Meer. Sie wollte bleiben.

Kapitel 6

Frühling. War das wirklich wahr? Veronica hob die Füße und streckte ihre Zehen in die Märzluft. Sie wagte ein skeptisches Einatmen, das die Seide ihres Hemdes spannte. Sorgfältig achtete sie darauf, ihr Ausatmen nicht zu einem Seufzer zu dehnen. Nein, sie war nicht wie diese Angeber, die ihre Mitmenschen mit demonstrativem Gefühl behelligten. Die Wärme der Luft tat gut. Sie senkte ihre Fußsohlen langsam wieder auf die sonnigen Verandasteine. Die Schuhe, die sie bis zur letzten Saison zu Turnieren mit Anne getragen hatte, standen mit gelösten Schnürsenkeln unter dem Liegestuhl.

Veronica liebte es, Noreen in ihrem Garten zu besuchen. Sie holte den tragbaren Aschenbecher aus ihrer Jackentasche. Als Raucherin hatte sie gelernt, Nichtraucher nicht zu verärgern. Sie hustete beim ersten Lungenzug. Sie sollte wirklich aufhören. Noch war der richtige Zeitpunkt nicht gekommen. Vom richtigen Zeitpunkt hing vieles ab. Auch wenn sie nichts von den Spinnern hielt, die sich die Haare nur in bestimmten Mondphasen schneiden ließen. Über ihre Zigarette hinweg schaute sie auf Noreen hinunter, die ihre neue Handharke ausprobierte, glücklich wie ein Kind, das im Sandkasten Förmchen füllt.

Weil sie wusste, dass es unnötig war, fragte sie: „Noreen, brauchst du Hilfe?"

Noreen strich sich ihr unordentliches Haar, das noch länger geworden war, aus der Stirn. „Danke, nein! Wenn du was zu trinken möchtest, bedien dich. Ich mach das hier nur schnell fertig."

„Saumur?"

„Unten links im Kühlschrank."

Veronica sank in den Liegestuhl zurück. Der Höflichkeit war Genüge getan. Mit dem Gang in die Küche konnte sie sich Zeit lassen. Veronica zog die Manschette ihrer champagnerfarbenen Hemdbluse zurück: Vier Uhr nachmittags, gut, es wäre wohl eher Zeit für eine Tasse Tee, aber in letzter Zeit konnte sie sich bei Wein besser entspannen. Entspannt zu sein, war eine Grundvoraussetzung bei den Themen, die sie sich für heute mit Noreen vorgenommen hatte. Veronica zog die Füße zurück, als Noreen die Erde aus den Wurzelfasern des Unkrauts ausschüttelte.

Per SMS, per Mail und auch am Telefon hatte sie sich gründlich mit Jackie auf das Gespräch mit Noreen vorbereitet. Wann hatte sie Jackie eigentlich das letzte Mal von Angesicht zu Angesicht gesehen? War es tatsächlich zu Jackies Geburtstag Ende Januar gewesen? Tessie und Jill, die Veronica im Geheimen nur zynisch das „glückliche Paar" nannte, hatten indisches Essen in Styroporbehältern mitgebracht. Wegen Jackies Grippe, die sich diesmal nicht mit Medikamenten wegdrücken ließ, fiel die geplante Party aus. Ohne Jackies anstrengende Kollegen, die den Abend mit Gesprächen über Börsenkurse dominiert hätten, fühlte Veronica sich wohler. Grippeviren fürchteten sie, und deshalb waren sie gar nicht erst gekommen. Veronica hatte den Abend allerdings erst richtig genießen können, nachdem das glückliche Paar sich verabschiedet hatte, um woanders glücklich zu sein. Jackie kontrollierte den Quecksilberstand des Thermometers. Heiser verkündete sie: „Morgen muss ich wieder fit sein, da kommt die dänische Delegation." Es war fast wie früher gewesen, nur dass Anne fehlte. „Schluss mit den Paar-Ritualen!", hatte sie Veronica gemailt. „Wie sollen wir Abstand gewinnen, wenn wir uns ständig zu den traditionellen Anlässen begegnen?"

Abstand gewinnen! Veronica schnaubte. Abstand bekam man von selbst, was gab's da zu gewinnen? Außerdem wusste Veronica genau, dass Anne an dem Abend mit der neuen Lateinlehrerin trainierte, die sie auf das Tanzsport-Turnier in Glasgow vorbereitete. Noreen war verspätet zu Jackies Geburtstag gekommen, wieder ohne die rote Handtasche, wie Veronica gleich bemerkte. Nächstes Jahr keine Weihnachtsgeschenke mehr, notierte sie im Kopf. Unter Noreens Arm klemmte eine Flasche Wein. Veronica beobachtete sie dabei, wie sie das Preisschild unauffällig abzuknibbeln versuchte. Ihr lag schon eine Bemerkung auf der Zunge, aber dann fiel Veronica der gläserne Gesichtsausdruck auf, den Noreen sich seit dieser Bournemouth-Reise angewöhnt hatte.

Veronica stieß eine Rauchwolke aus. All dieses frische Grün hier in Noreens frühlingshaftem Garten war so belebend. Zu Hause auf dem Küchenfensterbrett hatte sie zwar ihre Basilikum-Pflanze von *Safeway*, aber die neigte dazu, schlaff zu werden, wenn sie nicht täglich oder zweimal täglich eine Dusche bekam. Sie schlüpfte in ihre Schuhe. Dann schraubte sie sich etwas mühsam, die Zigarette zwischen die Lippen gepresst, aus dem Liegestuhl hoch. Sie war steif geworden, seit sie nicht mehr zum Training ging. Noreen kniete in einem verschossenen rosa T-Shirt vor ihrem Blumenbeet. Auf dem T-Shirt verkündeten ein paar kaum noch zu entziffernde Buchstaben: „In Hundejahren wär ich tot". Veronica unterdrückte ein Seufzen. Von hier oben bot das ungeschnittene Haar ihrer langjährigen Freundin einen noch bestürzenderen Anblick. Die neue Angewohnheit, es mit einem Gummiband zu einem Schwänzchen im Nacken zusammenzufassen, machte es nur noch schlimmer. Veronica fand, Noreens Hinterkopf sah aus wie der eines Hooligans.

„Noreen?"

„Ja, was ist denn?"

Noreen stützte sich mit den Händen auf den Boden und drehte Veronica lächelnd ihr sonnengerötetes Gesicht zu.

„Ich glaube, du solltest dir einen Hut aufsetzen, du könntest Sonnenschutz gebrauchen!"

„An der Garderobe baumelt so eine Frotteemütze von Dad, bringst du mir die mit?"

„Mach ich."

Veronica fand es eigenartig, dass Noreens Haus mit Kleidungsstücken ihrer abwesenden Eltern angefüllt war. Noreen konnte einfach nichts wegwerfen. Ihre Schwester war genauso. Nur dass Madge in nichts hineinpasste, das ihre Eltern einmal getragen hatten. Na ja, wer sich so gehen ließ, verdiente es nicht besser. Veronica spitzte die Lippen. Madges höchstes Lebensglück bestand seit Jahren darin, mit Familienpackungen Vanilleeis, die keine Gelegenheit hatten, bis zur Werbepause auch nur anzuschmelzen, Soaps in sich hineinzuschlabbern. Erschreckend, wenn das Leben so an jemandem vorbeiging. Auch wenn sie in ihren Frotteehemdchen so aussah wie ein zu fest gestopfter, selbst genähter Stoffball für Kleinkinder – so zu enden, hatte sie nicht verdient. Andererseits: Sie war gefährlich. Mit diesem schlechten Beispiel vor Augen konnte Noreen ja nur weiter in Apathie gegen ihre äußere Erscheinung abrutschen.

Veronica holte die formlose Kopfbedeckung auf dem Weg zur Küche von der Garderobe. Sie stülpte sich das ehemals weiße Hütchen auf die Hand und drehte es prüfend. So etwas hatte sie zuletzt auf dem Kopf von Yogi-Bär gesehen. Schick war Noreen nie gewesen, aber seit dem Winter ging es mit ihr rapide bergab. Veronica freute sich nicht auf das Gespräch mit Noreen, das konnte sie wirklich nicht behaupten. Doch es war bitter nötig. Gut, sie würde sich unbeliebt machen, doch wofür waren Freundinnen da?

In der Küche war es dämmrig nach dem Frühlingssonnenschein im Garten. Hatte Noreen heute Morgen etwa vergessen, die Vorhänge aufzuziehen? Veronica holte das nach und öffnete den Kühlschrank. Sie angelte nach dem Weißwein und wandte den Blick angeekelt von den geöffneten Dosen mit Katzenfutter ab. Etwas Weiches drückte sich gegen ihre

Wade. „Bleibt mir vom Leib, ihr haarigen Biester!" Sie litt an einer Katzenhaarallergie und hatte wenig Verständnis für Noreens Katzen, die ihr erwartungsvolle Fressgesichter zuwandten. Ein geöffneter Kühlschrank konnte ja schließlich nur das eine bedeuten, oder?

Veronica nahm den Korkenzieher von der Kirschholzkommode, auf der sich Einkaufszettel häuften. Nach einer Restaurierung hätte die Kommode einfach umwerfend ausgesehen, aber Noreen wollte nichts davon hören. „Das hier ist mein Zuhause, keine Möbelausstellung", raunzte sie, wenn Veronica davon anfing. Mit Schaudern dachte sie an die knautschigen Hemden, die Noreen in ihrer Freizeit trug. „Sei friedlich, irgendwann muss ich mich davon erholen, als Lehrerin immer pieksauber auszusehen." Schon damals in Manchester war Noreen so gewesen, als sie Mitte der achtziger Jahre zusammenwohnten. Den Abwasch erledigte sie – im Gegensatz zu Jackie! –, das war nicht das Problem, aber ihr fehlte der Sinn, wirklich etwas aus sich zu machen.

Veronica war überzeugt, dass im Januar in Bournemouth etwas geschehen war, das Noreen aus dem Gleichgewicht geworfen hatte. Dass sie weder mit ihr noch mit Jackie darüber sprach, nahmen beide nicht persönlich. Noreens Verschlossenheit gehörte zu ihr wie die Schale zu einer Auster. Stärker denn je klammerte sie sich an ihre bewährten Abläufe. Zwecklos, sie zu Verabredungen zu überreden, die nichts mit Spaziergängen am Meer oder gemütlichem Essen zu Hause zu tun hatten. Noreen kuschelte sich dann in die mit Tierhaaren bedeckte Strickjacke ihres Vaters. Veronica hielt Abstand von diesem Kleidungsstück. Sie befürchtete, dass es einen Allergieschub auslösen könnte. Seit ein paar Wochen wollte Noreen allen Ernstes mit Jackie und ihr Karten spielen – in Veronicas Augen eine Alte-Tanten-Beschäftigung. Außerdem weigerte sich Noreen, über ihr nicht existentes Liebesleben zu sprechen. „Ich möchte einfach in Ruhe gelassen werden, ist das klar?" Sie mischte die Karten. Wenn Veronica nicht mit ihr spielte, würde sie eben eine Patience legen.

Veronica spähte durch das Küchenfenster. Noreen lag noch immer auf den Knien, zog ihre Harke durch die Erde, als kämmte sie lehmiges Haar, und verbot dem dicklichen Hund, Löcher zu buddeln. Ganz klar, sie brauchte eine Freundin, die ihre Interessen teilte. Das ganze Land war sicherlich voll von solchen Frauen. Aber wo waren sie? Vermutlich pusselten sie wie Noreen voller Inbrunst in ihren Gärten herum und erinnerten ihre besorgten Freundinnen an selbstvergessene Terrier.

Dieses Hotel in Bournemouth war eine Schnapsidee gewesen. Noreen hatte ihr den Prospekt gezeigt – grauenhaft. Und offensichtlich war ihr dort jemand begegnet, die sie ziemlich durcheinander gebracht hatte. Veronica setzte sich auf einen Stuhl, nicht ohne vorher mit einem feuchten Tuch die Tierhaare von der Sitzfläche zu wischen. Noreen würde sie draußen nicht vermissen. Sie war in ihre eigene Welt abgetaucht, in ihre Pflanzen, die Gesellschaft von Maud, deren erdverschmierte Schnauze höchste Zufriedenheit ausdrückte, und in den Genuss des Märztages, der voller blühender Bäume und dem Schaukeln von Tulpen war. Eigentlich, dachte Veronica, ist Noreen doch ganz glücklich. Vielleicht sogar glücklicher als ich? Zumindest scheint sie sich nicht damit zu belasten, dass alles anders sein sollte.

Sollte streute schon am Morgen Unruhe in jede ihrer Minuten. Seit der Trennung nahm *Sollte* allen Tätigkeiten den Glanz. Wenn sie auf dem Sofa lag und Zeitschriften las, hob *Sollte* den Zeigefinger und erinnerte sie daran, dass sie ihren Mantel von der Reinigung abholen müsste. Und eigentlich sollte sie Ruth treffen, die wusste so viel über Architektur, sie sollte eine Kontaktanzeige aufgeben, wurde es nicht Zeit, sich wieder zu verabreden? Die Trennung von Anne war abzusehen gewesen. Selbst Veronica gab zu, dass ihre Geschwisterlichkeit nach siebzehn Jahren jede erotische Berührung in den Umkreis von Inzest rückte. Anne sagte, sie wolle einfach noch etwas erleben – mit der Betonung auf leben. Veronica müsse das verstehen. Wenn sie mit ihr zusammenblieb, dann würden sich die Tore des Alters noch schneller vor ihr auftun, denn wer würde sich schon für sie, Anne, interessieren, wenn sie sich mit Veronica nur in der Welt der Paare bewegte? Sie war fünfundfünfzig Jahre alt und konnte sich nicht damit abfinden, dass es das gewesen sein sollte. Und war es nicht fairer, wenn sie jetzt einen Schlussstrich zog, solange es noch keine andere Frau in ihrem Leben gab?

„Das ist doch krank!", war Noreens Kommentar dazu, aber das wollte Veronica nicht hören. Nachdem Wut und Verletztheit der ersten Wochen verblasst waren, vermisste sie inzwischen Annes Ausatmen im Schlaf gegen ihre Schulter, das ihr früher lästig gewesen war. Alles schrumpfte zu der einen Frage: Warum musste das Leben so kompliziert sein? Warum konnte sie nicht einfach weiter mit Anne auf dem Sofa sitzen und fernsehen – so wie ihre Mutter es mit ihrem Vater schließlich auch gemacht hatte? Aber als Lesbe ging das nicht – oder wenn, dann war sie mit Anne an die falsche Frau geraten.

Veronica beschloss, den Wein schon hier in der Küche zu öffnen. „Friseur, Geburtstag, Urlaub" – bei jedem Punkt, den sie mit Noreen besprechen wollte, drehte sie den Korkenzieher weiter hinein. Wenn doch Jackie hier gewesen wäre! Ausgerechnet dieses Wochenende musste sie mal wieder durcharbeiten. Ihre Kollegin fiel wegen Bluthochdruck aus. Veronica biss die Zähne aufeinander. Wenn nur Noreens vierzigster Geburtstag nicht gewesen wäre. Runde Geburtstage mussten gefeiert werden! Das gehörte zu den wenigen Gewissheiten, an denen sie sich im Moment festhielt.

Außerdem: Wie Jackies Geburtstag gezeigt hatte, waren das Anlässe, wo sie wirklich einmal zusammenkamen.

„Wir sollten eine Überraschungsparty für sie organisieren", hatte Jackie letztens vorgeschlagen. Veronica blockte ab. Die ganze Arbeit, die ein solches Ereignis erforderte, würde unweigerlich an ihr hängen bleiben. Musste Jackie nicht diese Webdesigner-Konferenz organisieren? Angeblich mit Teilnehmern aus vierhundertneunundachtzig Ländern. Veronica schüttelte den Kopf. So viele Länder gab es doch gar nicht. Jackie musste immer so angeben. Oder sollten sie Noreen doch ihren Willen lassen? Noch kürzlich hatte sie angedroht, ihren Geburtstag allein in der Badewanne und abends mit ihr und Jackie und einem Fass Popcorn im Kino zu feiern.

Der Korken schoss aus der Flasche, und Veronica sackte in sich zusammen. Nein, das kam gar nicht in Frage. Depressionen – und in Noreens Fall handelte es sich um eine, wenn auch milde Form der Depression – mussten mit Aktivität beantwortet werden. Am liebsten hätte sie ihr einen Gutschein für die Partnerinnensuche geschenkt, aber Jackie meinte, das ginge zu weit, und das Zölibat wäre – jedenfalls nach ihrer Erfahrung – eine echte Alternative. Auch auf ihrem Geburtstag hatte Jackie flammende Reden auf das Zölibat gehalten, was Veronica geschmacklos fand. Takt war noch nie Jackies Stärke gewesen. Sie musste immer von sich auf andere schließen.

Veronica hatte vor kurzem angefangen, ein Adlerjunges zu beobachten, das in einer Internet-Aufzeichnung von einer Webcam bei seiner Entwicklung begleitet wurde. Die Nachmittage, die ihre Tochter Ella mit Street-Dance, Foto-AG oder mit ihren Freundinnen im Einkaufszentrum verbrachte, nutzte Veronica, um sich in den Anblick des Adlerjungen und seiner weichschnäbeligen Geschwister zu versenken. Wenn sie ehrlich war, fand sie nur dann wirklich Frieden.

Draußen im Garten hatte Noreen mittlerweile einige Korbstühle auf den Rasen gestellt. Ihre erdverklumpten Gummistiefel lagen neben ihr im Gras. Sie verströmten einen Geruch nach frischer Erde. Veronica lief quer über den Rasen auf sie zu, gefolgt von den Katzen, die ihr in einer unsichtbaren Kiellinie hinterherkamen.

„Wahrscheinlich hätten sie gern einen winzigen Scotch", ulkte Noreen, als sie mit Veronica anstieß. Veronica fand es kindisch, wie Noreen von ihren Tieren sprach, aber das konnte ihr wohl niemand mehr abgewöhnen. Im Grunde genommen ging sie das ja auch nichts an.

„Hm, schön kalt! Noreen, ich muss ein paar Dinge mit dir besprechen."

„Was denn?"

Noreen stülpte sich die formlose Frotteemütze auf den Kopf. Sie war zu schmal, um wie Yogi-Bär auszusehen, aber hätte Yogi-Bär eine schlanke Schwester mit ausgeblasstem roten Haar gehabt, wäre es schon hingekommen. Veronica wollte jetzt nicht aus dem Konzept gebracht werden. Behutsam stellte sie ihr Glas auf das wackelige Blechtischchen. Zögernd und in der Hoffnung, dass sie sich nach einer Weile warm reden würde wie bei schwierigen Personalverhandlungen, begann sie: „Es geht um einige Dinge, die Jackie und mir Kopfzerbrechen machen."

Noreen drückte den Rücken durch. „Doch nicht schon wieder dieser ganze Outfit-Quatsch?"

„Nein." Veronica wand sich. „Das heißt, schon, aber nicht nur ..."

Noreen riss sich die Mütze vom Kopf und knetete sie in ihren mit Erde bedeckten Händen.

„Ihr beide geht mir ganz schön auf die Nerven, Veronica! Schließlich weißt du doch ganz genau, dass ..."

Ein kleiner, knubbeliger Schatten fiel auf das Tischchen.

„Na, schon wieder König Alkohol?" Margaret, natürlich. Veronica schlug mit der flachen Hand auf die Sessellehne. Madge sollte ruhig merken, dass sie störte. Sie hatte es ja gleich gewusst. Man konnte kein Wort in Ruhe mit Noreen wechseln, ohne dass ihre mopsige Schwester auftauchte! Madge lehnte sich, tückisch lächelnd, über den Gartenzaun und drohte mit ihrem Finger, der in einem rosa Gummihandschuh steckte.

„Möchtest du auch ein Glas Weißwein?" Noreen schien jedes Ablenkungsmanöver recht zu sein.

„Nein, danke, ich brauche einen klaren Kopf."

Veronica wollte eine gehässige Bemerkung machen, aber Madge kam ihr zuvor. „Ich bin nämlich nachher noch verabredet."

„Wie, verabredet? Zu einer Sondersession mit Dr. Greene und Dr. Benton? Haben sie ihre Sternumsäge bei dir liegen lassen und schauen nachher noch mal kurz rein?"

Madges Lächeln wurde breiter. „Nein, wirklich, ich bin verabredet."

Noreen schoss aus ihrer halb liegenden Stellung hoch und musterte ihre Schwester mit unverhohlener Verblüffung. „Du bist was?" Ihr Erstaunen war so groß, dass es an die Höflichkeitsgrenzen schrammte, die selbst zwischen Schwestern bestehen sollten. Margaret lachte ihr Seehund-Lachen.

„Ist schon gut, ich kann verstehen, dass du dich wunderst."

Mich ignoriert sie hier völlig, dachte Veronica konsterniert. Zählte sie etwa nicht mehr? War sie jemand geworden, mit dem man sich nicht über Verabredungen unterhielt? Sie füllte ihr Weinglas auf und nahm einen tiefen Schluck.

„Wer ist es?" Noreen trat zu ihrer Schwester an den Zaun.

Margaret hatte sich schon seit Jahren nicht mehr für jemanden speziell interessiert. Sie rollte ganz langsam den pinkfarbenen Plastikhandschuh von ihrer rechten Hand. Typisch für sie hatte sie wieder den Küchenhandschuh für andere Zwecke benutzt und nicht die robusten Dinger für den Garten, die ihr Noreen aus dem Gartencenter mitgebracht hatte.

„Ach, ich hätte gar nicht davon anfangen sollen."

„Doch!", riefen Noreen und Veronica wie aus einem Mund.

Veronica begann sich – fast – für ihre Neugier zu schämen. Außerdem empfand sie beinahe Mitleid mit Madge, die sich mit ihrer Eröffnung wohl weiter vorgewagt hatte, als ihr jetzt lieb war. Sie lenkte ein: „Aber wenn du es lieber für dich behalten möchtest?"

„Nein!" Noreen funkelte Veronica wütend an. „Madge, jetzt sag schon!" Sie senkte die Stimme „Hast du jemanden im Internet kennen gelernt?"

Madge kicherte.

„Ist es jemand von der Arbeit? Kenn ich ihn?"

Margaret zerknautschte zögernd den schmutzigen Gummihandschuh in ihrer Hand, so dass ein quietschendes Geräusch entstand. Maud, die sich zu den Frauen unter den Tisch gesellt hatte, zuckte mit den Ohren und legte ihren braunen Kopf schief. „Nein, es ist niemand von der Arbeit." Sie warf Noreen einen Seitenblick zu. „Auch nicht aus dem Internet. Sie arbeitet unten im Tourist-Center."

„Sie?" Noreen wich zurück. „Habe ich das richtig verstanden?"

Margarets Robbengesicht war ein einziges Lächeln. Sie sah vor lauter Zufriedenheit fast flauschig aus.

„Tja, ich muss mich beeilen – schließlich muss ich ja noch duschen und machen, was man so vorher macht, wenn ihr euch noch daran erinnern könnt. Schönen Tag noch, ihr beiden!"

Sie drehte sich um und trippelte zur Gartentür ihres hochzeitstortenfarbigen Hauses. Noreen starrte ihr so angestrengt hinterher, als wäre ihre Schwester in einen tobenden Schneesturm entschwunden.

„Verstehst du das?" Sie wandte sich mühsam um.

Veronica stülpte die Unterlippe vor. „Es ist schon eine Überraschung."

„Überraschung? Das nennst du eine Überraschung?" Noreen riss die Arme auseinander. Maud stieß ein kurzes, alarmiertes Bellen aus und kroch unter dem Tisch hervor.

„Wie nennst du es denn? Freust du dich etwa nicht für deine Schwester?"

„Freude, Freude!", röchelte Noreen. „Ich bin völlig platt – und dann ist es auch noch eine Frau!" Sie streifte Veronica mit einem Blick, der eine perfekte Mischung aus Schuldbewusstsein und Empörung darstellte. „Sie hat sich doch nie für Frauen interessiert! Selbst Dr. Weaver aus *Emergency Room* fand sie immer blöd!" Noreen begann wütend, in ihre Gummistiefel zu steigen.

„Was hast du vor?"

„Eigentlich wollte ich das Beet dahinten erst morgen umgraben, aber ich glaube, ich mach mich doch jetzt noch dran!"

„Was dagegen, wenn ich mitgehe?"

„Wie, mitgehen?" Noreen musterte Veronicas Seidenbluse mit Verachtung. Veronica räusperte sich.

„Könnte ich mich nicht an den Rand des Beetes setzen, und wir führen unsere Unterhaltung von vorhin fort?"

Noreen gab ein Geräusch von sich, das wie ein Grunzen klang.

„Du gibst wohl nie auf, was? Warte, ich muss nur eben den Spaten aus dem Schuppen holen!"

Veronica trug ihren Korbstuhl zu dem verwilderten Beet. Mit ihren Gedanken war sie noch immer bei Madge. Vermutlich sah ihre Verabredung wie ein Blumenkohl aus

– oder wie eine dieser Seekühe, die sich abends zum Billard in der seltsamen Kneipe hinter der Tankstelle trafen. Jackie hatte sie einmal hingeschleppt, kurz vor Silvester. An dem Abend war sie so deprimiert gewesen, dass sie sogar röhrende Countrymusik ertragen hatte.

„Hier, für dich!"

„Wieso für mich?" Verständnislos nahm sie den Spaten entgegen, den Noreen ihr hinhielt.

„Nun, ich dachte, wenn du mir schon Gesellschaft leistet, könntest du auch ein bisschen mithelfen.

„Mithelfen? Und mein schönes Hemd?" Veronica hörte selbst, dass ihre Stimme quiekte wie die von Toni, dem Rosettenmeerschweinchen ihrer Tochter.

„Etwas Sonne auf den Armen kann dir auch nicht schaden!"

„Meinetwegen!" Veronica knöpfte ihre Seidenbluse auf und hängte sie sorgfältig über die Lehne des Korbstuhls. Muskeltraining sollte ja dazu beitragen, das Körpergewebe länger straff zu halten. Sie stieß den Spaten in die Erde und versuchte, den Regenwurm zu ignorieren, der sich auf der Schaufel ringelte. Sie verbot sich die Überlegung, ihn möglicherweise zerteilt zu haben. Nein, sie wollte jetzt nicht zimperlich sein.

„Deine Schuhe!" Noreen deutete auf Veronicas Turnierschuhe mit Ledersohle.

„Oh, danke – das hätte ich jetzt glatt vergessen." Sie zog die Schuhe aus und stellte sie ordentlich neben das Beet wie Badeschläppchen an den Rand eines Swimmingpools. Dann krempelte sie ihre Designerjeans hoch. Eine Weile stießen sie schweigend die Spaten in die frühlingsfeuchte Erde. Ein Specht hämmerte gegen den alten Pflaumenbaum am Ende des Gartens.

„Schönes Unterhemd." Noreen blieb für einen Moment stehen, um sich den Schweiß von der Stirn zu wischen. Für März war es heute außerordentlich heiß.

„Danke", sagte Veronica „das hab ich noch von … ach, nichts."

Es war nett von Noreen, dass sie jetzt keine Bemerkung über Anne machte. Sie hatte Anne gemocht, aber seit der Trennung war Noreen nicht mehr gut auf sie zu sprechen. Sie schien entschlossen, eine Schweigepause einzulegen. Über den Vorfall mit ihrer Schwester wollte sie offenbar nicht mehr reden. Veronica merkte, dass sie sich schon darauf freute, heute Abend dem Adlerküken im Nest weiter zuzuschauen. Es tat gut, sich Tiere anzusehen – und auf dem Bildschirm sonderten sie auch keine Federn und Haare ab, die für Menschen unangenehme Folgen haben konnten. Veronica näherte sich wieder einem ihrer aktuellen Lieblingsgedanken: Tiere lebten im vorgezeichneten Netz ihrer Instinkte, und für sie war immer Jetzt. Noreen hatte ihr vor kurzem anvertraut, dass sie Igel darum beneidete, keinen Geburtstag zu haben. Dieser Gedanke ging Veronica dann doch zu weit. Entschlossen wandte sie sich Noreen zu.

„Darf ich dir noch kurz erzählen, was Jackie und ich uns überlegt haben?"

„Na gut, bringen wir es hinter uns!"

„Drei Dinge: Erstens, du musst zum Friseur, zweitens, wir finden es nicht gut, dass du deinen Geburtstag nicht feiern willst, und drittens: Du brauchst Urlaub!"

Noreen lachte. Sie stützte sich auf den Griff ihrer Schaufel und sah aus wie Yogi-Bär als magere Gärtnerin.

Veronica straffte sich: „Das ist nicht zum Lachen!" Aus dem Augenwinkel sah sie, wie eine von Noreens Katzen, die buschige gelbe, die Noreen Mrs. Smith nannte, ihren Körper zu einem Bogen krümmte und sich hingebungsvoll an Veronicas Handtasche rieb. Veronica konnte sich jetzt nicht darum kümmern, dass Mrs. Smith sich in ihre Tasche verliebt hatte. Ihre Tasche würde schon klarkommen. Noreen rammte den Spaten in den Boden.

„Und? Warum ist das so ernst?"

„Weil wir uns Sorgen um dich machen! Du igelst dich hier ein, du gehst nicht mehr aus. Wo soll das enden?"

Noreens Gesicht wurde weich. „Das ist lieb von euch, aber unnötig. Ich weiß, was ich tue – und warum. Und Urlaub hatte ich doch gerade erst."

Veronica bückte sich und zog ein Steinchen aus dem Boden. Sie schleuderte es in Richtung von Mrs. Smith, die sie nur anstarrte und sich dann wieder der Tasche widmete. Hoffentlich seiberte sie das teure Leder nicht voll.

„Urlaub? Meinst du etwa diesen Kurztrip im Winter, als du mit verrenktem Nacken zurückgekommen bist?"

Noreen hob warnend die Hand. „Lass es gut sein, ja? Und hör auf, meine kleine Katze zu ärgern! Außerdem kann ich jetzt keinen Urlaub machen."

„Ich dachte, deine Osterferien haben gestern begonnen? Wann willst du denn sonst weg?"

Noreen drehte ihr den Rücken zu. Methodisch schaufelte sie ihre Bahn.

„Wie bitte?" Veronica hatte sie nicht verstanden.

Noreen hob den Spaten und knurrte: „Zu Hause ist es doch am schönsten!"

Kapitel 7

Vielleicht sollte ich mir nicht allzu viel darauf einbilden, aber ich bin nicht wie diese Leute, die dauernd an ihre Kindheit denken. In letzter Zeit scheine ich es sogar perfektioniert zu haben, an gar nichts zu denken. Wie die Scheinwerfer eines Autos, die im Schneegestöber nur das Stück Straße erfassen, das zum Weiterfahren entscheidend ist, tastet sich mein Geist vorwärts – und nur vorwärts – durch die Tage. Doch manchmal, wie heute Morgen, erwache ich in meinem Bett, und etwas an dem Licht erinnert mich an die Lieblingsstelle, die ich früher, mit sieben oder acht Jahren, an der Wand meines Zimmers hatte. Als Kind lag ich zusammengekuschelt auf der Seite, meine Haare zu setterfarbenen Zöpfchen geflochten, und die Bündchen meines Schlafanzugoberteils waren mir weit über den Handrücken gerutscht. Frühlingswind bauschte die Vorhänge, genau wie jetzt. Nur dass es damals die mit dem Pfingstrosenmuster waren, die unsere Mum selbst genäht hatte. Ich kniff die Augen zusammen, und da schwappte wieder dieses Schiff mit geblähten Segeln durch die blassgelben Wellen der Wand wie das Schiff von Peter Pan.

Ich klopfe mein Kissen zurecht und zupfe einige ausgefallene, deprimierend farblos aussehende Haare vom Bezug. Aus einem bestimmten Grund, den mein Bewusstsein mir bisher barmherzigerweise vorenthält, habe ich heute überhaupt keine Lust aufzuwachen. Etwas Unangenehmes ist gestern passiert, das fühle ich. Es hängt mit Veronicas Besuch zusammen, aber es ist weitaus bedrohlicher als eine der banalen Kampagnen, mit denen sie mein Outfit umkrempeln will. Ich drehe mich um. Es ist so still, dass ich den Hund auf dem Bettvorleger schlucken höre. Veronica meint, Frauen mögen es nicht, wenn ich sage, dass ich die einzige Lesbe weit und breit bin, die weder eine Therapie gemacht hat, noch jemals eine machen wird. Aber manchmal ertappe ich mich bei komischen Gedanken. Zum Beispiel könnte ich mir vorstellen, dass ich als Siebenjährige mit dem Schiff von Peter Pan in der Schwerelosigkeit des Nachthimmels niemand anderen als meinen Vater suchen wollte, um meine Mutter glücklicher zu machen, als sie vorgab zu sein. Sie war in diesen Jahren eine kleinere Frau als zuvor. Sie lief langsam mit ihren Krankenschwester-Schuhen die Treppe hinauf, wenn sie – noch mit dem Häubchen auf ihren mit Haarspray festfrisierten Locken – vom Nachtdienst zurückkehrte. Unsere Nachbarin sah meistens abends noch einmal nach mir, aber für den Rest der Nacht blieb ich allein im Haus.

Wenn ich nicht schlafen konnte – was oft vorkam –, zitterte ich vor den auf dem Treppenabsatz herumhuschenden Dämonen. Ihre Krallenfüße scharrten gegen meine Zimmertür. Meine sechzehnjährige Schwester nutzte die Abwesenheit unserer Mutter, um sich mit Mikey zu treffen, der über einem Milchladen schon eine eigene Wohnung hatte. Mikey war ein dünner Junge, der mit Silberfäden durchwirkte Pullunder trug und goldene Stiefeletten. Selbst ich konnte erkennen, wer Mikeys Idol war: Marc Bolan von *T.Rex*. Madge hatte sich in eine schlanke Inkarnation ihrer selbst verwandelt. Zum Entsetzen unserer Mutter ernährte sie sich nur noch von Diätdrinks, um endlich mit ihrem neuen Körper Mikeys Aufmerksamkeit zu erregen.

Als es ihr schließlich gelungen war – es hatte sie den Verzicht vieler, mit Zuckerguss überzogener Apfeltorten gekostet –, verbrachte sie kaum noch eine Nacht zu Hause. Mich bestach sie mit eben jenen Schokoriegeln, die sie sich vom Munde abgespart hatte und die ich auf dem Boden meines Kleiderschrankes zu einer schwarz-roten Pyramide aufschichtete. Trotzdem drohte ich ihr manchmal, sie bei unserer Mutter zu verraten. Ich wollte Mikey hassen, doch es gelang mir nie so richtig, weil ich ihn auch mochte. Noch lieber als ihn mochte ich seine silberweiße E-Gitarre. Zusammen mit einer Horde blasser Freunde, die Zigarettenkippen und Bierdosen auf dem Zementboden der Garage hinterließen, spielte er Stücke, die ich aus unserem Küchenradio kannte. Wir besaßen kein Auto, und in der Garage standen nur Fahrräder herum. Einen verregneten Sommer lang wurde sie der Proberaum einer improvisierten Band, deren Namen ich mir nie merken konnte. In den Kürzeln der Anfangsbuchstaben vermutete ich eine verborgene obszöne Bedeutung. Als kleine Schwester von Mikeys Freundin, mit kariertem Rock und Pausbacken, war ich – gelinde gesagt – unerwünscht. Wenn Pete, Mikeys ziegenbärtiger Freund, ein schepperndes Schlagzeugsolo anstimmte, zuckte ich hinter dem muffelnden Sack mit Blumendünger zusammen.

Einmal – in der Nacht zuvor hatten wieder die Krallenfüße der Dämonen auf meinem Fensterbrett gekratzt – wollte ich absolut nicht, dass Madge in der Nacht das Haus verließ. Sie rief Mikey an und schlug ihm vor, bei uns zu übernachten. Als Mikey eintraf, mit frisch gewaschenem Lockenhaar seinem Idol ähnlicher als je zuvor, starrte ich oben zwischen den Treppenstäben hindurch und beobachtete, wie er und meine Schwester sich küssten. Meine Kaugummiblase zerplatzte mit einem Knall, und meine Schwester, Mordlust in den kajalumrandeten Augen, stürmte zwei Stufen auf einmal die Treppe hoch, entschlossen, mich zurück in mein Zimmer zu schubsen.

Zu meiner Überraschung ergriff Mikey für mich Partei. Er wollte mir noch ein Glas heiße Milch mit Honig verabreichen, wovon er sich wohl eine einschläfernde Wirkung erhoffte. Näselnd erzählte er mir von seiner dreijährigen Schwester, die jetzt – die Eltern waren geschieden – in Cardiff lebte. Madge zischte Mikey zu, er könne sich doch gar nicht vorstellen, was für ein Teufelsbraten eine achtjährige Schwester wäre. Hellwach, aufgekratzt und im vollen Bewusstsein der von mir ausgehenden Macht räkelte ich mich zwischen den beiden auf dem Sofa und beobachtete Mikey dabei, wie er allmählich missvergnügter zwischen den zwei verfügbaren Fernsehsendern hin und her schaltete. Unser Apparat hatte natürlich noch keine Fernbedienung, und er kroch jedes Mal auf allen Vieren in seiner silbernen, hautengen Jeans quer über den Teppich zum Fernseher, der in einem geheimnisvollen Schränkchen mit dunklen, geöffneten Türen steckte. Irgendwann verfrachtete Madge mich in mein Zimmer. Als Gipfel der Gemeinheit stellte sie mir einen Plastikeimer zum Pinkeln unter meinen Kinderschreibtisch und schloss dann die Tür zu meinem Zimmer ab.

„Und wenn's brennt?"

„Dann retten wir dich, Igel. Versprochen!"

In der Nacht brannte es zwar nicht, aber als ich aufwachte, hörte ich beunruhigende Geräusche. Es klang, als ob meine Schwester weinen würde und große Schmerzen hätte. Als das schluchzende Stöhnen immer lauter wurde, untermalt von einem Rumpeln, das aus ihrem Zimmer direkt neben meinem drang, hielt ich es nicht mehr aus. Ich schrie vor Angst. Das Schluchzen und Rumpeln erstarb. Mikey stieß Schimpfworte aus, die ich noch nie gehört hatte, noch nicht einmal im Fernsehen. Die Tür zu meinem Zimmer flog auf. Margarets noch immer ungewohnt schmale Silhouette zeichnete sich vor dem Türrahmen ab. Es dämmerte bereits, und in dem grauen Licht erkannte ich schockiert, dass sie nackt war. Ich hatte meine Schwester noch nie ohne Unterwäsche gesehen. Sie sah für mich aus wie ein fremder Geist.

„Brennt es?", fragte ich kläglich. Selbst in meinen eigenen Ohren hörte sich das mehr als nur ein bisschen dumm an.

„Ja, die Flammen schlagen schon lichterloh!" Ihr Atem roch nach Mikeys Zigaretten. Natürlich war sie nur ein wütender Teenager, genervt von mir, der kleinen Schwester, aber etwas an ihr machte mir große Angst, als wäre sie ein Dämon geworden. Es fehlten nur noch die großen Krallenfüße, die Kohlenaugen funkelten mich schon aus ihrem fahlen Gesicht an. Im Nebenzimmer polterte Mikey herum und versuchte, in seine Goldstiefeletten mit Plateauabsatz hineinzuklettern. Madge lauschte gehetzt nach nebenan.

„Das war die letzte Nacht, die du hier nicht alleine warst!", zischte sie in meine Richtung. Dann hastete sie in ihr Zimmer zurück, nicht ohne vorher knirschend den Schlüssel zu meiner Zimmertür umzudrehen. Ich zog mir die Decke über den Kopf und schob mir das Kopfkissen über die Ohren, als nach einer Weile doch wieder das Stöhnen und Rumpeln aus dem Zimmer meiner Schwester drang, diesmal heftiger als zuvor.

Zweiunddreißig Jahre später werfe ich resigniert die Bettdecke von mir. Die Aprilsonne sprenkelt warm auf meinem Rücken, doch der Gedanke an die eben erst begonnenen Ferien lässt mich kalt.

Mein Hund gähnt mit quietschenden Kiefern. Erstaunlich, dass sie mir nicht längst ihre Pfoten in den Rücken gestemmt hat. Von unten, von der Terrasse meiner Schwester, die direkt an meine grenzt, irritiert mich ein fremdes Räuspern, das gleich darauf in die sich hebende Welle eines vergnügten Lachens übergeht. Maud rappelt sich auf und legt ihr Kinn auf meine Bettdecke. Sie lässt ein Fiepen hören. Wie in einem Déjà-vu weiß ich bereits, was mich draußen auf der Veranda meiner Schwester erwartet. Ich boxe ins Kopfkissen, und Maud zieht sich beleidigt zum Fenster zurück. Ihre Krallen klicken auf dem Holzfußboden. Draußen wird gelacht. Mein Hund wendet mir den pummeligen Rücken zu, stützt die Pfoten aufs Fensterbrett. Ihr brauner Schwanz pendelt erwartungsvoll hin und her. Sie stößt ein gedämpftes Wuff aus und wühlt den Kopf durch die zugezogene Gardine. Von draußen würde sie aussehen wie eine Hundebraut, doch es scheint niemand auf sie zu achten.

Meine Schwester hat Besuch. Beide tragen Bademäntel. Meine rundliche Schwester sieht aus wie eine erfreute Pfirsichkugel aus Frottee. Die fremde Frau, ihr Profil erinnert schwach an Dr. Weaver aus *Emergency Room*, hat sie in einen Morgenmantel unserer Mutter gehüllt. Hätte Madge nicht wenigstens davor zurückschrecken können? Allerdings macht Madge nicht den Eindruck, als würde sie fortan vor irgendetwas zurückschrecken. Die hellen Haare der Fremden schimmern in der Sonne. Sie ist deutlich jünger als meine Schwester, vielleicht sogar jünger als ich. Während ich wie versteinert hinunterstarre und mich fühle wie eine Karikatur meiner selbst, lässt sich meine asexuelle Schwester auf den Schoß der Fremden ziehen. Zuletzt habe ich Madge in den siebziger Jahren eine neunzehnjährige Marc-Bolan-Imitation küssen sehen. Tausende ehemaliger *T.Rex*-Fans werden mir widersprechen, aber ich finde, der Geschmack meiner Schwester hat sich verfeinert.

Maud jault leise auf: Sie will ihr Frühstück. Unten in der Küche zwinkere ich ins Helle wie ein Vampir. Aus einem Morast böser Gedanken krieche ich mühsam in den Tag, dem Wasserkessel entgegen. Wer hat denn hier bloß gestern die Vorhänge aufgezogen? Veronica muss immer an meinen Sachen herumfummeln, genauso wie sie auch an meinem Äußeren herummäkelt. Ein Befreiungsschlag ist fällig, aber noch bin ich zu müde, um darüber nachzudenken. Lauter als sonst in der Küche hantierend fülle ich den Wasserkessel. Meine Schwester, predige ich mir, hat ein Recht auf Glücklichsein. Aber – ich knalle die Tasse auf die Anrichte – muss das hier direkt vor meiner Nase sein? Heute – ich pfeffere den Teebeutel in die Tasse – heute, an meinem ersten Ferientag? Muss meine Schwester heute Morgen auf dem Schoß dieser Dr.-Weaver-Kopie glücklich sein, jetzt, wo ich mich so darauf gefreut hatte, meine jungen Pflanzen aus dem Frühbeet auszupflanzen? Gerade heute wollte ich lesen und in aller Ruhe stundenlang Tee trinken, in meiner ältesten Jogginghose, die Veronica sofort wegwerfen würde, wenn sie sie in die Finger bekäme. Warum – ich verbrenne mir die Zunge am Tee – warum kann Madge nicht da sein, wo sie seit Jahrhunderten hingehört und hinpasst? Entweder auf der Arbeit oder hinter den bunten Fenstern ihres Computers? Dort sah sie fast gut aus, eine korpulente, kleine Kurtisane des Virtuellen. Aber hier, in meinem Blickfeld, Händchen haltend mit einer Frau, die ich auch attraktiv finde, hat sie einfach nichts zu suchen, meine bisher beruhigend heterosexuelle, TV-süchtige, immerhin fast fünfzigjährige Schwester!

Maud kratzt an der Verandatür. „Nein, du kommst jetzt nicht raus!" Ist es nicht ein Wunder, dass Madge sich verliebt hat? „Und dann auch noch in eine Frau!", jubelt eine übereifrige Achtziger-Jahre-Feministin in mir, die ich längst eingemottet glaubte. Margaret geht es gut. Ich kann ihr Leuchten sehen, das sie wie eine Aureole umschwebt. Ich könnte sie umbringen. Halt, in meinem Traum heute Nacht habe ich sie tatsächlich umgebracht. Ich war wieder, wie so oft in letzter Zeit, in Deutschland unterwegs und habe dafür gesorgt, dass meine Schwester – sie sah anders aus, aber es muss Madge gewesen sein – sich vom Berliner Funkturm stürzte.

Deutschlandträume sind die letzten Spätfolgen meiner missglückten Bournemouth-Reise. Wenn ich in Therapie wäre, hätte ich reichlich Stoff zu bearbeiten. Deutsche Polizei in Kampfanzügen hatte mit heruntergeklappten Visieren mein Haus umstellt. Das Bild stammt sicherlich aus einer dieser Deutschland-Dokumentationen, für die ich in letzter Zeit eine unwiderstehliche Vorliebe entwickelt habe. Stella erzählte mir damals eine Geschichte über ein totes Streifenhörnchen, das Bekannte von ihr beerdigen wollten.

Ausgelöst durch die Entführung eines Industriellen, befand sich die Terroristenhatz in den späten Siebzigern auf dem Höhepunkt. In Deutschland war es verboten, Haustiere privat zu begraben. Das Streifenhörnchen sollte deshalb mitten in der Nacht in einem Park bestattet werden. Als die kleine Grube ausgehoben war, fanden sich Stellas Freunde von Polizisten mit Maschinengewehren umzingelt, die das Streifenhörnchen als Tarnung eines terroristischen Aktes interpretierten.

Ich öffne die Verandatür für Maud und trage meinen Tee nach oben ins Arbeitszimmer, das zur Straße hinaus liegt. Selbst die Katzen haben sich heute Morgen nicht blicken lassen. Mrs. Smith sitzt inzwischen sicher längst auf dem Schoß der Fremden. Diese Frau kommt mir irgendwie bekannt vor. Aber woher sollte ich sie kennen? Außer in die Schule gehe ich doch in letzter Zeit nirgendwo hin. Okay, da sind noch die Mittwochabende, aber die zählen nicht. Die Mittwochabende sind etwas, das ich sogar mir selbst verschweige.

Hatte Madge nicht über ihr Date gesagt, dass sie im Tourist-Center arbeitet? Dort bin ich nur einmal im Jahr mit den Viertklässlern, damit sie etwas über Heimatgeschichte erfahren. Wir schauen uns dann die Schwarzweiß-Vergrößerungen im Museum an. Faltige Fischer, die in alten Booten sitzen. Längst vergessene Honoratioren unter Strohhüten. Damen in Kleidern mit tief unter die Hüfte gerutschten Taillen, denen die Erleichterung über die Befreiung aus den Korsetts noch anzusehen ist. Während die Kinder in halb demontierten Schuluniformen – sorgfältig aus den Hosen und Röcken heraushängende weiße Hemden, auf Halbmast gebundene Schlipse – durch die Räume toben, bietet mir Mrs. Thornton, die seit Jahrzehnten dort arbeitet, Tee an. Ein Hauch von Sommerferien liegt in der Luft.

Mein Leben als Lehrerin wird so sehr durch kontinuierlich wiederkehrende Zeitabläufe bestimmt. Die Anspannungen und Entspannungen der Trimester sind vorgezeichnet. Das Jahr ist wie ein Rad, wie das holzglänzende Steuerrad des Fischkutters, das Mrs. Thornton gern zum Abschluss herumreicht. Manchen Kindern fällt dann ein, dass der Großvater noch mit dem Boot hinausgefahren ist. Und bei einem wilden Sturm ist der Bruder des Großvaters ertrunken. „Richtig ertrunken?" Mrs. Thornton berichtet dann von den Gefahren der See und den Schurkereien der früheren Einwohner dieser Stadt, die – wie alle Küstenbewohner – keine Skrupel hatten, Seefahrer mit Leuchtfeuern an die Küste zu locken, um sie auszurauben. Während Schiffbrüchige zwischen der Ladung im Sterben lagen, rollten die Vorfahren dieser Kinder Fässer mit Pökelfleisch den Strand entlang. Sie erschlugen die Gestrandeten und glaubten, sie dadurch von einem Fluch zu erlösen.

Plötzlich erinnere ich mich an eine Notiz in der Lokalzeitung. Mrs. Thornton ist vor kurzem wegen ihrer fortschreitenden Arthrose in Pension gegangen. Sie will jetzt ein Heimatbuch schreiben. Und ihr Mann hatte geklagt, dass er Hilfe im Garten brauche. Die Stabrosen würden ihn fertig machen. Dann ist dieser Dr.-Weaver-Verschnitt Mrs. Thorntons Nachfolgerin? Was um Himmels willen findet sie an meiner Schwester? Wird sie zum Ende des Trimesters für die Viertklässler das Steuerrad des Fischkutters herumgehen lassen? Werde ich dann quasi als Verwandte, als die Schwester ihrer Geliebten, mit ihr reden müssen?

Vor dem Fenster meines Arbeitszimmers wippt ein Zweig mit Kirschblüten. Der Himmel sieht aus wie ein straff gespanntes blaues Seidentuch. Ich muss hier raus, etwas unternehmen, aber was? Nach Cromer fahren? Soll ich dort auf dem Pier mit den breiten Holzplanken meinen Roman weiterlesen? Oder soll ich dem prähistorischen Elefanten im dortigen Heimatmuseum einen Besuch abstatten? Das Mammutskelett wurde erst vor einigen Jahren zufällig im freigewaschenen Lehm der Cliffs gefunden. Meine Sorgen hätten eine Chance, sich zu relativieren, wenn ich Mammuts aus der letzten Eiszeit über die Strände von East Anglia wandern sehe, ihre zottigen Felle vom alten Wind gebürstet und ihre wie zum Trompeten erhobenen hochgerollten Stoßzähne.

Im Wagen klappe ich die Sonnenblende herunter, als ich eine Stunde später aus unserer Straße herausfahre. An der Friedhofsmauer blüht violett und weiß der Flieder, und die Engel mit ihren übergroßen Flügeln sehen weniger traurig aus als sonst. Ich gebe Gas, und Mauds Ohren flattern im Fahrtwind. Als ich an einer roten Ampel scharf abbremsen muss, erkenne ich im Rückspiegel eine joggende Frau, die in schnellem Tempo in meine Richtung gerannt kommt. Sie trägt Cordhosen, ein helles T-Shirt und weiße Markenturnschuhe. Neben dem Auto stoppt sie ab und imitiert die Bewegung des Laufens, während sie auf der Stelle tritt wie eine Mädchenfigur aus einem Manga.

„Robin?"

Sie reagiert nicht, weil sie Stöpsel in ihren Ohren hat. Leise Fetzen von Funkmusik dringen bis ins offene Fenster. Ich hupe behutsam und versuche, mit vorgebeugtem Kopf Blickkontakt herzustellen. Ihre Augen weiten sich in einem erstaunten Aufleuchten. Sie reißt die Kopfhörer ab und beugt ihren langen Oberkörper zu mir ans Fenster. Maud springt mit einem entschlossenen Satz in den Lenker, um sie zu begrüßen.

„Noreen! Was machst du denn hier?"

Sie rubbelt Mauds Ohren, die im Begriff ist, sich aus dem Fenster zu drängeln. Ihre harten Pfoten treten mich in den Schoß. „Ich dachte, ich fahre nach Cromer, es ist so ein schöner Tag!", rufe ich ihr – etwas mühsam – am ekstatisch wedelnden Schwanz meines Hundes vorbei zu.

„Platz!", sagt sie zu Maud – etwas, das ich schon längst hätte sagen sollen. Maud wirft Robin einen anhimmelnden Blick zu und rollt sich artig auf dem Beifahrersitz zusammen.

„Cromer? Was willst du denn da? Das ist doch was für Rentner! Komm lieber mit zum Flohmarkt und sag Wendy guten Tag – das bessert vielleicht ihre Laune!"

„Habt ihr euch gestritten?"

Robin verzieht das Gesicht. Wir wissen beide, dass meine Frage überflüssig ist. Wendys schlechter Laune verdanke ich Robins Bekanntschaft. Erst seit kurzem treffen wir uns mittwochs im schwul-lesbischen Pub hinter der Tankstelle zu einer sogenannten „Arbeitsgruppe", zu der auch Keith, ein schüchterner Physiklehrer, gehört. Robin, die Kunstlehrerin ist, hatte inseriert, dass sie sich mit Kollegen über pädagogische Probleme austauschen wolle. Aus Gründen, die wir nicht verstehen, kommt Keith meist früh am Abend und geht schon nach zwanzig Minuten wieder. Robin ist felsenfest davon überzeugt, dass wir sein Alibi für eine heiße Affäre sind, etwas, das eher zu ihr passen würde. Unser Austausch über Fachliteratur beschränkt sich seit dem zweiten Treffen konsequent auf gemeinsames Biertrinken. Durch die Intimität einer Zweierkonstellation habe ich schon viel über Robin und die Beziehung zu ihrer Freundin Wendy erfahren. Inzwischen versuche ich, Robin von diesem für mich nicht sehr interessanten Thema abzubringen, indem wir Billard spielen. Bei Countrymusik bin ich eine noch schlechtere Spielerin als sonst. Der Höhepunkt dieser Abende besteht darin, dass Robin meine Queue-Haltung korrigiert. Wenn sie sich gegen meinen Rücken lehnt – sie ist größer als ich –, muss ich mich in letzter Zeit daran erinnern zu atmen. Sie ist zartgliedrig wie ein schmaler Baum, sie drückt meine Hand in die richtige Position, und ich mache trotzdem alles falsch.

„Du hast Recht, nach Cromer kann ich auch ein anderes Mal fahren. Steigst du ein?"

Auf dem Flohmarkt begrüßt mich Wendy mit äußerster Zurückhaltung. Sie thront, ganz in Leder gekleidet, vertretungsweise zwischen Silberplatten voller Himbeertorten und köstlichen Scones. Ihre kriegerische Erscheinung kontrastiert mit dem femininen Rahmen der mit Kuchen gefüllten Teller. Robin flüstert mir zu, dass die eigentlich zuständige Dame, eine Großtante von Wendy, mit einem Oberschenkelhalsbruch im Krankenhaus liegt. Ihre Nichte presst die Lippen zusammen, als Robin ihr den Arm um die Schulter legt. Mittlerweile weiß ich mehr über das Sexleben der beiden und Wendys Wutausbrüche, als mir lieb ist. Wendy weiß natürlich, dass ich das weiß und behandelt mich mit einer Mischung aus Argwohn und Verlegenheit.

Diese Frau entspricht ungefähr einem Langhaardackel, der vorgibt, ein Bullterrier zu sein. Sie ist eine jener Frauen, die für dich durch dick und dünn gehen, wenn du einmal ihr Herz gewonnen hast, aber die Chancen, dass mir das bei ihr gelingt, stehen schlecht. Möchte ich das überhaupt? Ihr schwarzes Hemd spannt über ihrem muskulösen Oberkörper, und das Drachentattoo am Hals beunruhigt mich. Trotz der Piercings an Augenbrauen, Oberlippe und Nasenflügel sieht sie rosig aus wie eine Biobäuerin. Wahrscheinlich muss sie deshalb die Arme vor dem Busen verschränken und so tun, als wäre sie gefährlich.

Laut Robin hat Wendy seit Monaten nur einen Wunsch: Sie will schwanger werden. Für Robin ist es eine Tortur, dass Wendy die Befruchtung alles andere als künstlich angeht. Ich argwöhne, dass Robin die Mittwochsgruppe nur ins Leben gerufen hat, um Wendys Paarungsversuchen mit dem potenziellen Vater, einem schwulen Optiker, zu entgehen. Soweit ich weiß, gibt es noch keine Selbsthilfegruppen für Lesben, die den Kinderwunsch ihrer Partnerinnen nicht teilen „für Frauen, deren Freundinnen zu viel schwanger werden wollen". Wenn ich Robin so ansehe, vermute ich, dass es bis dahin nicht mehr lange dauert.

Robin bietet mir ein Stück Früchtekuchen an, das ich zwischen den Liebenden auf einer provisorischen Sitzbank dankbar, aber mit unhöflicher Hast verzehre. Schließlich ist heute mein Frühstück ausgefallen. Ich fühle mich nicht wohl dabei, denn die Stimmung zwischen dem Paar, das schon seit fünf Jahren zusammenwohnt, ist frostig. Maud schaut mich unglücklich an. Früchtekuchen ist ihre Leibspeise, und gereizte Menschen machen ihr Angst.

„Ich schau mich mal ein bisschen hier um. Möchte eine von euch beiden vielleicht etwas trinken?" Ich klopfe mir in künstlicher Geschäftigkeit ein paar Krümel von der Hose. Wendy gibt mir kühl eine Tasse Tee in Auftrag. Robin springt auf und verkündet, sie wolle mitkommen. Wir drängen uns durch das Menschengewühl. Um uns herum werden Kleinkinder von ihren sonntäglich gekleideten Vätern auf den Schultern getragen. Sonntäglich, das heißt bei uns: Freizeithemden, leichte Cargohosen, Turnschuhe. Die Frauen tragen knappe Leibchen und wollen sportlich aussehen, ohne es zu sein.

„Dahinten gibt's Bücher!" Obwohl Robin sich nicht besonders für Bücher interessiert, folgt sie mir widerspruchslos. Offensichtlich ist ihr alles recht, wenn sie nur dem Radius der strengen Wendy entkommen kann. Enthusiastisch durchwühle ich die Kartons mit alten, meist gut erhaltenen Bänden nach Beute. Ich bin von ähnlich Besessenen umgeben, die mit glasigem Gesichtsausdruck Klappentexte lesen.

„He, da sind Reiseführer!" Robin hält mir ein kleines Buch entgegen. „Wolltest du nicht nach Berlin?"

Ich schrecke aus meiner Trance hoch. Robin drängt sich zu mir durch und wackelt mit einem Lonely-Planet-Reiseführer vor meinem Gesicht herum. Mein Herz schlägt einen dumpfen Tusch. Wann habe ich mit ihr über Berlin gesprochen? Und sind mir vielleicht noch andere Informationen entschlüpft, die niemanden etwas angehen, noch nicht einmal mich selbst? Verdammt, das muss dieser Mittwoch vor vierzehn Tagen gewesen sein, als sie mich doch tatsächlich zu einem fünften Bier überredet hat und wir uns ein Taxi teilen mussten. Ich weiche einem Mann aus, der seine kleine Tochter davon abzuhalten versucht, in die pappige Ecke eines Beatrix-Potter-Buchs zu beißen. Robin hält mir den Reiseführer hin, während sie mit der anderen Hand in einem Bildband über Matisse blättert. Mit ihren Gedanken scheint sie schon wieder ganz woanders zu sein. So tief können meine Geständnisse sie also nicht beeindruckt haben.

„Danke, das ist genau das, was ich gesucht habe!" Kaum, dass ich die Lüge ausgesprochen habe, stelle ich fest, dass es tatsächlich stimmt. Gierig klappe ich den kleinen Stadtplan heraus. Das ist ja unfassbar: Die Stadt wimmelt von Seen. Benommen verliere ich mich in den blauen Flächen.

„Schön, gern geschehen. Und wann fährst du?"

„Wann ... Was?" Völlig aus dem Konzept gebracht, suche ich nach dem Preis im Inneren des Taschenbuchs.

„Wann du fliegen willst! Jetzt sag schon, wann geht es los?" Robin wirkt bereits genervt. Sie mag es nicht, wenn jemand ihre Fragen nicht prompt beantwortet. Sie selbst ist so auf Tempo eingestellt, das sie langsamere Gangarten kaum zu tolerieren vermag.

„Keine Ahnung, so genau habe ich noch nicht drüber nachgedacht. Eigentlich wollte ich in den nächsten Ferien nach Portugal." Wollte ich das? Bisher ist mir das völlig neu. Endlich habe ich den Preis entdeckt. Das Buch kostet etwas mehr, als ich erwartet hatte, aber es ist auch erst ein Jahr alt und somit für einen Reiseführer ziemlich aktuell.

„Und in diesen Ferien?" Robin lässt nicht locker. „Schließlich haben wir jetzt fast zwei Wochen frei! Letztens, weißt du, als wir so abgestürzt waren." Sie lächelt erfreut bei der Erinnerung. „Da hast du erzählt, du wärst so von Berlin fasziniert. Braune Eichhörnchen hast du auch noch erwähnt."

Braune Eichhörnchen? An braune Eichhörnchen würde ich nur denken, wenn ich den Koffer mit Stella-Gedanken öffnen würde, doch der liegt – hatte ich angenommen – verriegelt und versiegelt tief unten im Keller meines Bewusstseins. Ich beschließe zu bluffen.

„Robin", sage ich gönnerhaft „Könnte es sein, dass du letztens ein Bier zu viel hattest?"

„Mag sein, aber im Gegensatz zu dir vertrag ich auch was. Gott, ich dachte schon, ich müsste dir den Kopf halten!"

„Hättest du etwas dagegen, das Thema zu wechseln?"

„Ist schon gut. Du fährst also nicht weg, in diesen Ferien? Egal, wir Lehrerinnen können ja schließlich jederzeit verreisen und sind von Ferienzeiten völlig unabhängig!"

„Woher dieser plötzliche Zynismus? Wohin fährst du denn?"

In ihre Huskie-Augen tritt ein Ausdruck voller Sehnsucht.

„Nirgendwohin! Aber wenn ich nach Berlin fliegen würde", Betonung auf dem ich, „dann würde ich es jetzt tun, denn die Flüge sind zur Zeit extrem billig." Sie kramt in ihrer Geldbörse.

„Komm, ich schenk dir das. Ich glaube, irgendwann brauchst du es auf alle Fälle!" Sie nimmt mir den Reiseführer aus der Hand, bezahlt das Buch und steckt es feierlich in die Tüte, die der Verkäufer ihr mit dem Wechselgeld herüberreicht.

„Hier, bitte schön!"

„Danke sehr. Kann es sein, dass es sich hier um einen kleinen Bestechungsversuch handelt?"

„Wie, Bestechungsversuch?" Sie schaut mich über den Rand ihrer Sonnenbrille an. „Wofür hältst du mich?"

Ich halte sie für eine Frau, die dringend Tapetenwechsel braucht. Möglicherweise haben wir da etwas gemeinsam. Sie will ihrer Lebensgefährtin entkommen und ich meiner

Frisch-in-eine-Frau-verliebten-Schwester – plus einigen anderen Dingen, über die sich der erstaunlich große Mantel des Schweigens breitet. Eine Idee blinkt in meinem Kopf auf. Wäre es nicht großartig, dem vierzigsten Geburtstag zu entfliehen?

Wir schlendern an Ständen vorbei und landen – Überraschung! – an dem Bierwagen, den ich vorhin zu umschiffen versuchte. Robin bestellt zwei Bier, ohne mich zu fragen. Bier nach dem Frühstück, was soll das noch für ein Tag werden? Robin zündet sich eine Zigarette an und bläst mir den Rauch direkt ins Gesicht. Veronica wäre entsetzt. Sie kennt Robin noch nicht, ebenso wenig wie Jackie. Ich bin noch gar nicht dazu gekommen, den beiden zu erzählen, dass ich quasi Stammgast in dem Pub hinter der Tankstelle geworden bin. Veronica würde sich bekreuzigen, wenn sie eine Katholikin wäre. Sie findet den Laden niveaulos.

„Und?"

„Was und?"

Robins einsilbige Kommunikationsversuche sind etwas verwirrend.

„Fragst du mich jetzt, ob ich mitfahren will?"

„Wie bitte?"

Robin lächelt ihr nachsichtiges Lächeln, das ich gleichzeitig hinreißend und verstörend finde.

„Weißt du eigentlich, dass du immer ‚wie bitte?' sagst, wenn du nicht weiterweißt?" Sie kraust die Nase, als wäre sie ein Kaninchen, und schnüffelt in der Luft herum. „So sieht das aus, dieses ‚wie bitte?', glaub mir!"

Ich trinke beleidigt einen winzigen Schluck Bier. Was will die überhaupt? „Soll ich die Frage jetzt ernsthaft beantworten?"

„Welche Frage? Ich hab dich gefragt, ob du mich jetzt fragst, ob ich mitkomme!"

„Aber wohin? Ich weiß gar nicht, wovon du redest!"

Robin wirft mir einen hellblauen Blick zu, und ich kapituliere.

„Du würdest wirklich nach Berlin fahren wollen?"

Sie nickt.

„Und du denkst, ich will da auch hin? Demnächst?"

„Morgen?"

„Morgen?" Ich stelle das Bierglas so fest auf den Tisch zurück, dass es überschwappt. „Halt, stopp!" Es tut gut, das Wort ‚Stopp' endlich einmal laut auszusprechen. Ich wippe mit meinen Handflächen Richtung Robin.

„Jetzt mal ganz langsam! Wieso morgen?"

„Wieso nicht?" Sie bleibt ganz gelassen. „Wir gehen ins Internet und buchen die Flüge." Sie bestellt ein weiteres Bier. Ich schüttele heftig den Kopf.

„Nein, danke, ich habe noch!"

„Ist das deine Lebensformel?"

Ich atme zischend aus. „Und deine?"

Robin lässt ihre Zigarette zu Boden fallen und tritt sie mit der Spitze ihres Markenturnschuhs aus. „Lass uns nicht streiten! Ich fände es klasse, wenn wir zusammen wegfahren würden! Manchmal muss man sich einfach schnell entscheiden, meinst du nicht?"

„Vielleicht", sage ich vorsichtig. „Man kann ja mal drüber nachdenken."

„Sehr gut! Ich wusste doch, Berlin, das Nachtleben, das zieht dich doch!"

Ich wiege den Kopf hin und her, als müsste ich diesen Aspekt ausführlich bedenken.

„Lehrerinnen müssen sich kulturell weiterbilden."

„Stimmt! Europa ist im Kommen."

Eine Pause tritt ein. Sie malt mit ihren noch immer weißen Turnschuhen im Sand herum.

„Außerdem, Wendy, na ja, du weißt ja, was los ist. Diese Woche hat sie wieder ihre fruchtbare Zeit."

Ich räuspere mich. „Aber glaubst du nicht, du müsstest das mit ihr anders regeln, als dich dauernd irgendwohin abzusetzen? Mittwochs in den Pub und jetzt in den Ferien einfach mal ganz schnell weg?"

„Klar", stimmt sie mir lustlos zu. „Aber ich habe doch schon stundenlang, tagelang mit ihr geredet. Seit Wochen, ach, seit Monaten! Aber glaube mir", sie beugt sich zu mir vor, „glaube mir, es ist sinnlos. Es ist ihre Obsession, schwanger zu werden. Sie sagt, sie sei immerhin schon achtunddreißig, und es würde jetzt Zeit, höchste Zeit. Sie sagt, auch wenn ich nicht ‚mitziehe' – stell dir vor, das sind tatsächlich ihre Worte! –, dann macht sie es trotzdem. Eine Beziehung, sagt sie, könne sie immer haben, aber ein Kind, das sei einfach zeitlich begrenzt. Das müsse ich einsehen. Bei uns zu Hause gibt es nur noch eine Uhr, und das ist ihre biologische – die tickt durchs Treppenhaus und ins Schlafzimmer und in die Küche. Tickticktick! Selbst wenn du die Tür vom Badezimmer aufmachst, wer steht da breit wie einer dieser Badeöfen aus deutschen Filmen? Wendys biologische Uhr! Sie sagt, sie müsse sich beeilen – und meine Eifersucht, die wäre kleinlich."

„Seit wann guckst du deutsche Filme?"

„Ich fand das spannend, was du letztens erzählt hast. *Mädchen in Uniform* und so was – das war jedenfalls früher als *Sister George*, oder? *Aimee und Jaguar* hab ich vor kurzem ausgeliehen. Den fand sogar Wendy gut."

Ich fühle Erleichterung in mir hochsteigen. Ich habe ihr etwas über deutsche Filme erzählt? War das wirklich alles? Robin ist eine Cineastin, das weiß ich. Neu ist mir, dass sie das Land jenseits des Ärmelkanals jetzt spannender findet als Japan. Ich lenke wieder auf unser Ursprungsthema zurück.

„Und warum macht sie es nicht mit der Samenbank?"

Robin lässt ihr Feuerzeug aufklicken. „Sie findet, ein Kind sollte wissen, woher es kommt. Und es soll auch eine Vaterfigur in seinem Leben haben."

„Finde ich vernünftig."

„Mir wäre die Samenbank lieber. Die Samenbank hinterlässt keine hochgeklappte Klobrille. Im Ernst: Mit dem Kind, wenn sie es denn endlich gemacht haben, das ist schon okay, da freu ich mich sogar drauf – aber dieser Zustand jetzt, grauenhaft."

So viel wollte ich eigentlich gar nicht wissen. Ich fühle mich hilflos.

„Ihr Tee!" Robin tippt mir auf die Schulter. „Ich bring ihr den mal schnell. Dann komme ich zurück. Meinst du, du schaffst es, dich bis dahin zu entscheiden?"

„Treffen wir uns am Auto!"

Tja, Veronica, vielleicht fahre ich doch in Urlaub. In Berlin gibt's auch Friseure. Ein Bild steigt auf, wie Stella mir, umgeben von lauter Hunden, die Haare schneidet. Ihre dunklen Augenbrauen sind voller Konzentration hochgezogen. Sie beugt sich vor, und ich könnte ihre Hüfte anfassen. Sie lächelt, während sie meine Haarsträhnen zur Seite schiebt. Das Bild in meinem Kopf läuft ohne Ton, aber ich weiß, dass sie mit der spöttischen Zärtlichkeit zu mir spricht, die auch in England durch ihre Sätze schimmerte. Wenn wir uns aus dieser Szene herausbewegen, werden ihre Hände weiterhin da sein, dicht neben meinen. Ich muss nur die Fingerspitzen ausstrecken. Und ich weiß, dass ich ihr – endlich – den Arm um die Schultern legen werde, wenn wir vom See zurück zu ihrem Haus gehen. Dreiundzwanzig Stunden am Tag habe ich mir bis jetzt verboten, an sie zu denken. Deshalb haben sich die Gedanken noch nicht abgenutzt wie ein Lieblingslied, das man zu oft hört, auch nicht die Erinnerung an Stellas Geruch. Es ist, als hätte sie mich mit ihrem Geruch tätowiert. Wenn ich mir nur gestatte, ihn wahrzunehmen, dann ist er da, berauschend. Ich will mehr davon, meine Nase, mein Mund, die Poren meiner Haut. Ich will nicht mehr die versiegelte Dame sein.

Robin wartet schon, ans Auto gelehnt. Sie wirkt so angespannt, als wäre sie am liebsten wieder auf der Stelle losgejoggt. Ich schlage vor, zu ihr zu fahren und die Flüge im Internet anzusehen. Sie springt in die Höhe und boxt in die Luft. Etwas unauffälliger geht es wohl nicht?

Die Gegend, die an uns vorüberzieht, während ich den Wagen zu Robins Wohnung lenke, ist seltsam. Hier gibt es nur noch Lagerhallen und verwilderte Grünstreifen. Ästchen von geduckten Obstbäumen werden durch die Überfülle früher Blüten zu Boden gezogen.

„Hier war mal die Schule, die ich als Kind besucht habe. Das ganze Gebiet hier ist dem Erdboden gleichgemacht worden, als sie die Baustofffirma angesiedelt haben, hast du das damals mitbekommen?"

Ich schüttele den Kopf. Zu der Zeit war ich nicht hier. Dreizehn Jahre Altersunterschied sind ja fast schon eine Generation. Als Robin in die Schule kam, hatte ich schon die Stadt verlassen und befand mich am Anfang meiner Ausbildung. Als ob sie meine Gedanken gelesen hätte, ruft sie plötzlich aus: „Hast du nicht bald Geburtstag? Wirst du nicht vierzig oder so?"

„Nimmst du Schweigegeld?"

„Wieso? Vierzig werden ist doch cool", gibt sie mit der Naivität der noch nicht Dreißigjährigen zum Besten.

„Ach ja?"

„Klar, da hast du schon vieles erlebt und weißt endlich, wo's langgeht."

Ich ziehe es vor, nicht zu antworten. Robin braucht nicht zu erfahren, wie wenig ich tatsächlich weiß, wo's langgeht.

Allmählich haben wir die Industriewüste durchquert und nähern uns einer Gegend, die grüner ist und wo alte Bäume aus den Bürgersteigen wachsen. „Wir sind gleich da." Robin dirigiert mich zu der Einfahrt eines etwas verwahrlost aussehenden Hauses im falschen Tudor-Stil, vor dem viele

Motorräder stehen. Stimmt ja, Wendy hat hier einen Motorradvertrieb plus Werkstatt. Ich parke den Wagen zwischen einer aufgebockten Kawasaki und einer protzigen Enduro mit Lederfransensattel. Hinter dem hohen Zaun des Nachbargrundstücks plärren Kleinkinder.

„Mein Nachbar und sein Freund feiern heute Kindergeburtstag. Thomas wird vier. Vielleicht solltest du wissen, dass du hier mitten in der heimlich schwul-lesbischen Vorstadt gelandet bist, eine Gegend, deren Kindersegen die Tendenzen meiner Lebensgefährtin bis zum Wahn gesteigert hat!"

Im Haus, dessen Holzimitat-Tür sich mit einem Klick öffnet, riecht es nach Motoröl, Roter Bete und Autoreifen. Robin sprintet vor mir die Treppe hoch, die ein flauschiger Teppich bedeckt. An den Wänden hängen Fotos von Motorrädern und Frauen und Delfinen und Wesen, die eine Kombination aus Delfinen, Frauen und Motorrädern sind. Feministischer Realismus plus Easy Rider. Wie hält es Robin nur aus mit einer Frau, die solche optischen Vorlieben hat? Oben öffnet sie die Tür in eine andere, pastellfarbig ausgemalte Dimension. Beim Anblick der hellen Teppiche wird mir klar, warum Robin wollte, dass mein Hund im Auto wartet. Sie drückt mir ein Glas Fruchtsaft in die Hand und schaltet den Computer ein. Als Kunst- und Grafik-Ambitionierte ist es bei ihr natürlich ein Apple, der mit fast melodiösem Summen zum Leben erwacht. Augenblicklich verwandelt sich Robin in jemanden, die der zufriedenen Besitzerin eines besonders wohlerzogenen Haustiers ähnelt. Doch plötzlich hebt sie den Arm und schnuppert an ihrer Armbeuge. „O Gott, ich rieche ja fürchterlich! Erst das Joggen – und dann dein Auto! Entschuldige bitte, Maud ist süß, aber sie muffelt doch etwas! Ich springe mal schnell unter die Dusche, ja? Geh schon mal ins Internet – ich bin gleich wieder da."

Beklommen drehe ich mich Richtung Computer. Ob Mauds Geruch auch an mir haftet? Irgendwo in der Tiefe des Hauses rauscht nun die Dusche, und ich klicke mich – anfangs zögernd, dann immer entschiedener – durch die Internetseiten eines Billigfluganbieters.

Das Telefon neben dem Computer klingelt, und ich strecke unwillkürlich die Hand aus, um es zum Schweigen zu bringen.

Ein nasser, nackter Arm greift neben mir nach dem schnurlosen Hörer. „Ja? Schätzchen?" Ich habe mich kaum umgedreht, als Robin schon wieder das Zimmer verlassen hat, wobei sie eine Spur feuchter Fußabdrücke auf dem cremefarbenen Teppich hinterlässt. Auf ihrem Handtuch sind Seepferdchen. Wenig später kommt sie barfüßig ins Zimmer zurück.

„War das Wendy?"

Eigentlich will ich das gar nicht fragen, so etwas ist überhaupt nicht mein Stil – und natürlich war es Wendy, wer sollte es denn sonst sein? Eine kleine sirrende Stille entsteht, die nur durch das kurze Geräusch des Mauszeigers unterbrochen wird, mit dem ich auf eine Flugmöglichkeit klicke. Robins Gesicht hat sich in eine Art Korallenrot verfärbt, das einen hübschen Kontrast zu ihrem makellos gebügelten Hemd bildet.

„Nein", sagt sie überflüssigerweise und bekommt sofort einen Schluckauf.

„Stell dich auf den Kopf", rate ich ihr sachlich, „oder trink einen Schluck Wasser." Ihre Verlegenheit ist mir peinlich.

„Robin, bitte. Lösch ganz schnell aus deinem Gedächtnis, was ich dich gerade gefragt habe und was du geantwortet hast. Es interessiert mich gar nicht!"

„Es interessiert dich nicht?"

In ihren sehr großen, aquamarinblauen Augen spiegelt sich etwas, das ich für den Bruchteil einer Sekunde für Enttäuschung halte. Wenn es die Fata Morgana einer Emotion gibt, dann bin ich gerade Zeugin davon geworden.

„Ich meine, es hat mich nicht zu interessieren, verstehst du?"

Robin pendelt mit dem Kopf auf und ab. Ich könnte schwören, dass sie auf der Kante zu weiteren Geständnissen steht, die sie sich von der Seele reden will. Noch immer korallenrot verfärbt, setzt sie sich auf die Lehne des Schreibtischsessels und gibt vor, auf den Computerbildschirm zu schauen. Der Duft ihres frischen Limettenparfüms begleitet die Übersprungshandlung. Zumindest schöpfe ich Hoffnung, dass sie Mauds Duftmarke auf mir neutralisiert.

Kapitel 8

„Und Sie meinen wirklich, er braucht ein Flohbad?" Resigniert kraulte Stella das filzige Ohr des vier Monate alten Bordercollies, dessen Pfoten über die Beschichtung der Arbeitsplatte kratzten. Seine Besitzerin fixierte Stella durch ihre Gleitsichtbrille. Stella hakte die Leine in den Metallring, damit der Welpe nicht herunterplumpsen konnte. Die Kreuzberger Mutter war die siebte Nervensäge des Tages. Ihr Sohn trug eine Zipfelmütze aus Lappland. Sabine hatte im Februar begonnen, die Nervensägen durchzunummerieren. Stella nickte ihr Hundefriseusen-Nicken und lächelte das Lächeln Nummer drei, das sie zu Hause vor dem Spiegel mit vielen Zähnen – als Hausaufgabe des Kunden-Kompetenz-Seminars – geübt hatte. Martin hatte seine Mitarbeiter zur Teilnahme verdonnert, weil er fand, besonders Stella fehle es derzeit an Business-Höflichkeit. Bei dem Gedanken daran musste Stella eine Grimasse unterdrücken. Business-Höflichkeit! Wirklich, sie hatte ganz andere Sorgen! Immerhin: Sabine war es gelungen, Freizeitausgleich für sie herauszuschlagen. Nicht, dass Stella viel mit der gewonnenen Freizeit hätte anfangen können. Andererseits: Wer beharrliches Versinken in semi-erotischen Phantasien als gelungen genutzte Freizeit betrachtete, würde das vielleicht anders beurteilen. Sie selbst war jedenfalls chronisch genervt.

„Schauen Sie mal." Mit ihrer rechten Hand teilte Stella das Fell im Nacken des Hundes. Die Kundin zuckte zurück. Agile Punkte hüpften unübersehbar über die warmen Speckfalten des Welpen.

„Das ist ja schrecklich!"

„Immerhin ist er ein Hund, kein Stofftier." Letzteres wäre der Kundin wohl lieber gewesen, doch da musste sie jetzt durch. Leon oder Finn, der bis eben brav im Jogging-Kinderwagen gesessen hatte, bäumte sich auf und warf probeweise ein Würstchen auf den mit Hundehaaren bedeckten Boden. Aus dem Radio plärrten die *No Angels*, und Onkel Michi berlinerte mit Bassstimme auf die Schäferhündin seines Parzellennachbarn ein. Er hatte das Tier, dessen sanfte braune Augen es für Stella einnahmen, den ganzen weiten Weg von Reinickendorf – trotz ihrer Hüftgelenkserkrankung – in der überfüllten U9 hierher transportiert. Die alte Hündin schien sich davon noch nicht erholt zu haben.

Onkel Michi war die neue Aushilfskraft des Hundesalons, ein Frührentner, der in einer Laube im Norden der Stadt überwinterte. Stella verabscheute sein öliges Lachen. Vor ihm hatte es einen Vollzeit-Kollegen gegeben, der nun seine Rente auf Mallorca genoss. Peinlich: Sie war eifersüchtig auf Onkel Michi, darauf, dass ihm ausnahmslos jeder Hund mit entzücktem Augenaufschlag die Schnauze entgegenstreckte. „Ick hab eben dat jewisse Etwas!" pflegte er sich in die Brust zu werfen und zufrieden seinen Bierbauch unter dem grob gewürfelten Karohemd zu betasten. Sabine meinte, es läge wohl eher an seinem Schweißgeruch und den immer fettigen Haaren. So etwas fanden Hunde unwiderstehlich.

Stella konzentrierte sich auf die Kundin. Sie zeigte die Zähne zu einem weiteren Lächeln und musste dabei an die Knetfiguren aus *Wallace and Gromet* denken. Seit Martin mit Kalle in den USA war, lautete seine Geschäftsphilosophie: „Amerikanische Höflichkeit". „Und das bedeutet?" Sabine war wie immer misstrauisch. „Service, Service, Service!" Stella hatte Sabine einen Blick zugeworfen, der besagte: „Sinnlos, das jetzt mit ihm zu diskutieren, vielleicht später?" Martin, eigentlich ein umgänglicher Mensch, bildete sich in letzter Zeit ein, er müsse den Unternehmer herauskehren. Die Geschäfte gingen schlecht. Arbeitslose Hundebesitzer verzichteten auf den Besuch beim Hundefriseur.

Der Welpe, der offenbar Vertrauen gefasst hatte, legte Stella eine samtige Pfote aufs Handgelenk, damit sie ihn weiter kraulte. Das „Vorgespräch" dauerte schon zu lang. Martins Augen bohrten sich in Stellas Rücken. Amerikanische Höflichkeit, das hieß auch: „Timing, Timing, Timing!"

„Sind Sie ganz sicher, dass bei Ihnen nur biologisch verträgliche Produkte verwendet werden?"

Stella straffte sich. Das hier würde hart werden. Inzwischen beabsichtigte der kleine Hund, zu dem Würstchen auf den Boden zu springen. Stella hielt ihn energisch zurück. Wie gern wäre sie heute zu Hause geblieben mit einem Buch! Das Buch hätte allerdings ziemlich gut sein müssen, um sie endlich einmal davon abzubringen, an die Decke zu starren und sich jedes Detail von Noreens Rücken vorzustellen. Nein, an manchen Tagen war sie einfach nicht für Menschen geschaffen, vor allem nicht, wenn diese Menschen Kunden waren.

Warum arbeitete sie schließlich in einem Hundesalon? Hunde stellten keine blöden Fragen, auch wenn es oft den „Hund des Tages" gab, der sich durch permanentes Bellen oder anderes hervortat. Nichts zerrte mehr an ihren Nerven als die „Kommunikation" mit den Hundehaltern. Martin, den niemand Chef nannte – außer Onkel Michi, diesem Schleimer –, hatte feine Sensoren für Stellas Zustand. Pluspunkte verschaffte ihr das nicht. Er trat auf die Kundin zu, nahm das Hündchen auf den Arm und spulte einen seiner Vorträge über die Produktpalette des Hundesalons ab. Stella schaltete auf Autopilot. Sie wusste, dass Martin auch diesmal den Schwerpunkt auf die Floh-Prophylaxe legen würde, seinem rhetorischen Highlight. Die blaubewimperten Augen der Kundin bekamen einen verhangenen Ausdruck. Hatte sie bereits vergessen, dass von Prophylaxe bei ihrem Hund schon nicht mehr die Rede sein konnte? Was das Kerlchen brauchte, war ein welpenverträgliches Flohbad und nichts weiter. Ein Trick beim Umgang mit Kunden bestand darin, ihnen zu versichern, dass sie alles richtig gemacht hatten und dass der Hundesalon nur nachbesserte – auch wenn das Gegenteil der Fall war. Die Kundin, dachte Stella, gehört zu den Spezis, die ihren Hund am liebsten in der heimischen Badewanne mit Rapunzel-Shampoo einseifen würde.

„Herr Konzik, dreh mal das Radio leiser!" Herbert Grönemeyer hatte gerade zu knödeln begonnen, eine klare Überschreitung von Sabines Schmerzgrenze.

Die Kundin sah verstört zu der Frau in der blauen Plastikschürze hinüber, die – das helle Haar voller weißer Fellflocken – einen Riesenspitz föhnte. Sabine zog ein imaginäres Messer unter ihrer Kehle durch und deutete in Onkel Michis Richtung. Onkel Michi war mit vor Anspannung gerunzelter Stirn mit den Krallen der Schäferhündin beschäftigt. Er war noch nicht lange wieder im Job, vorher hatte er in einem Fitness-Studio geputzt, das mit dem Slogan warb: „Wo Udo noch Udo ist". Er schwitzte Blut und Wasser vor Angst, der Hündin in den durchbluteten Teil der Krallen zu schneiden. Stella warf Sabine eine Kusshand zu. An Tagen wie diesen war Sabine mit ihrer stoischen Art der berühmte Silberstreif am Horizont. Sie verlor nie die Geduld, weder mit Kunden noch mit Tieren. Mit Katzen, die zu medizinischen Bädern hereingebracht wurden, konnte sie wunderbar umgehen. Ihr Gerechtigkeitssinn half ihr, sich von niemandem mit überzogenen Forderungen einschüchtern zu lassen. Ihre Gelassenheit verdankte sie allerdings auch der Tatsache, dass sie anders als Stella zwanzig Stunden – und nur bei Bedarf mehr – arbeitete.

Martin mahnte Stella mit einem Blick ab. Kunden sollten keine Anhaltspunkte über das Verhältnis seiner Mitarbeiter untereinander bekommen, das war Teil der Professionalität. Wofür hatte er sonst in das Körpersprachenseminar investiert? Niemand verstand ihn hier, nur Kalle, sein Freund, der bald mit der Ausbildung zum Tier-Therapeuten fertig war und dann einen Welpenspielkreis anbieten würde. Stella schloss mit Sabine schon Wetten ab, dass zwischen den Badewannen und Trimmtischen demnächst Familienaufstellungen mit Riesenschnauzern stattfinden würden.

Sabine drosselte die Lautstärke des Radios und drehte auf „ihren" Sender weiter. Onkel Michi beklagte sich darüber bei der Schäferhündin. Wenn er nicht Spreeradio hören konnte, war für ihn der Tag gelaufen.

Stella taten die Hunde Leid, die von Onkel Michi behandelt wurden. Aus Rache quasselte er auf die eingeschäumten Gestalten ein und erzählte ihnen Dinge über die Kolleginnen, die niemand im Raum hören wollte. Wenigstens waren gegen Ende des Tages die an den Käfigen angebrachten Föhne so laut, dass man ihn nicht mehr verstehen konnte.

Sabine bürstete den Hund, der einen Maulkorb trug, und ignorierte seine Empörung. In seinen Augen war das Weiße zu sehen. Aus dem Fell flogen wieder Haare durch den Salon, als ob es drinnen schneite. Es roch nach Hundeshampoo, nach Tierhaaren und den vielen benutzten Handtüchern auf den Leinen, die in der feuchten Luft heute nicht mehr trocknen würden. In dem hängenden Fernseher über Martins Arbeitstisch blühten Narzissen auf südfranzösischen Hängen.

Frankreich war Stella egal, aber für einen englischen Sommertag, ihretwegen auch mit Regenschauern, hätte sie alles gegeben. Sie wollte in einer Klippe hoch über dem Meer Noreen im Arm halten und dann ... Nein, nicht schon wieder! Mühsam löste sie ihren Blick von der blau gekalkten Decke des Arbeitsraums. Sie konnte sich jetzt kein mentales Wegdriften leisten. Es hatte an dem Abend ihrer Rückkehr begonnen, als sie im Bett lag und an die mit Stuckornamenten verzierte Decke sah. Von unten drangen die Stimmen von Hans Moser und Heinz Rühmann herauf. Frau Fish, ihre Vermieterin, hatte von ihrem Sohn einen Videorekorder geschenkt bekommen und sah sich immer wieder ihre Lieblingsfilme an. Stella kam sich allmählich wie die Mitbewohnerin einer Senioren-WG vor. Die Dialoge hätte Stella inzwischen mitsprechen können, denn wie viele alte Leute hatte Frau Fish ein Hörproblem. Wenn die Geigen am Ende einsetzten, vermisste Stella trotzdem fast die nuschelnde Hektik des toten Österreichers.

Die Decke über ihrem Kopf spannte sich wie eine Leinwand. Sie tauchte einen imaginären Pinsel in einen bis zum Rand gefüllten Farbtopf und malte eine Linie an die Decke, die an den Schwung von Noreens Schulter erinnerte. Ihre eigene Haut war leer wie unbeschriebenes Pergament, weil niemand sie berührte. Der Anblick von Zimmerdecken verführte sie seitdem dazu, Skizzen von Noreens Gesicht oder anderen Teilen ihres Körpers zu entwerfen.

„Glaubst du, ich spinne?"

Sabine hatte Stellas Hand genommen und den Kopf geschüttelt. „Aber nein. Ich wünschte, ich könnte mich noch mal so verlieben."

Stella gab ein schnaufendes Geräusch von sich. „Erstens hast du deine Freundin Gamse und zweitens: Was habe ich davon, mich zu verlieben, wenn ich sie nicht wiedersehe? Hab ich dir von dem Schnarchen erzählt, das ich durch die Zimmertür gehört habe?"

„Mehrmals."

„Siehst du! Ich wünschte, ich könnte einfach umschalten und mir eine andere Frau suchen, schließlich ist die Stadt voll von ihnen!"

„Und warum tust du es nicht?"

Stella hatte nur hilflos mit den Schultern gezuckt. Die Wahrheit war, dass andere Frauen sie nicht interessierten – weder ihre Körper noch ihre Stimmen und erst recht nicht ihre Art, Scherze zu machen. Alles, was sie wollte, war, auf einen unsichtbaren Knopf zu drücken und sich mit dem Starrsinn einer Zeitmaschine zurück in den Winter zu beamen, als Noreen ihr gegenübersaß mit ihrer schmalen Nase, den

Augen, die beharrlich an ihr vorbeisahen, und den Grübchen, die in ihren Wangen erschienen, wenn sie mit ihrem Halblächeln künstlich Distanz zu wahren versuchte. Diese Wange war es, gegen die sie die eigene legen wollte, diese Stirn. Sie wollte Handfläche an Handfläche vor ihr stehen, sich hin und her wiegen mit gehobenen Armen, sie wollte unter den Schichten der Kleidung Noreens nackten Körper fühlen, der sich wie das Pendel einer Uhr dem ihren näherte, bis sie endlich Hand an Hand, Brust an Brust aneinander lehnten. Beiläufig, sorglos und mit großem Ernst wollte sie Noreens geschlossene Augen mit Küssen bedecken, ganz sicher, dass sie diesmal nicht zurückweichen würde und auch später nicht, wenn ihr Mund endlich überall wäre.

Stella schreckte schuldbewusst auf. Martin war es offenbar gelungen, die Kundin von der Notwendigkeit eines Flohbades zu überzeugen. Sie klemmte sich den kleinen Hund unter den Arm und begann, sein Fell mit der Bürste zu bearbeiten, worauf der Welpe anfing, sich wie verrückt zu drehen und mit hundebabyhaftem Knurren nach der Bürste zu beißen. Seine Besitzerin plus Leon oder Finn würden ihn später abholen. Wenn Stella Glück hatte, war sie dann schon weg. Sabine hatte heute den ungeliebten Fegedienst, wozu auch gehörte, dass sie bis zum Ende blieb.

Als Hundefriseuse fragte man Stella auf Partys gern, ob ihr denn nicht langweilig sei, immer die gleichen Handgriffe zu tun. Übersetzt hieß das nichts anderes als: Bist du nicht langsam zu alt dafür, um mit Hundebürsten zu spielen? Sie antwortete dann wahrheitsgemäß, dass sie die meisten Hunde sehr gern mochte – und nein, beißen würden sie auch nicht. Sie schwieg darüber, wie oft sie an Zeitgenossen dachte, die sechzig Stunden in der Woche vor dem Computer Telefonate mit genervten Kunden führen mussten. Ihre Arbeit bestand hingegen darin, mit angenehm schweren Bürsten über die pelzigen Körper der ihr anvertrauten Tiere zu fahren. Sie löste gern die körperwarmen Haarballen aus den Zinken der Kämme. Sie war voller Zuneigung für die Hunde, die sich abduschen ließen und hinterher freudig auf ihre Besitzer zusprangen, auch wenn ein Teil der Freude aus Erleichterung bestand.

Langweilig war Stella früher gewesen, während der Lehrzeit als Menschenfriseurin im Salon Kahl, in der anthrazitfarbenen Stadt mit den Kohlewolken und den Stahlwerken. Ein Wahlversprechen Willy Brandts hatte einst gelautet, dort den Himmel wieder blau zu machen. Im Salon Kahl war der Geruch nach Chemikalien so beißend, dass es ihr die Nase verätzte, wenn sie morgens den schwarzen Perlonkittel überstreifte. Salon Kahl lag neben einem florierenden Beerdigungsunternehmen, und Frau Kahl, die Seniorchefin, die den Angestellten donnerstags selbstgebackenen Bienenstich vorsetzte, fand es pietätvoller, wenn auch die Friseusen Schwarz trugen wie die Kollegen nebenan.

Nach dem Abitur hatte Stella nichts mit sich anzufangen gewusst. Ihre Freundinnen zogen nach Freiburg und München, wo sie Biologie studierten oder Rechtsanwältinnen wurden. Stella hatte keine Ahnung, wie ihr Leben weitergehen sollte. Die fehlende innere Navigation hatte sich durch ihr bisheriges Leben gezogen. Sie war einfach der Kiellinie der Schule gefolgt. Nun war die Schule aus, und etwas Neues musste her. Stattdessen saß sie mit Bücherstapeln aus der Stadtbücherei im Park. Ihre Freundinnen feierten die Zeit bis zum Studium mit Reisen. Eine fuhr sogar nach Kanada. Stella wunderte sich, dass es Kanada real gab und dass man dorthin fahren konnte, wenn man Silke hieß und einen Studienplatz für Sport bekommen hatte. Für sie selbst war ihr Geburtsland etwas, worüber man nicht sprach.

Kanada, das roch nach verbotenem Geschlechtsverkehr zwischen unverheirateten Paaren, nach Heimen für ledige Mütter, nach Schande.

Als Kind hatte sie zugesehen, wie die flinke Frau Kahl das Haar ihrer neuen Mutter aufblondierte. Die Prozedur des Dauerwellens faszinierte Stella. Borstige Röllchen wurden auf Muttis Kopf mit Pickern festgeklemmt, die Stella an die bunten Plastikspießchen erinnerten, mit denen man damals Party-Häppchen auf Apfelsinen tackerte. Mutti ließ sich die Haare immer von der Chefin persönlich machen.

Herr Kahl, ihr kleiner, schmaler Mann, war weniger der Chef als eine Art Kronprinz. Seine Position schien der des holländischen Prinzen Claus zu ähneln, über den Stella im Lauf der Jahre einiges in den Zeitschriften gelesen hatte, die neben den Trockenhauben bereitlagen. Herr Kahl trug Braun statt Schwarz. Später mutmaßte Stella, dass er die Farbe bevorzugte, weil er als Junge so gern bei der HJ gewesen war. Herr Kahl wurde nicht müde, der Belegschaft davon zu erzählen, wie er bei Zeltlagern im Siebengebirge das Signal zum Wecken mit der Trommel schlug. Mit beflissener Unschuld demonstrierte er, wie der Hitlergruß korrekt auszuführen war.

Die Chefin sprach ein von ihr selbst als gemütvoll empfundenes Kölsch. Als Kind mochte Stella den singenden Tonfall. Später als Lehrling ging ihr das Kommandosäuseln – „Liebschen? Fech dat doch noch ma schnell wech!", „Hasse die Handtüscher schon inne Maschine jetan, Liebelein?" – auf die Nerven.

Mit fünf Jahren, Stella war vielleicht zwei Monate bei den neuen Eltern, die sie immer noch Onkel Paul und Tante Anni nannte, wurden ihr zum ersten Mal die Haare geschnitten. „Das muss ausgedünnt werden", verlangte Anni und deutete auf Stellas dichten, dunklen Schopf. Frau Kahl legte ein Brett über die Armlehnen, damit Stella höher sitzen konnte. „Nä, wat hass du schöne Haare!", sang Frau Kahl ihr ins Ohr. Stella merkte ihr an, dass sie gern ihrer neuen Mutti geschmeichelt hätte mit „janz die Mamma", aber das ging leider nicht. Annis Haar war lockig und blond. Beim besten

Willen ließ sich zwischen ihnen beiden keine Ähnlichkeit herbeireden.

Kahls hatten übrigens einen silberfarbenen Pudel namens Daisy. „Daisy" hätte neben „Toast" und „Coca-Cola" eines der wenigen englischen Worte sein können, die Stella zu dieser Zeit ihres Lebens in ihrer näheren Umgebung hörte, aber Daisy hieß im allgemeinen nur „dat Däääsy". Erst im Alter von zehn Jahren, als Stella ein Donald-Duck-Heftchen las und auf Daisy mit den Stöckelschühchen stieß, zog sie eine Verbindung zwischen den beiden Namen. „Dat Däääsy" war noch ein quirliger Welpe, als Stella sie zum ersten Mal sah. Später durfte sie dabei sein, wenn Herr Kahl ihr den Standard-Schnitt machte, den er sich aus einem Buch angelesen hatte. Das waren Stellas Grundlagen ihrer Karriere als Hundefriseuse.

„Dat Däääsy" überlebte Herrn Kahl nur um einige Monate. Sie hätte, inzwischen eine auf Bienenstich versessene, eher grau- als silberfarbene kniehohe Speckrolle auf vier Pfoten, ohne die perfekte Frisur – mit dem „Krönchen" – auskommen müssen, wenn Stella nicht von Herrn Kahl, der an einer Krebserkrankung gestorben war, das Hundefrisuren-Buch geerbt hätte. Daisys Beliebtheit trug dazu bei, dass Kahls Friseursalon sich auch in den schwierigen siebziger Jahren einen Großteil seiner Stammkunden erhalten konnte. „Dat Däääsy" begrüßte jeden Kunden mit ungestümer Begeisterung. Alte Damen gingen auf die Knie, um das sich vor lauter Freude in den Anfangsjahren auch noch nassmachende Pudelchen zu knuddeln. Ob Däääsy gepinkelt hatte oder nicht, war ein Gradmesser für die jeweilige Beliebtheit der Kunden. Frau Kahl fiel es sichtlich schwer, ausgleichend einzugreifen, und wirkte erleichtert, als Däääsy auf diesen besonderen Ausdruck ihrer Freude verzichtete.

Im Salon Kahl war man sehr traditionsbewusst. Alle jahreszeitlichen Feste wurden durch wechselnde Dekorationen gewürdigt. Karneval war natürlich durch Frau Kahls rheinländische Herkunft der Höhepunkt des Jahres. Obwohl der Salon montags geschlossen war, bildete der Rosenmontag eine Ausnahme. Als Stella in der Schule zum ersten Mal Dokumentarfilme über den Nationalsozialismus zu sehen bekam und sich in der Geschichtsstunde eine Goebbels-Rede anhören musste, dachte sie an Frau Kahls vertrauten Tonfall. Entsetzt ertappte sie sich bei dem Verdacht, dass Herr Kahl sich vielleicht deshalb in seine Frau verliebt hatte, weil er als Hitler-Junge so von dem Propaganda-Minister beeindruckt war.

Am Rosenmontag gab es im Salon Kahl „Berliner" gratis, manche von ihnen allerdings mit Senf statt mit Marmelade gefüllt. Einmal ertappte Stella Frau Kahl dabei, wie sie den Senf-Pfannkuchen in der Küche präparierte. Sie zwinkerte ihrem Lehrmädchen verschwörerisch zu. Es war ihr anzumerken, wie sehr sie sich darüber freute, dass sie so humorvoll war. Sie trug schon ihre Verkleidung als weißes Pferdchen, die sie immer an diesem Tag anlegte, noch bis ins hohe Alter. Sie setzte sich dann eine Kopfbedeckung mit weißen Pferdeohren auf, befestigte einen weißen Pferdeschweif („dat iss escht!") an ihrem Perlonkittel und drängte den Kunden mit kräftigem Wiehern so genannte „Kurze" auf.

Ihre Enkelin Yvonne legte ausnahmsweise die Kommunionskerze beiseite, die sie sonst von einem Frisierspiegel zum anderen schleppte, um sie für ihre stündlichen Gebete anzuzünden. In ihr Mondgesicht mit den großen runden Augen hatte ihr „die Omma" Schnurrhaare gemalt, und auf ihrem Köpfchen wölbten sich Mickymausohren. Als Micky verzichtete Yvonne auf ihre lauten Gebete, die sie sonst demonstrativ aufzusagen pflegte, wenn sie nach der Schule – Yvonne besuchte die zweite Klasse der Grundschule – in den Salon kam, um ihre Hausaufgaben zu machen.

Frau Kahl ging am Rosenmontag einmal richtig aus sich heraus. Sie war eben eine rheinische Frohnatur, „en kölschet Mädschen". Zu ihrer Lehrlingszeit schrieb Stella an eine Ethnologie studierende Freundin und klagte darüber, dass Frau Kahl ihr angenehmer sei, wenn sie „nicht so aus sich herausginge", sondern eher „in sich drin" bliebe.

Als Stella an diesem Abend den Hundesalon verließ, wünschte sie sich Schlittschuhe. Fuß vor Fuß tastete sie sich auf den überfrorenen Straßen zur S-Bahn. Sie nickte der Frau vom balinesischen Laden zu, die Sand von einem Kehrblech auf das Pflaster streute und eine Bemerkung über den nicht endenden Winter machte. Früher hätte sich auf ihrem Kehrblech Asche befunden. Inzwischen hatten die meisten Haushalte auf Öl- oder Gasetagenheizung umgestellt. Die zimmerhohen Kachelöfen, die für die Berliner Wohnungen so typisch gewesen waren, sah man immer seltener.

Am S-Bahnhof, wo Leute um sie herum in gereizter Müdigkeit weiße Atemfahnen von sich gaben, bemerkte Stella ein neues Loch im Taschenfutter ihres Mantels. Wenn sie ihren Vater demnächst besuchte – sie schob die Reise schon seit einigen Wochen vor sich her –, würde sie sich Annis Nähkästchen ausleihen. Mit den Knöpfen in den herausziehbaren Fächern hatte sie als kleines Mädchen an verregneten Nachmittagen gespielt. Anni war vor Jahren in einem Grasgrab beigesetzt worden. Paul lebte jetzt im Haus seines jüngeren Bruders in Bremen.

Stella drehte sich ungeduldig nach rechts, ob die Scheinwerfer der S-Bahn noch immer nicht aus dem nebligen Schlund des frühen Abends aufleuchteten. Unter ihren Schuhen knirschte das Granulat, als sie in der überfüllten Bahn einen der türkisfarbenen Sitze ergatterte. In knapp zwanzig Minuten würde sie zu Hause sein, hoffentlich.

„Hallo?", fragte ein arabisch aussehender junger Mann neben Stella in den aufgeklappten Hörer. Ihr Vater liebte Handys. Er war beleidigt, dass sie sein Weihnachtsgeschenk nicht öfter benutzte. Vor kurzem hatte er ihr auf dem Display ein Bild von sich geschickt. Unter einer Pudelmütze wehte sein sandfarbenes Haar heraus. Auf Stellas Anrufbeantworter fragte seine Stimme fast jeden Abend, wann sie endlich käme. Stella wünschte sich, Anni lebte noch oder Paul könne sie zumindest dort, wo sie jetzt war, mit seinem Handy anrufen.

Pauls Liebe zu seiner Frau war absolut gewesen wie eine Monarchie. Lange Jahre fuhr keine Kutsche mit einem Kind durch das Königreich. Später, als das Adoptivkind in diese Ehe eingeladen wurde, um sie komplett zu machen, hätte das Königreich doch auch ohne sie fortbestanden und täte es noch heute, wenn nicht der Tod seiner Frau ihren Adoptivvater zu einem einsamen Regenten gemacht hätte.

Stella starrte auf Porreestangen, die aus einer Einkaufstüte ragten. Das Gemüse gehörte zu einer Frau, die grüne Strickstrümpfe mit Sternen trug, die knapp unterhalb ihres Minirocks endeten. Die Farbe Grün erinnerte sie an Noreen, an Moos. Aber was erinnerte sie eigentlich nicht an Noreen? Sie stöhnte, während ein russischer Sänger neben ihr seine Augen in die seines Kompagnons senkte und versuchte, Ergriffenheit zu produzieren. Die Porree-Frau hob ironisch eine Augenbraue und schenkte Stella das Lächeln einer interessierten Fremden. Ob sie verstand, worum es in dem Lied ging? In diesem Teil der Stadt sprach die Bevölkerung seltener russisch als in der anderen Hälfte. Stella lächelte uninteressiert zurück. Trotz all dieser Leiber und Mäntel und Handys und Schals und Augen, die sich vor ihr in einer Collage zerpflückten nach einem Tag voller Krallen und Pfoten und frischgebadeter Felle, war ihr Kern anderswo beschäftigt. Sie wollte nach Hause. Aber sie wollte nicht nur nach Hause in den weißen Zuckerwürfel, in dem sie seit Jahren wohnte, sie wollte zurück zu dem Zuhause, das es nicht mehr gab und nie geben würde, das ihre Seele aber hartnäckig mit der Begegnung mit Noreen verknüpfte.

Endlich, nachdem Station um Station an der S-Bahn vorbeigeglitten war, schimmerte jenseits der winternackten Bäume der See. Lichter huschten durch die Zweige, als Stella die Stufen zum Ausgang hinunterstieg. Hier draußen vor der Stadt lag der Schnee steppdeckenhoch. Die Fenster alter Villen leuchteten in den Abend. Im letzten Jahrhundert hatte sich die Stadt bis hinein in die Kiefernwälder ausgebreitet. Stella wollte noch nicht hochgehen in ihre Wohnung. Sie wandte sich für ein paar Minuten in Richtung See. Die Kufen von Schlittschuhläufern surrten in der Dunkelheit. Manche hatten sich runde Lampen an die Stirn geheftet wie HNO-Ärzte. Stella schlug den Kragen ihres Mantels hoch. Sie brauchte ein heißes Getränk. Sie wollte sich auf dem Sofa in ihre weiche Decke einkuscheln und endlich nicht mehr dagegen ankämpfen müssen, an Noreen zu denken. Bei Butter Lindner fegte die Verkäuferin noch. Ihr Nacken unter den hochgesteckten Haaren sah müde aus. Sie war allein in dem Laden mit den skandinavischen Milchprodukten.

In der Wohnung ignorierte Stella das Blinken des Anrufbeantworters. Sie wollte jetzt nichts mehr von der Außenwelt hören. Eine Möhrensuppe und zwei Stunden Lesen später ging sie ins Bad. Der Spiegel sah schmutzig aus, seit Tagen war sie zu müde, ihn blank zu reiben. Seifenflecken sprenkelten das Sieb auf dem Grund des Waschbeckens. Ihre Gedanken streiften den Anrufbeantworter. Und wenn etwas passiert war? Wenn Paul einen Unfall erlitten hatte und das Krankenhaus versuchte, sie zu erreichen? Aber Paul war recht gesund für seine zweiundsiebzig Jahre, nein, sicher ging es ihm gut. Er würde ihr vermutlich nur von einer Einkaufstour in den Dodenhof erzählen wollen.

Sie knipste das Badezimmerlicht aus und deckte ihr Bett auf. Ihre Wohnung bestand aus einem großen Zimmer, das sich über das gesamte Dachgeschoss des Hauses zog. Der Garten unter dem Balkon war voller Stille. Mitten in der

Nacht wachte sie auf. Auf dem Weg zum Bad flackerte ihr die Eins auf dem Anrufbeantworter entgegen. Etwas Bedrohliches schien von dem rhythmischen Leuchten auszugehen. Sollte sie die Nachricht doch abhören? Nein, egal, was es auch war, morgen war es besser.

Im Bett schloss sie die Augen, ohne ein einziges Mal an die Decke zu schauen. Trotzdem begann die Kompassnadel ihrer Phantasie, sofort in das weiter westlich liegende Land zu zucken. Noreen saß in ihrem Rücken und hatte von hinten die Arme um sie gelegt. Der Wind presste sie beide gegen die hohe Steilküste, auf deren Spitze sie saßen, und drückte sie schließlich in das kurze Gras. Seeschwalben schwirrten um sie und Möwen. Es roch nach Tang, und auch Noreens Haut schmeckte nach dem Meer. Wie abgeschmackt, dachte der Teil von Stella, der immer realistisch blieb. Doch ihr Körper vibrierte voller Genuss, während sie Noreens Kleidung von ihr herunterpflückte, langsam, so wie sie ein Geschenk auspacken würde, auf das sie lange gewartet hatte und von dem sie überzeugt war, dass sie es schon lange verdiente. Obwohl sie Noreen nie nackt gesehen hatte, wusste sie mittlerweile ganz genau, wie sie aussah. Ihre Hände und Augen wanderten über jedes Detail, während ihre Finger tiefer ihren eigenen Körper hinabglitten.

Am nächsten Morgen weckte sie das Schrillen des Telefons.

„Stella?" Es war Sabine. Stella brummte etwas. Wusste Sabine etwa nicht, dass sie heute erst mittags arbeiten musste?

„Hast du schon deinen Anrufbeantworter abgehört?"

„Wieso? Was ist damit?"

„Also nicht. Sitzt du?"

„Nein, wieso? Ich stehe hier barfuß …"

„Dann tu mir den Gefallen, zieh deine dicken Socken an und setz dich erst mal hin."

„Dicke Socken? Sabine, bitte sei nicht immer so umständlich! Ich will zurück ins Bett!"

Sabine machte ein gurgelndes Geräusch. Weinte sie?

„Ist was mit Gamses Kind Lilli?", fragte Stella alarmiert. „Und mit Gamse?"

„Nein, hör mal, eigentlich müsste Martin dir das sagen ..."

„Martin? Soll ich heute früher kommen? Das ist nicht drin, das kann ich ihm selbst sagen! Finde ich ja blöde, dass er dich vorschickt! Gib ihn mir mal!"

„Stella! Darum geht es nicht. Martin, er wollte es dir gestern sagen. Aber er ...", sie stammelte, „... er hat es einfach nicht übers Herz gebracht."

„Was denn? Mein Gott, Sabine, jetzt rück endlich raus damit!"

Stella machte wieder dieses gurgelnde Geräusch. „Martin meint, er muss dir kündigen!"

„Was?"

„Genau das Gleiche habe ich auch zu ihm gesagt!"

„Ja, aber wieso denn? Und wann?" Stella krampfte die Hand um den Telefonhörer. Auf alles war sie gefasst gewesen, aber darauf nicht.

„Schon bald. Er sagt, er schafft es finanziell einfach nicht mehr. Du hast so lange bei ihm gearbeitet, er hat ein furchtbar schlechtes Gewissen. Er meint, du würdest ja sicher erst mal eine Weile Arbeitslosengeld bekommen, und wenn sich die Lage wieder entspannt, stellt er dich sofort wieder ein, versprochen."

„Ich wusste ja immer schon, dass er feige ist!"

„Ich weiß. Bist du sehr geschockt?"

Stella fror. „Keine Ahnung. Ich muss das erst mal sacken lassen. Warum sagt er es mir nicht selbst?"

„Er hat dir auf den Anrufbeantworter gesprochen, dass du ihn bitte zurückrufst. Er schiebt das schon seit Wochen vor sich her. Willst du ihn jetzt sprechen? Er ist vorne an der Kasse."

Kapitel 9

Bevor wir nach Berlin abflogen, bekam ich Geschichtsschnupfen. Wie in einer außer Kontrolle geratenen Zeitmaschine der neueren deutschen Geschichte wurde ich von Berlin-Klischees überschüttet. Ich hatte beim Reisen schon immer Schwierigkeiten gehabt, mich der Banalität der vorweggenommenen Bilder zu erwehren. Vor meiner allerersten Italienreise hatte ich mich als Vierzehnjährige standhaft geweigert zu glauben, dass der berühmte Turm in Pisa wirklich schief war und nicht nur eine erleuchtete Lampe im Schlafzimmer meiner Eltern. War ich eventuell gegen Mythen aller Art allergisch? Hatte ich deshalb auch solche Schwierigkeiten, mich zu verlieben? Fehlte mir einfach die Glaubensfähigkeit, die dafür nötig war? Dienten die wiedervereinigten Deutschen, die in meinem Kopf in den Tagen vor meiner Abreise unentwegt auf der Mauerkrone Sektflaschen entkorkten, einzig und allein dazu, mich von allzu unrealistischen, allzu sehnsüchtigen Gedanken an Stella abzulenken? Oder hatte etwas in mir schon zu feiern begonnen, dass ich Stella endlich wiedersehen würde, und war dafür sogar bereit, die dem Exkanzler entgegenschallenden „Helmut! Helmut!"-Rufe zu ertragen?

Wie auch immer: Ich machte mir Sorgen um meinen Geisteszustand. Es war doch nicht normal, dass ich Kennedys Stimme in meinen Ohren nicht abstellen konnte, der darauf beharrte, ein Berliner zu sein. Und es war einfach nicht schön, immer wieder sehen zu müssen, wie 1968 die demonstrierenden Studenten unter Wasserwerfern zusammengeknüppelt wurden. Doch wenig später stieß mich die Mythos-Allergie mehr als dreißig Jahre zurück ins Olympia-Stadion, über dem Hakenkreuze wehten. Ich rieb mir verwirrt die Augen, aber schon spulte der Schnelldurchlauf der Zeitmaschine tausend Jahre vor, und Coca Cola eröffnete Filialen in der geteilten Trümmerstadt. Ulbrichts Spitzbart blitzte auf, während Carepakete aus Rosinenbombern regneten. Nein, es war Zeit, dass ich endlich in der Gegenwart ankam.

Am Flughafen Stanstead dominierten Geschäftsmänner akustisch in krähengrauen Anzügen mit ihren Freisprechanlagen. Nur wenige Touristen mit verkehrt herum aufgesetzten Basecaps störten die Konferenzsaal-Atmosphäre. Doch plötzlich schoss ein ganz anderes Geräusch durch das gedämpfte Gemurmel wie eine Fontäne aus Wut. Ich versuchte, die Quelle zu orten, und entdeckte Robin, todschick in strenger Manteljacke, hinter einem Kinderwagen. Die Anzugkrähen begannen mit den Flügeln zu schlagen, ihre Maschinen wurden aufgerufen.

„Hallo, Noreen!"

„Hallo!" Ich ließ meine Reisetasche zu Boden fallen und blickte verwirrt in den Kinderwagen, wo der hummerrote Säugling noch immer brüllte. Robins Lippen streiften feucht mein Ohrläppchen. Ich gab ihr einen betont sachlichen Kuss auf die Wange. Hinter ihr ragte der lederne Schatten von Wendy auf.

Aber wer war dieses Kind? So schnell konnte selbst Wendy, die Morrigan des 21. Jahrhunderts, nicht schwanger werden und gebären. Zärtlich hob sie das Kind, dessen Tönung ich äußerst beunruhigend fand, aus dem Wagen. Mich bedachte sie mit einem Blick wie eine mürrische Löwenmutter, die ein feindliches Weibchen in der Herde visuell in die Schranken weist. Großzügig gab ich vor, das für eine Begrüßung zu halten. Robin strich – etwas zu mechanisch – über meinen Ärmel.

„Wendy wollte mich fahren, aber dann musste sie Heathers Baby übernehmen, weil bei deren Freundin überraschend die Geburt eingeleitet wurde."

„Ach so", murmelte ich desinteressiert. Während das Baby schrie, konnte ich sowieso nicht denken. Seine sich immer noch weiter verdunkelnde Gesichtsfarbe bestürzte mich. Zu hohen Blutdruck konnte es ja wohl kaum haben, dafür war es eindeutig zu jung. Wie auch immer, ich wollte einchecken.

„Schau mal", ich deutete auf die Tafel mit den Abflügen, „unser Flug ist schon aufgerufen. Können wir?"

„Klar." Robin schaute abschiednehmend auf Wendy.

„Kommst du zurecht, Liebling?"

Liebling? Sie nannte dieses Trumm von einer Frau Liebling?

Robin wandte sich wieder mir zu: „Gibt's im Flugzeug eigentlich was zu essen?" Ihre Frage überraschte mich. Bisher hatte sie sich nie sonderlich für Nahrung interessiert. Mir selbst wurde seit dem Buchen der Flüge übel, wenn ich an Essen nur dachte. Mit Flugangst hatte das nichts zu tun. Der Gewissheit, dass die Suche nach Stella wirklich angefangen hatte, ließ einen Hurrikan in meinem Magen rotieren. Im stillen Zentrum des Sturms saß Stella und schaute mich mit ihren dunklen Augen an. Ihr Blick war wie das Lied, das ich immer wieder hören musste. Vorläufig kannte mein Zeigefinger nur noch Lied zwölf auf der Skiptaste der Fernbedienung. „Swim to Me" sang es in meinem Kopf. Meine Schwester hatte es schon aufgegeben, gegen die Wand zu schlagen, und ihre neue Freundin summte mir mit gutmütigem Spott die Melodie entgegen, wenn wir uns im Garten trafen. Selbst heute morgen um fünf hatte ich das Lied noch dreimal gehört, als mich das vorwurfsvolle Abschiedskomitee meiner Tiere umstand. Meine Katze, die das Kopfkissen neben meinem als ihren Stammplatz betrachtete, hätte die Augenbrauen spöttisch hochgezogen, wenn sie welche gehabt hätte. Sie durchschaute mich. „Es wird sich nichts ändern", behauptete ich. Sie wusste:

Es war das letzte Mal, dass ich versuchte, ihnen – und mir! – etwas vorzumachen.

Wendy, die sich bemühte, den Säugling durch schaukelndes Gehen zu beruhigen, trampelte in ihren Motorradstiefeln näher.

„Bei diesen Billigflügen gibt es keinen Service, Hasenbär. Aber du kannst dir ein Sandwich kaufen." Robin alias Hasenbär schaute betreten beiseite. Von Hasenbär war während ihrer bitteren Klagen über Wendy nie die Rede gewesen.

„Hast du noch Kleingeld?", versuchte sie abzulenken.

„Wieso noch?", fragte ich verblüfft.

„Nun, ich habe schon alles in Euro gewechselt." Etwas zerknirscht fügte sie hinzu: „Ich wollte mich nicht mehr mit Pfundmünzen belasten."

„Ach, wolltest du das nicht?"

„Würdest du mir wohl etwas leihen?"

„Ja, schon. Aber im Flugzeug kannst du sicher noch in Pfund bezahlen."

Sie hörte mir gar nicht zu. Offenbar wartete sie auf den geeigneten Moment, um sich von Wendy zu verabschieden. Wendy stand da, versunken in den Anblick des endlich friedlich schlafenden Babys. In einer Wolke von Lautlosigkeit hielt sie es in ihren Lederjackenarmen. Für einen Moment hatte sie ihre Wendy-Maske abgesetzt, und ich glaubte zu verstehen, warum sie sich so sehr ein Kind wünschte.

Drei Stunden später setzte uns die Zentrifugalkraft der Gegenwart holpernd auf deutschen Boden. Robin tastete nach ihren Zigaretten und starrte auf das Kofferkarussell. Ich machte sie auf das *No-Smoking*-Schild aufmerksam und nahm meinen Koffer vom Band. Entnervt ließ sie die Zigarette wieder in die Schachtel gleiten.

„Und wo bleibt meiner?"

„Soll ich für dich hier warten, und du gehst schon mal rauchen?"

„Du bist lieb! Danke!" Ihr freundschaftlicher Kuss rutschte auf meinen Mundwinkel. Meine hormonelle Hochspannung schien wie ein Sender, der plötzlich alle möglichen Frequenzen auffing.

Robins Koffer blieb verschwunden. Robin wirkte erstaunlich gelassen – vermutlich hatte das Nikotin sie sediert. Dann fragten wir uns durch, um ihren Koffer als vermisst zu melden.

„Kommst du dir nicht auch blöde vor vorauszusetzen, dass sie hier alle englisch sprechen?"

Robin schüttelte den Kopf. „Warum denn? Schließlich sind wir hier am Flughafen! Außerdem hat mir Wendys Nichte erzählt, dass die Deutschen sowieso unentwegt Englisch sprechen wollen. Sie war als Sprachschülerin in Hamburg und kam kaum dazu, deutsch zu reden, weil alle beleidigt waren, wenn sie es versuchte."

„Schau mal, da vorne ist der Fahrkartenautomat."

„Und was für eine Fahrkarte holen wir uns jetzt?"

„Wir ziehen uns eine Wochenkarte, damit können wir die ganze Zeit fahren."

„Woher weißt du das?"

„Reiseführer! Dein Buchtipp war wirklich Gold wert!"

Etwas angespannt ließen wir uns durch die englischsprachigen Menüpunkte des Fahrkartenautomaten leiten und steckten die unvertrauten Euro-Scheine in den Schlitz.

Robin hielt glücklich ihren Fahrschein in der Hand. „So was können sie, die Deutschen, nicht wahr? Die Busse und U-Bahnen sind bestimmt alle superpünktlich – nicht wie bei uns mit den Verspätungen dauernd."

Ich hatte das Bedürfnis, sie zu ernüchtern. „Jetzt müssen wir erst mal den S-Bahnhof finden!"

„Und woran erkennen wir den?"

„Dieses Symbol hier, das weiße S in dem grünen Kreis, siehst du das irgendwo?"

Robin deutete auf eine junge Frau, die eine Mütze mit Ohrenklappen trug.

„Unsere erste Deutsche", raunte sie mir zu, „die fragen wir!"

Mit etwas eigenwilligem Akzent erklärte uns die Frau den Weg. Mit Grabesmiene wies sie uns darauf hin, dass wir unsere Wochenkarten abstempeln mussten.

„Entwerten!" Das deutsche Wort stach aus ihren englischen Sätzen heraus wie ein Aal in einem Netz mit Makrelen.

„Entwerten!", wiederholte Robin eifrig. Sie sah allerliebst aus, aber die Deutsche keuchte schon mit ihrem Rucksack durch die Drehtüren des Flughafens. Dass ausnahmsweise jemand resistent gegen Robins Charme war, erschien mir fast als persönliche Beleidigung. Als wir uns in die von der Hundemützenfrau beschriebene Richtung bewegten, wurde klar, dass sie auch zur S-Bahn ging.

„Hätte sie uns nicht einfach auffordern können, ihr zu folgen?" Robin tippte sich an die Stirn.

„Vielleicht hatte sie Angst, dass wir sie noch über andere Dinge befragen würden?"

Robin zuckte mit den Schultern. „Normalerweise wollen die Deutschen Ausländern alles erklären, sagt Wendys Nich te. Du musst aber aus dem richtigen Land sein. England und Amerika sind gut, andere west-europäische Länder auch, aber wenn du zum Beispiel aus der Türkei bist, dann reden sie mit dir nur in Infinitiv-Sätzen."

„Was du alles weißt!"

Robin ist taub für die zarte Ironie in meiner Bemerkung. „Nicht wahr? Ja, siehst du, ich kenne die Deutschen!"

„Klasse, dann kann uns ja nichts passieren! Schau mal, da vorne geht es zu unserem Bahnsteig runter. Jetzt müssen wir nur noch in die richtige Richtung fahren!" Unsicher zogen wir mein Gepäck durch die offenen Türen des S-Bahn-Wagens. Die Hundemützenfrau war weiter vorn eingestiegen und tat so, als würde sie uns nicht sehen.

„Krank!" Robin machte wie üblich keine Mördergrube aus ihrem Herzen. „He, schau mal, das Muster an der Wand! Sollen das irgendwelche Gebäude sein?" Interessiert betrachtete ich die Gebilde, die sich in einem unruhigen Muster ineinander schachtelten. „Stimmt, du hast Recht, das muss das Brandenburger Tor sein. Die aufgespießte Kugel, das ist der Fernsehturm. Aber das hier, das ist ..."

„Das ist das Rote Rathaus!", rief aufgebracht die Frau aus der Deckung ihres Rucksacks hervor. „Das steht in Ostberlin, und das kennt natürlich kein Schwein, ist ja klar!"

„Sind Sie aus dem Osten?" Robin richtete ihre Huskie-Augen auf sie.

„Wieso denn das?"

„Na, weil Sie sich so gut auskennen mit diesem Roten Rathaus und so."

Aber die Hundemützenfrau hatte schon ihren Rucksack gepackt und schleifte ihn in einen anderen Wagen. „Wo ich herkomme, das geht euch gar nichts an!" Wir zogen die Köpfe ein.

„Die Deutschen können sehr emotional sein", informierte mich Robin. Sie steckte sich ein Kaugummi in den Mund. „Aber was soll ich heute Abend anziehen?"

„Wieso?"

„Mein Koffer ist weg, du erinnerst dich?"

„Was hast du vor?"

„Ausgehen! Was denkst du denn! Berlin, die Stadt, die niemals schläft! Hier gibt es keine Sperrstunde! Hier werden nicht um zweiundzwanzig Uhr die Gläser eingesammelt. ‚Last order' – so was kennen die hier gar nicht. Ist das nicht himmlisch?"

Ich sah skeptisch zum Fenster hinaus. Die Hundemützenfrau war zwar seltsam, aber bei der Kopfbedeckung hatte sie sich eindeutig für das Richtige entschieden.

„Ist dir schon aufgefallen, dass hier noch Winter ist?"

Robin winkte ab. „Wen interessiert schon das Wetter? Ich will Shopping machen und Party! Und du?"

Ich schlug den Kragen meines Mantels hoch, als sich die S-Bahn nach einer mir unverständlichen Ansage in Bewegung setzte.

„Weiß nicht", log ich vage, „mal sehen." Robin musste nicht wissen, dass ich ununterbrochen dieses Lied in meinem Kopf sang und nur auf den Moment wartete, wo ich – unbeobachtet von ihr – endlich anfangen konnte, nach Stella zu suchen.

Am nächsten Morgen schaute ich aufbruchbereit aus dem Hotelfenster. In Berlin begann es nur zögernd, Tag zu werden, dabei war es schon fast halb neun. Auf der anderen Seite der Straße hockte ein Kater hinter einer Netzgardine. Über ihm und dem Balkon war ein mit roten Ziegeln gedecktes Dach, auf dem zackige Antennenbäume in den Himmel ragten. Robin schlief in dem französischen Bett hinter mir. So wie unser Verhältnis definiert war, war es eindeutig zu schmal. Mir fehlten der Wasserkessel und der lösliche Kaffee auf dem Zimmer, der zu Hause in jedem *Bed & Breakfast* Standard ist.

„In dieser Hinsicht kannst du von den Deutschen nichts erwarten. Sie bilden sich zwar ein, die ‚Gemütlichkeit' erfunden zu haben, aber vom Teekochen haben sie keine Ahnung", bemerkte Robin gestern Nacht etwas undeutlich, als ich das Zimmer nach einem Wasserkessel absuchte. Tröstend hielt sie eine Whisky-Flasche hoch. Ich konnte es nicht glauben. Vermutlich hatte ein unkooperativer Gast den Wasserkessel versteckt?

Im Zimmer roch es nach kalter Asche. Robin hatte eines der silbernen Körbchen mit den Duftblättern als Aschenbecher benutzt und das Nichtraucherschild in der untersten Schublade vergraben. Draußen sah es nach Regen aus. In den Balkonkästen gegenüber entdeckte ich keine einzige Blüte. Aus dem Frühling kommend, erschien mir die Stadt wie Sibirien. Der Himmel war niedrig. Noch niedriger als gestern, als vermummte Gestalten über die Einkaufsstraße hasteten, in die wir uns nach der Ankunft im Hotel noch verirrt hatten. Robin meinte, sie müsse sich für den Abend einkleiden, falls der Koffer doch nicht mehr einträfe.

„Wo ist denn bloß die Mauer?", fragte sie und wich einem Mann mit tragbarem Würstchenstand aus. Ich würdigte sie keiner Antwort. Wenn sie es wagen würde, den Passanten statt mir diese Frage zu stellen, würde ich sie ohne zu zögern mit dem Reiseführer in das Kopfsteinpflaster rammen.

Um uns herum hatten die Menschen Einkaufsgesichter. Viele Frauen trugen tief in die Stirn gezogene Kopftücher. Preisschilder schrien aus den Fenstern der Kaufhäuser heraus. Jogginganzüge bestimmten den Dresscode. Robin bewies Größe und unterließ jegliche Anspielung in meine Richtung. Veronica hätte sich eine solche Chance nicht entgehen lassen. Dafür fragte Robin aber ständig, ob wir im Westen oder im Osten wären. Ich hatte den Überblick verloren nach unseren U-Bahn-Fahrten quer durch die Stadt. Warum fand sie das bloß so wichtig? Schließlich war Berlin bereits vor etlichen Jahren wiedervereinigt worden. Eine korpulente Dame mit prall gefüllten Plastiktaschen walzte in meine Richtung wie ein Leopard-Panzer.

Ich hatte Angst vor den Deutschen, jedenfalls vor manchen. Ich hatte Angst vor dem kollektiven, stechenden Blick, der uns rügte, als Robin mich bei Rot über die Straße zog. Und der Rechtsverkehr irritierte mich. Ich hielt Robin am Jackenärmel zurück und zwang sie, in beide Richtungen zu schauen. Das erinnerte mich an das Straßentraining mit Maud, als sie ein Welpe war.

Die mir aus Bildbänden bekannte Silhouette des Fernsehturms wurde zum Ziel meiner Sehnsucht. Doch die kreisrunde Silberkugel schien weit weg. Den Alexanderplatz stellte ich mir weit und leer vor, umstanden von Plattenbauten, mariniert vom Flair des November 1989 wie ein Thunfischsteak in der Kasserolle der Geschichte. Denn dort hatte das Volk skandiert, dass es *das* Volk sei, dort und montags in Leipzig. Später erst äußerte es über sich selbst, dass es *ein* Volk wäre. Stella hatte sich abgemüht, mir den semantischen Unterschied klarzumachen, die Anlehnung an die karge Spruchbandprosa von Bertolt Brecht. Auch den Text des für kurze Zeit beliebten Autoaufklebers „Wir sind ein blödes Volk" hatte sie mir nicht vorenthalten. Aber dieses Volk hier? Das Einkaufsvolk? Waren das die Enkel des Volks ohne Raum? Allein an den Glatzen ließ sich nicht unterscheiden, ob es sich um Skins handelte oder nur um Männer, die ihr Geheimratsecken-Problem kaschierten.

Im Kaufhaus reichte ich Robin siebenundzwanzig T-Shirts durch den Vorhang. Sie erstand ein enges Gebilde, auf dem eine Sieben prangte. „Die Sieben ist meine Glückszahl", murmelte sie und presste die raschelnde Plastiktüte an ihre Brust. Dann wollte sie deutsches Bier trinken. Wir steuerten den U-Bahnhof an, weil wir in dieser Gegend nicht fündig zu werden hofften. Selbst Robin wollte sich nicht zu den bleichen Gestalten gesellen, die ihr Bier an den Ecken gleich aus der Dose zu sich nahmen.

In Kreuzberg fanden wir eine Bar. Unser beider Deutsch reichte aus, um das Wort Bier auf dem Schild zu lesen. Später in der Nacht erklärte uns die Frau an unserem Tisch, dass der zweite Teil des Barnamens „Himmel" war. Je betrunkener ich wurde, desto größer war die Verlockung, die Augen zu schließen und mich der Stimme der Fremden hinzugeben, deren

Akzent mich in süßer Qual an Stella erinnerte. Deutsch war plötzlich die erotischste Sprache der Welt, eine Erkenntnis, die mich mit Besorgnis erfüllte. In den Filmen meiner Kindheit waren die Deutschen immer die Bösewichte gewesen.

Endlich zeigte der Wecker Viertel vor neun. Mit angehaltenem Atem schloss ich die Tür hinter mir. Gerry, ein Amerikaner, der schon lange in Berlin lebte und sich als „expatriate" bezeichnet, wendete Spiegeleier unten in der chromglänzenden Küche und rief mir „Guten Morgen" zu. An einem Tisch am Fenster saßen schon zwei schweigende Frauen. Automatisch fragte ich mich, in welcher Sprache sie schwiegen. Andreas, Gerrys Lebensgefährte, nahm meine Bestellung auf. An meinem ersten Morgen in einem anderen Land, wo eine Sprache gesprochen wurde, die ich nicht verstand, erschien der Raum mir surreal, als wäre ich an einem virtuellen Ort. So als wäre diese schwul-lesbische Pension aus dem Internet heruntergeladen worden. Wenn ich die Maus bewegte, klickte ich Andreas an, der mit einem Milchkaffee hereinschwebte, barfuß.

Nach dem Frühstück, von dem ich nicht viel heruntergebracht hatte, trat ich draußen auf der Straße sofort in einen Hundehaufen. Ich versuchte fluchend, den zähen Kot wieder loszuwerden. Eine Horde von Schulmädchen, die alle aussahen wie Kopien von Britney Spears, amüsierten sich über meine Bemühungen. Auch wenn ich ihre Worte nicht verstand, die Sprache ihrer aufgerissenen Münder und der schadenfrohen Augen begriff ich gut. Ich sah mich nach einer Bushaltestelle um. Ich wollte hier weg. Der schicke Osten, in dem Robin uns einquartiert hatte, weil sie fand, nur hier sei das trendige, nagelneue Berlin, gefiel mir nicht. Kneipe reihte sich an Kneipe, nur unterbrochen von edlen Bioläden und Einrichtungsgeschäften, wie sie auch in Soho stehen könnten. Und kein einziger Hundesalon weit und breit. Orange gekleidete Männer stießen Container zu dem geöffneten Rachen eines Müllfahrzeugs und übertönten mit dem Lärm das Lied, das ich mir über Kopfhörer zum ersten Mal an diesem Tag anhörte. Eine Frau in einem aus der Mode gekommenen Mantel warf klirrend bunte Glasflaschen aus einer Plastiktüte in einen knallgrünen Container. Ihr gerades Profil erinnerte mich für den Bruchteil einer Sekunde an das von Stella, aber als sie mir ihr breitflächiges Gesicht zuwandte, war jede Ähnlichkeit ausgewischt.

Die Mythos-Allergie verblasste, wurde Beklemmung. War an den Straßenkreuzungen vor siebzig Jahren die SA marschiert? Hatte man die Schaufenster dieser Läden mit „Kauft nicht bei Juden"-Parolen beschmiert? Wurden sie da vorn zusammengetrieben, die Ostjuden aus dem Scheunenviertel? Liefen sie unter dieser Brücke hindurch, mit ihren langen Mänteln, die Hände erhoben?

In der Innentasche meiner Jacke steckte das Kärtchen mit Adresse und Telefonnummer des Hotels. Das sollte mein Kompass sein, wenn ich mich verlief. Ich tastete nach dem Stadtplan und dem Übersichtsplan des öffentlichen Nahverkehrs, den Gerry uns mit den Zimmerschlüsseln überreicht hatte. Die Stadt wucherte um mich. Da war nicht nur das, was ich sah, was jetzt die Realität war. Immer schien es noch andere, nur leicht verschwommene, erst flüchtig vergangene Gegenwarten zu geben. Wochenschaubilder flimmerten vor meinen Augen. Hungrige Kinder mit buschigen Haarschöpfen, die, assistiert von alten Männern, Handfeuerwaffen durchluden. Frauen schnitten Fleisch aus aufgeblähten Pferdeleibern. Menschengruppen warteten mit Wasserbehältern an öffentlichen Brunnen. Kinderwagen mit Oberbetten und Möbelstücken wurden an mit Suchzetteln bedeckten Ruinen vorbeigezogen. Trümmerfrauen reichten einander Mauerbrocken zu, die Kopftücher über der Stirn zu Schleifen verknotet. Dazwischen die Russen, die Amerikaner, die Briten und die französischen Sieger.

Ich lenkte meine Schritte unentschlossen an den Häusern vorbei. Am liebsten wollte ich nach Stella rufen. Sie sollte vor mir erscheinen, ein spöttisches, erwartungsvolles Lächeln auf ihrem wunderschönen vollen Mund. Ich wollte keine Vergangenheit, ich wollte das Jetzt riechen, das so roch wie Stella, ein berauschendes Parfüm, das nach Nächten duftete und nach Nähe. Ich wandte den Blick ab, wenn mich Schenkel und Brüste von Werbeplakaten bedrängten. Ich wollte im schlafenden Boot einer Nacht schaukeln und Stellas nackten Arm über meinem Bauch fühlen, wollte müde geliebt sein, erschöpft vor Glück.

Kopflos flüchtete ich mich in das Wartehäuschen einer Haltestelle. In dieser Verfassung konnte ich keine brauchbaren Entschlüsse fassen, wie ich die Suche nach ihr am besten anfing. Ein Doppeldeckerbus pumpte sich neben mir in der Parkbucht auf Einstiegshöhe. Impulsiv stieg ich ein und kletterte die Treppe hinauf. Schulkinder überschwemmten wenig später den durch dichten Verkehr rangierenden Bus. Ohne Schuluniformen sahen sie für mich seltsam ungezähmt aus. Ich genoss es, für die lauten jungen Deutschen pädagogisch nicht zuständig zu sein.

Aus dem trockenen Inneren des Fahrzeugs sah ich auf den aus einem dunklen Himmel strömenden Regen und blätterte in meinem Lonely-Planet-Reiseführer. „Berlin: Ungefähr ein Drittel der Stadt besteht aus Parks, Wäldern, Seen und Flüssen." So nah und doch so fern von einem See, dessen Namen ich nicht kannte, fühlte ich mich selbst wie ein einsamer Planet. Vielleicht, dachte ich, muss ich mich erst ein wenig an die Stadt gewöhnen und auch daran, eine Touristin zu sein? Am Abend vor meiner Abreise hatte ich mit Veronica zusammen eine Dokumentation über das Täuschungsverhalten des Phantom-Oktopusses gesehen, während ihre Tochter in der Küche vorgab, den Käfig des Meerschweinchens zu säubern. Der Phantom-Oktopus lebte tief unten im indonesischen Ozean. Mit seinen cremeweiß und braun gestreiften Tentakeln imitierte er verblüffend die auf dem Meeresgrund lebende Seeanemone. Beide waren in der Lage, sich in brenzligen Situationen in einer fließenden Bewegung vom sandigen Untergrund des Meeres aufschlürfen zu lassen. Dann wieder fächerte der Phantom-Oktopus seine Tentakel zu einem Gewirr von Armen, womit er – wie die Stimme des Kommentators aus dem Off vertraulich versicherte – einen Feuerfisch simulierte. Ich klappte das Buch zu. Es wäre einfacher für mich, einen Feuerfisch zu simulieren, dachte ich, als eine Touristin. Warum musste Stella eine von dreieinhalb Millionen Einwohnern sein, die sich auf achthundertneunundachtzig Quadratkilometern aufhielten? Würde ich Stella unter einem der vierhunderttausend Straßenbäume entdecken? Immerhin, tröstete ich mich, wusste ich, dass Stella in der Nähe eines Sees lebte, irgendwo in einem westlichen Vorort. Mit der S-Bahn, so hatte sie mir im Winter erzählt, fuhr sie nur zwanzig Minuten zum Hundesalon. Ich würde ins Telefonbuch schauen und Hundebürsten in Hundesalons kaufen.

Der Bus kroch durch den Morgenverkehr. Allmählich verlor ich jede Orientierung, nur dass ich mich nicht nach Westen bewegte, wurde mir allmählich klar. Beim nächsten Stopp schlingerte ich die Treppe hinunter. Der Verkehr draußen war ein wilder Strom, der gegen sich auftürmende Gebäude am Straßenrand krachte. Die niedlichen kleinen Geschäfte waren verschwunden. Ich legte den Kopf in den Nacken. Waren das die so genannten Plattenbauten, die der Reiseführer im Architektur-Kapitel beschrieb? Missmutig folgte ich der dreispurigen Straße. Eins stand fest, eine richtige Touristin hätte sich niemals hierher verirrt. Außerdem sehnte ich mich inzwischen nach einer Tasse Tee.

Als ich einen Supermarkt entdeckte – er war einer aus der Kette mit der lachenden roten Kaffeekanne als Logo –, beschloss ich, die vor dem Eingang herumlungernden kahlköpfigen Gestalten zu ignorieren. Sie trugen olivgrüne Bomberjacken und Springerstiefel. Das mussten die deutschen Kollegen der *National Front* sein. Von mir nahmen sie keine Notiz, weil ein fetter, stiernackiger Typ damit beschäftigt war, einen Stock für einen entzückenden kleinen Welpen mit wolligen Ohren zu werfen.

Gleich beim Betreten des Ladens entdeckte ich den Kaffee-Ausschank. Gab es hier auch Tee? Ein richtig schöner Earl Grey wäre genau das Richtige. Neugierig quetschte ich mich durch das Drehkreuz des Supermarktbereichs und schlenderte durch den Laden wie durch eine Ausstellung. Zwei Jugendliche verhandelten mit Stimmbruchstimmen vor den Keksen. Sie hielten ihre Colabüchsen in den Händen wie Hanteln. Starrten sie mich an? Ich senkte den Blick in die Regale mit Süßigkeiten. Die Rauheit ihrer Stimmen flößte mir Furcht ein. Ich zog mich in die Ecke zurück, wo diverse Haushaltsgegenstände angeboten wurden. Hier, ein Flaschenöffner, wäre das nicht ein nettes Souvenir aus Marzahn für Robin? Langsam pirschte ich mich in die Süßigkeiten-Sektion zurück. Die Jugendlichen mit ihren Nike-Strickmützen waren inzwischen verschwunden. Ich bekam Appetit auf Gingernuts. Ich graste das Regal mit den Augen ab: Schokolade, Weingummis, Waffelmischungen. Alles Sorten, die ich nicht kannte. Irgendwo musste es doch hier Ingwerkekse geben? Eine rosa geschminkte Verkäuferin preiste neben mir Ware mit einer Etikettierpistole aus.

„*Excuse me*“, sagte ich so deutlich wie möglich in meiner klarsten Aussprache, „*do you speak English?*“

Sie schaute mich glasig an. Ihre Wimpern umstanden ihre Augen wie Miniatur-Stacheldrahtrollen. Jetzt würde sich herausstellen, ob die Theorie von Wendys Nichte stimmte. Sprachen Deutsche wirklich überall gerne Englisch?

„*Yes*", sagte sie. Ihre Teilnahmslosigkeit überzeugte mich vom Gegenteil. Die Etikettierpistole schlackerte still in ihrer Hand.

„*Do you have ginger cookies?*"

„*What?*" Für einen Augenblick blitzte ein Kaugummi zwischen ihren Zähnen auf, und ich sah, wie sie es auf der Zunge wendete. Sie roch streng nach einem unbekannten Deo. Ich verbot mir den Gedanken, dass das noch aus der DDR stammen könnte. Da war sie höchstens sieben. Hatte sie eins dieser blauen Pionierblüschen angehabt, wie ich sie bereits am Flughafen auf humoristisch intendierten Postkarten gesehen hatte? War da ein zipfeliges Tuch gewesen, wo heute ihre weiße Haut die Schlüsselbeinknochen überspannte?

„*Ginger cookies?*", wiederholte ich langsam, Silbe für Silbe.

„*No*", sagte sie. Dabei fixierte sie mich, als könnte mich das von weiteren Fragen abhalten. Ihre Hände fingerten schon wieder nach der Etikettierpistole. Ich war mir sicher, dass sie keine Ahnung hatte, wonach ich gefragt hatte, aber mit „*No*" fühlte sie sich offenbar auf sicherem Grund. Beschämung kroch in mir hoch. Exponiert stand ich vor ihr, eine Abgesandte aus einer fremden Welt, in der Chips in kleinen Tütchen in jedem Laden verkauft wurden, die Menschen zum Mittagessen verzehrten.

Ein Mann mit Pepita-Hütchen lugte hinter dem Zeitungs-Regal zu uns herüber. Die teutonische Schwester der *Sun* schien das Angebot zu dominieren. Klack-Klack, die Verkäuferin begann wieder, Ware auszupreisen. Sie ließ mich stehen, als hätte ich mich in Luft aufgelöst. Um wenigstens für mich den Kontakt mit der jungen Frau zu einem ritualisierten Ende zu bringen, wandte ich mich noch einmal an sie und sagte – wieder sehr, sehr deutlich, als würde ich akustisch auf Zehenspitzen auftreten – „*Thank you very much.*" Sie hob mit einer kleinen, fast freundlich wirkenden Grimasse die Schultern. Ihre in einem fernen Englischunterricht erworbenen Kenntnisse schlossen keine Entgegnung wie ein einfaches „*You're welcome*" ein. Oder sie hatte diese Information verpasst, weil sie damals in ein Nirwana des Nägelfeilens entschwebt war.

An der Kasse drückte ich mich an dem Mann mit Pepita-Hut vorbei, der außer der Zeitung etliche mir unbekannte, eingeschweißte Wurstwaren auf das gummierte Förderband legte. An der Kuchentheke drängten sich Schüler. Irgendwo musste Pause sein. Sie blockierten die Sicht auf die Auslagen. Kurz erwog ich, den Laden endgültig zu verlassen, aber der Wunsch nach einem Kaffee – der Tee sah wenig vertrauenerweckend aus – war inzwischen drängend geworden. Geduldig stand ich in der unordentlichen Schlange. Robin hätte gesagt, dass die Deutschen ja vieles konnten, aber im Schlange-Stehen waren ihnen die Engländer voraus. Draußen hatten sich Schülerinnen mit klebrig hochtoupiertem Haar zu den Kahlköpfen in Bomberjacken gesellt.

Einer der Schüler, die mich seitlich in der Schlange einkeilten, sagte etwas zu mir. Ich erstarrte. Wie unangenehm, hier als „Ausländerin" enttarnt zu werden. Ich kam mir blöd vor, dass ich nicht in seiner Sprache – sozusagen auf verbaler Augenhöhe – mit ihm sprechen konnte. Vermutlich gehörte er auch nicht zu den Deutschen, die ganz wild darauf sind, englisch mit Touristen zu sprechen. Ich ignorierte ihn, aber er ließ nicht locker. Offensichtlich wollte er mich provozieren, um vor seinen Kumpels anzugeben. Ein Mädchen mit Lippenpiercing presste sich enger an ihn. War ich Teil einer pubertären Balzvorstellung? Mühsam brachte ich hervor: „Ich spreche leider kein Deutsch."

„Was?" Ich erkannte das Äquivalent zu ‚*what*?', das er mir rotzig entgegenschleuderte. Ich krampfte ein Lächeln und zog die Schultern bis zu den Ohren hoch. Vielleicht war das Schulterzucken, das auch von der Verkäuferin eingesetzt worden war, hier eine anerkannte Beschwichtigungsgeste, wie bei den Hunden das Gähnen? Doch es schien nicht geklappt zu haben, denn er rempelte einen seiner Kumpels mit der Schulter an. Das Mädchen verlagerte ihr Gewicht auf die linke Hüfte.

„Du sprechen kein Deutsch?"

Eine Kontrolllampe leuchtete in meinem Kopf auf. Etwas in mir kippte in Zeitlupe um, neigte sich zur Seite. Wurde ich jetzt in einen ausländerfeindlichen Übergriff verwickelt? Blödsinn, beschwichtigte ich mich. Das war doch alles nur Folklore. Das machte man hier so – in Marzahn –, wenn man dreizehn ist und Akne hat und kaum zwei Jahre älter ist als mein Teddy Franks zu Hause mit seinen Segelohren.

„*I'm from England*", sagte ich mit stoischer Freundlichkeit. Für einen Moment war ich stolz auf mich, denn ich imitierte die coolen Helden in den Kriminalfilmen, die auch immer auf ihr Gegenüber einredeten. Mit leiser, durchdringender Stimme und suggestiver Freundlichkeit schafften sie es, dass dem Ganoven die Hände klamm wurden und das Messer schließlich auf den Boden rollte. Emotionale Intelligenz, das war doch mein Grundwissen als Lehrerin.

Die Menge grölte. Ich schob mich an den Jungs vorbei, die mich noch immer im Visier hatten. Besser glotzen als Glatzen. Die hatten sich draußen auch verzogen, nur die Abdrücke ihrer Springerstiefel waren noch im Lehm neben den zahlreichen Hundehaufen zu sehen.

„Einen Kaffee bitte", sagte ich in meinem bestmöglichen Deutsch zu der Frau hinter der Theke, die – o Wunder über Wunder – ganz beiläufig antwortete: „Mit Milch und Zucker?"

„Milch, bitte", sagte ich, wobei ich erwartungsgemäß Schwierigkeiten mit der Kombination von „i" und „ch" hatte, doch irgendwie kriegte ich es hin.

„Milch, Milch", gackerte es hinter mir, meine sprachliche Problematik perfekt imitierend. Die Verkäuferin, die mir den Kaffee herüberschob, beendete das Treiben mit einer majestätischen Handbewegung. Der ganze Trupp schob ab, vermutlich Richtung Schule. Es war bloß ein Becher Kaffee, aber als ich ihn endlich vor mir stehen hatte, kam ich mir großartig vor. Schließlich war der selbst bestellt – und das in einer so feindseligen Umgebung!

Wer waren wohl die Eltern dieser Teenager? Hatten sie 1989 „Wahnsinn! Wahnsinn!" rufend in die Westkameras gejubelt? Zeugten sie danach im Vereinigungsrausch diese Jugendlichen, die nun für Nike körpereigene Werbung machten? Waren es die Dächer ihrer Trabbis, auf die die Westberliner in trunkener Freude gehämmert hatten?

Jackie, Veronica und ich hatten damals tagelang in Manchester in unseren Fernseher gestarrt. Wir konnten den Blick nicht von den Leuten lassen, die in der bitteren Novemberkälte singend und tanzend Sekt in sich hineinschütteten. Die mit grauen Russenmützen im Hintergrund verharrenden Ostsoldaten hatten noch immer bedrohlich gewirkt. Plötzlich fiel mir ein, dass ich schon damals die grinsende weiße Kaffeekanne auf rotem Grund gesehen hatte. Sie prangte auf LKWs, von deren Rampen Tüten mit Süßigkeiten in die Menge der Ostberliner geworfen wurden. Jackie und ich fanden das würdelos. Ich hatte den Ost- und Westberlinern ihr fassungsloses Glück gegönnt. Auch ich war davon angerührt, dass etwas, das sie fast dreißig Jahre lang getrennt hatte und viele Tote, Verwundete und menschliche Tragödien gekostet hatte, plötzlich mit schwerem Räumfahrzeug aus dem Weg gebrochen wurde. Dennoch erschien mir das wilde Hämmern der Mauerspechte wie ein kollektiver Exorzismus. Mir wurde klar: Schon damals hatte ich unter einer Mythos-Allergie gelitten.

Kapitel 10

Seit Stella arbeitslos war, hatte sie zu viel Zeit zum Nachdenken. Die Kündigung lag drei Wochen zurück, aber da sie keinen Resturlaub mehr hatte, musste sie bis zum letzten Tag arbeiten. Genau genommen, überlegte sie apathisch, bin ich erst seit heute arbeitslos. Und warum trieb sie dann schon seit dem Aufwachen wie ein nordamerikanisches Manati durch einen Seitenarm toter Zeit? Vor zwei Stunden aufgestanden, hatte sie es eben mal bis zu ihrem dunkelblauen Sofa geschafft. Eine Rundschwanzseekuh außerhalb des Aquariums wäre da auch nicht weiter gekommen. Ihr Telefon klingelte, sie ließ den Anrufbeantworter laufen.

„Am Anfang wird dat wie Ferien sein", behauptete Yvonnes ruhrgebietgefärbte Stimme vom Band. „Glaubet mir, ich hab viele arbeitslose Freundinnen."

„Die, Freundinnen?" Stella sah Sabines geschürzte Oberlippe vor sich. Fast jeden Abend erzählte sie Stella den Klatsch aus dem Hundesalon. „Eine Kundin meinte heute doch glatt, in Berlin machen ja manche die Arbeitslosigkeit zur Lebenseinstellung!" Die ungefragt hineingeschneite Yvonne hatte bei der Gelegenheit leider erfahren, dass Stella arbeitslos war. Yvonne arbeitete als Haarwäscherin bei einem trendigen Billigfriseur in Prenzlauer Berg. Seit Stella Frau Kahls Enkelin unglücklicherweise bei einer Lesben-Party in die Arme gelaufen war, besprach Yvonne beharrlich Stellas Anrufbeantworter. Ihr Coming-out in der anthrazitfarbenen Stadt war desaströs verlaufen, denn „Omma" drohte mit Enterbung.

Ferien! Wie zynisch! Stella erwog, ans Telefon zu gehen, um sich mit Yvonne zu streiten, doch selbst dafür fehlte ihr die Energie. „Du musst dich viel bewegen", plapperte Yvonne prompt und schnalzte mit ihrem Kaugummi. Gab es eigentlich schon Fernbedienungen für Anrufbeantworter? Stella hätte gern den Ton leiser gestellt. Sie wollte nicht hören, dass Yvonnes arbeitslose Freundinnen Stimmungsabfällen vorbeugten, indem sie im Wald powerwalkten. Wieso glaubte Yvonne, dass sie das interessierte? „Früher sind die ins Fitness-Studio gegangen, aber gezz, da machen die dat azyklisch!" Eine Pause entstand. Yvonne schien selbst von dem Gebrauch des Wortes azyklisch ein wenig eingeschüchtert zu sein. „Du weiss schon, unter de Woche, da iss dat draußen einfach leerer. Dat nutzen die aus, dat kommt doch viel billiger!" Stella stellte sich träge die powerwalkenden Frauen unten am See vor, während Yvonne mit einem hektischen „Tschüsskes!" endlich auflegte.

Schon vor Wochen war sie zum ersten Mal beim Arbeitsamt gewesen. Sabine hatte ihr geraten, frühzeitig hinzugehen. Dem Piktogramm eines Hundes auf weißem Hintergrund entnahm Stella an einem trüben Mittwochmorgen, dass Hunde nicht mit hinein durften. Der schwarze Hund – ein Riesenschnauzer? – war mit einem roten Balken durchgestrichen. Ein Ort ohne Tiere, das konnte ja nichts werden!

„Hundewas?" In der Anmeldung hob ein bärenplumper Beamter die Hände zum Hinterkopf. „Hundefriseuse, nee, det ham wa hier nich so oft."

Sie stieg die bohnerwachsausdünstenden Stufen hoch. Behördenluft verstopfte ihre Lungenflügel. Viel zu früh im Leben hatten notarielle Beglaubigungen ihr Dasein gereißnagelt. Noch immer knisterten trockene Fetzen ihrer Seele zwischen den marmorierten Deckeln der Adoptionsakte. Auf den Blättern der Arbeitsamt-Gummibäume häufte sich Staub. Im Puppenhaus-Wohnzimmer ihrer Kindheit wuchs ein ganz ähnlicher Gummibaum. Frau Kahl, die sie damals ab und zu hütete, weil ihre neuen Eltern auch mal „einen Abend für sich haben wollten", achtete darauf, dass Silvia, wie sie jetzt hieß, die Blättchen des Gummibaums mit dem angefeuchteten Zipfel eines Staubtuchs abwischte. „Siesse, da bisse eine rischtige kleine Hausfrau, Liebschen!" Die Teetässchen erinnerten Stella an die Teetassen ihrer englischen Großmutter. An dem Morgen, nachdem sie Frau Kahl davon erzählt hatte, saßen Mami und Papi stumm über ihren Brötchenhälften. Es war Sonntag, und das Wohnzimmer schien die Luft anzuhalten.

„Du sollst doch vergessen, was gewesen ist, Silvia", sagte Mutti. Stella wusste nicht, was sie falsch gemacht hatte. „Du bist doch jetzt hier, bei uns." Papi sah sie traurig an. „Fremde geht das gar nichts an, wo du vorher gewesen bist. Am besten sprichst du mit niemandem darüber. Oder hast du uns etwa nicht lieb?"

Warum hatten ihre richtigen Eltern sie nicht lieb gehabt? War es richtig, sie die richtigen Eltern zu nennen? Außerdem fiel es Stella schwer, sich an den neuen Namen zu gewöhnen. Silvia, so hieß man, wenn man im Wald wohnte, so hatte es Tante Anni, nein Mami oder Mutti, ihr erklärt. Aber sie wohnten nicht im Wald. Überall waren Häuser, und aus Hochöfen schossen Feuerzungen. Ein Meer gab es nicht.

„Silvia, findest du deinen Namen denn nicht schön? Den hast du dir doch selber ausgesucht!" Mutti ließ den Löffel über dem geöffneten Ei schweben. Stellas Kinn senkte sich auf ihre Brust. Doch, schon. Sie sah ein, dass Silvia besser zu den Namen – Birgit, Gerd, Gitti – passte, die die Kinder hier hatten. Nancy und Sheila gab es nicht mehr. Bald würde sie keinen Akzent mehr haben, und kein Kind würde sie noch testen, ob sie wusste, was Blume auf Englisch hieß. „Die gibt doch bloß an!" Gitti verschränkte die Arme vor dem Trägerrock. Englisch, das gab es nur im Fernsehen! Wenn Stella „flower" sagte, dann imitierte Gitti kichernd ihre Stimme. Stella dachte an Nana, wie sie „Oh, my pretty flowers" murmelnd ihre Nase zwischen ihre Rosen senkte. Stella wollte weinen, aber Silvia tat es nicht, denn Papi sollte nicht traurig werden. „Paul, nimm dir das nicht so zu Herzen. Das Kind denkt sich nichts dabei", flüsterte Mutti ihm zu.

Silvia durfte nicht undankbar sein. Die neuen Eltern waren lieb und hatten ihr viele Sachen geschenkt. Das Puppenhaus mit dem Klavier im Musikzimmer war wunderschön. „Das hätte ich auch gern, Silvialein, aber leider konnten wir es uns nicht leisten." Für sie, Stella, hatte es wohl gerade noch gereicht. Sie fragte sich, wie viel sie gekostet hatte und wo man Kinder kaufen konnte. Im Laden gab es ja nur Wachsmalstifte und Leberwurst.

Das Arbeitsamt hatte Stella bestimmt nicht lieb. Und Paul wusste noch nichts von ihrer Entlassung. Er würde sich aufregen und altersheiser ins Telefon haspeln: „Silvia, hast du dich nicht gut geführt? Du weißt doch, in diesen Zeiten wird überall gesiebt!" Dann musste sie ihn beruhigen – und das ging derzeit über ihre Kraft. Paul hatte kein Verständnis für Arbeitslose. Er gehörte einer Generation an, die Vollbeschäftigung als Naturrecht ansah, obwohl er als Kind in die Zeit der wirtschaftlichen Depression hineingeboren worden war.

Der Servicebereich 419 C sah aus wie in den Fernsehberichten, die Stella bisher weggeschaltet hatte. Auf an den Seiten angeschweißten Metallstühlen warteten Arbeitslose. Die Sitze ließen sich hochklappen wie in der U-Bahn. Sollten sie symbolisieren, dass die Verweildauer, solange sie sich auch hinziehen mochte, dennoch als Provisorium gedacht war? Das Ende des Ganges verlor sich im milchigen Licht in einer Flut von Türen. Verbarg sich dahinter das Arbeitslosen-Nirwana? Vollzog sich dort die Köstlichkeit des Nicht-mehr-wiedergeboren-Werdens als Leistungsempfangende? Stella reihte sich in die Schlange vor der Anmeldung ein, um zu einer Antragstellerin zu werden. Ich melde mich arbeitslos, dachte sie und fühlte sich wie ein auf links gedrehter Handschuh, ganz ungeschützt und verkehrt.

Was war aus dem Kind von damals geworden, der Prinzessin im Kinderzimmer? Der blaue Mantel hatte einen kuscheligen Kragen aus Hermelin-Imitat und sah genauso aus wie der Kragen des Königsmantels in dem Märchenbuch. Dieser Mantel, eigentlich der Karnevalszeit vorbehalten, hatte sie in Prinzessin Stella verwandelt. Silvia saß mit Mami und Papi am Abendbrottisch, wenn Papi seine Käsescheiben mit Senf bestrich. Silvia zeigte ihm die Fleißkärtchen mit den Stiefmütterchen, die sie für Heimatkunde bekommen hatte. Stella aber deutete mit ihrem Zauberstab auf die Söckchen ihrer Babyschwester und flog zurück in die andere Zeit, von der sie nicht mehr reden durfte. In einem Plastiksack hatte Stella die Teddys, die Puppen und viele Anziehsachen ihrer kleinen Schwester – sie hatte erst kurz vor Stellas Abreise laufen gelernt – aus ihrem anderen Leben mitgebracht. Wenn Stella die Arme ausbreitete, war ihre kleine Schwester in Elefantenlauflernschuhen auf sie zugestolpert.

Die Sachbearbeiterin hinter dem Tresen schüttelte den Kopf. „Haben Sie die Formulare auf dem Ständer denn nicht gesehen?" Stella verneinte so höflich wie möglich. Wenig später drückte sie die kühle Fläche des Klappsitzes herunter und stellte fest, dass sie keinen Stift bei sich hatte. Jemand hielt ihr einen Kuli entgegen, auf dessen Spitze ein silberner Puschel thronte, der Prinzessin Stella sicher gefallen hätte.

„Gehört meiner Tochter", nuschelte die Frau, „heute Morgen konnte ich in unserem Chaos keinen anderen finden."

„Danke schön, Sie bekommen ihn gleich zurück!" Endlich redete hier jemand vernünftig mit ihr. Dadurch schien sie in ihre sichtbaren Umrisse zurückzukehren. Schon als Kind hatte sich ihr Körper ins Unsichtbare aufgelöst, wenn sie ängstlich war. Alles, was Stella war, hatte die Adoption ausradiert. Die Bleistiftkonturen der Skizze wurden dann von einem neuen, deutsch sprechenden Kind ausgefüllt, dessen Eltern Paul und Annemarie Wölk hießen.

Die anderen, still auf ihren Plätzen sitzenden Arbeitslosen, dachte Stella, hatten auch einmal ein anderes Leben, ein Arbeitsleben gehabt. Manchen hafteten noch Spuren der anderen Daseinsform an wie der Frau mit dem Puschelkuli, die einen Blazer trug und ein Sekretärinnen-Parfüm aufgelegt hatte. Sie presste einen Ordner gegen das Revers ihrer Jacke. Der Mann neben ihr las mit weit gespreizten Beinen *Markt und Chance*, das hauseigene Blatt des Arbeitsamtes.

Stella zwängte ihre Arbeitsbiografie in den Käfig des Antragformulars. Sie hätte ihr Leben anders leben sollen. Warum hatte sie nicht Udo Fischedick geheiratet, der heute Filialleiter einer Kreissparkasse in Wuppertal war? Frau Kahl, die sich gern als Stellas zweite – genau genommen ja dritte Mutter – sah, hätte ihn so gern als Schwiegersohn an ihre schwarze Perlonkittelschürze gedrückt. Als Junge trug Udo Fischedick kurze Stoffhosen und war schon in der zweiten Klasse gut im Rechnen. Mit vierzehn hörte Stella *Deep Purple*, während Udo Fischedick im Kirchenchor sang. Frau Kahl trauerte beleidigt, dass das Paar sich so schnell auseinander gelebt hatte. Zehn Jahre später studierte Stella halbherzig dreieinhalb Semester lang Ur- und Frühgeschichte. Frau Kahl schickte Bienenstich und klagte, dass „dat Silvia" ja gar nicht mehr „nach Hause" kam. Stella musste feststellen, dass das Studium sie nichts über ihre eigene Ur- und Frühgeschichte lehrte. Aber Petra mit der asymmetrischen Frisur saß im Hörsaal vor ihr und dann im Freibad, und schließlich verlor sie ihren neongrünen Ohrring in Stellas Bett. Frau Kahl ahnte, dass „dat Silvia" nicht mit Udo Fischedick vor den Traualtar treten würde. Wortlos räumte sie „Ganz in Weiß" von Roy Black in die hinterste Ecke des Plattenschranks. Damals gab es noch Hoffnung, dass sie die Platte eines Tages für ihre Enkelin Yvonne auflegen konnte.

Wollte das Arbeitsamt das alles wissen? Nein, Stella sollte nur die letzten sieben Jahre ihres Arbeitslebens nachweisen. Warum hatte sie das nicht gleich gelesen? Sie atmete hörbar aus.

„Nehmen Sie es nicht so schwer", nuschelte die Exsekretärin. „Das wird alles nicht so heiß gegessen, wie es gekocht wird."

Waren Sie schon öfter hier? wollte Stella fragen, bremste sich aber. So etwas fragte man wohl nicht. Womöglich verstieß es gegen die Arbeitslosen-Etikette. Am Totenbett erkundigte man sich ja auch nicht nach der Gesundheit des Sterbenden.

Diesmal nahm die Sachbearbeiterin Stellas Unterlagen ohne Einwand entgegen. Während Stella ihr Gewicht von einem Bein aufs andere verlagerte, tippte die Angestellte stumm Stellas Daten in den Computer. „Sie werden aufgerufen!"

Ihrem Klappsitz brachte sie jetzt schon eine Vorform von Heimatgefühl entgegen. Ihre neue Bekannte war hinter eine der magischen Türen abberufen worden. Ein breithüftiger Teenager trug ein Stempelkarussell über den Flur wie eine Hostie. Sie nestelte klirrend an einem Schlüsselbund herum und öffnete eine der Türen, die sich mit saugendem Geräusch hinter ihr schloss.

Yvonne war sehr enttäuscht gewesen, dass sie die Gelegenheit verpasst hatte, sie zum Arbeitsamt zu begleiten. Schließlich machten ihre arbeitslosen Freundinnen das auch.

„Du führst dich auf wie eine Voyeurin", hatte Stella ihr am vergangenen Samstag durch die laute Musik hindurch zugerufen. Es war ein Fehler gewesen, mit Yvonne und K. auszugehen. „Am besten wirst du auch arbeitslos, dann weißt du endlich ganz genau, wie das ist." Yvonne lachte nur. Wie manche Lesben hatte sie das Gesicht einer Nonne aus dem fünfzehnten Jahrhundert. Die Frisur mit dem sehr kurzen Pony, die nur von sich selbst eingenommene Frauen unter fünfunddreißig tragen konnten, verstärkte ihre Nonnenhaftigkeit.

„Du spinnst doch!", las Stella ihr von den Lippen ab, während K. versuchte, Yvonne auf die Tanzfläche zu zerren. K. hieß nur K. Sie war – seit wann? – mit Yvonne liiert. Stella unverwandt anstarrend, setzte sie die grüne Bierflasche an die Lippen und schlang den anderen Arm um Yvonnes bauchfreie Taille. K. trug einen schmalen Schlips zu den gebügelten Hosen. Fehlten nur noch die falschen Koteletten und der aufgepolsterte Genitalbereich. Stella duckte sich aus K.s Blickrichtung weg. Yvonne sagte etwas, das im Stampfen der Musik unterging, während K. ihr in den Nacken biss und Stella weiter entgegenstierte, als wären ihre Augen das Objektiv einer Softporno-Kamera. Dann drehte sie Yvonne endgültig zu sich herum und strafte sie mit einem Zungenkuss ab. Keine ihrer Liebhaberinnen sollte es wagen, für das Gezicke mit einer Bekannten, ihr, K., die Aufmerksamkeit zu entziehen!

Die Stille des Arbeitsamtes dröhnte in Stellas Ohren. Yvonne, dachte sie, auf ihren Papieren herumtrommelnd, was wusste die schon? Sie, Stella, hatte als vierjähriges Kind alle ihre Angehörigen wie bei einem Bombenangriff verloren. Das trennte sie von denen, für die es „normal" war, aus einer Familie zu stammen und an einem Ort zu Hause zu sein. Und jetzt bedeutete der Verlust der Arbeit den Verlust von Normalität. Der Hundesalon hatte ihr, das merkte sie erst jetzt, in all den Jahren eine kostbare Selbstverständlichkeit gegeben. Die Kündigung hatte sie aus dieser schützenden Erbsenschote herausgeschält. Und nein, auch über Noreen würde sie nicht mehr nachdenken. Sie wollte sich nicht mehr vergiften mit Bildern von sommerfernen Klippen und Küssen vor der Weite und Leere des Meeres. Sie musste mit beiden Beinen auf den Boden kommen, wie es in den Kontaktanzeigen immer hieß. Würde sie dann endlich in einer erwachsenen Realität ankommen?

Sinnlosigkeit rollte in einer schmutzigen Woge durch den Gang des Arbeitsamtes auf sie zu. Manche Kinder erfanden unsichtbare Freunde. Hatte sie es zugelassen, dass Noreen zu der erwachsenen Version einer unsichtbaren Freundin geworden war? Und wenn, konnte sie nicht einfach zurückkehren zu der Mathematik ihrer Seele, zu der Geometrie ihrer geordneten Emotionen?

Sie schaute auf die Uhr. Hatte man sie vergessen? Warum dauerte das so lange? Der Flur roch nach Zukunftsangst, nach unerwünschter Abhängigkeit. Mit Abhängigkeit kannte sie sich aus. Aus der Warte eines undankbaren Adoptivkindes war ihre gesamte Kindheit eine unerwünschte Abhängigkeit gewesen. Und wann wäre sie endlich wieder auf dem Weg nach Hause? Das Gleiche hätte sie sich als Kind gewünscht, wenn sie noch die Kraft des Wünschens gehabt hätte. Nach Hause, das war das Haus ihrer Großeltern in England, nicht das in Deutschland, wo sie sich im Keller der Nacht vor Füchsen mit Schlägermützen fürchtete. Sie schlichen aus dem Garten durch die Dunkelheit und pressten ihre Schnauzen an das ebenerdige Fenster, während ihre Mutter mit dem Baby oben in der Wohnung der neuen Schwiegereltern schlief.

Aus der geöffneten Tür des Arbeitsvermittlers erklang teilnahmslos ihr Name. An den Bürowänden hoben Miezekatzen vor pastellfarbenem Hintergrund die Pfötchen und spielten mit Wollknäueln. Stella stutzte. Der nach *Fahrenheit* riechende Angestellte vermied den Augenkontakt. Seinen mechanischen Fragen folgten Hackgeräusche auf der Tastatur. Stella verglich die Farbe der Schleifen auf den Köpfchen der Katzen. Sie hielt es einfach nicht mehr aus.

„Darf ich Sie etwas fragen?"

„Dafür sind Sie ja hier, Frau Wölk." Seine Augen huschten zur Armbanduhr. Stella zögerte. Ihre Frage entsprach nicht der Rolle einer Leistungsempfängerin.

„Diese Bilder hier" – Stella deutete auf die Miezekätzchen, von denen viele die plattgedrückten Gesichter von Perserkatzen hatten und die dementsprechend noch dämlicher aussahen, als Miezekätzchen auf solchen Postern es sowieso schon taten –, „haben Sie die aufgehängt?"

Der Arbeitsberater wechselte die Farbe. „Ich sitze in diesem Büro nur vertretungsweise. Dieses Büro gehört Frau Habermas, die auch künftig für Sie zuständig sein wird, verstanden?"

Stella war froh, als sie die Tür hinter dem Büro zumachte. Frau Habermas würde sie erst am 23. Juli kennen lernen, dann war ihr erster Meldetermin. Ob es sich vielleicht um eine Großnichte des bekannten Philosophen handelte? Und wie mochte es zu dieser Vorliebe für Miezekätzchen im Leben von Frau Habermas gekommen sein?

Stella beschloss, endlich vom Sofa aufzustehen. Mit dem azyklischen Freizeitverhalten würde es heute nichts werden. Aber sie wollte einen Tee. Manchmal wünscht sie sich fast, das zu wiederholen, was ihr als Kind widerfahren war. Von einem Tag auf den anderen verschwinden, weg sein, unsichtbar werden. Die Großeltern hatten geglaubt, dass ihre Mutter sie mitnahm, um in Deutschland mit ihrem neuen Ehemann und dem Halbschwesterchen zu leben. Sie ahnten nicht, dass ihre Mutter sie zur Adoption freigeben würde.

Stella tappte auf Socken über den Holzfußboden in die Küche und füllte den Wasserkessel. Am Fenster stehend wartete sie darauf, dass das Wasser mit dem typischen leichten Summton zu kochen begann. In der Gärtnerei auf der anderen Straßenseite erblickte sie Frau Fish, ihre Vermieterin, die mit eckigem Gang zwischen den Pflanzentischen umherwanderte. Sie trug eine Palette Osterglocken auf ihrer kantigen Hüfte. Stella hoffte, dass Frau Fish sie später bitten würde, ihr beim Einpflanzen behilflich zu sein.

Nach oben greifend holte sie die weiße Teekanne aus dem Regal, um sie mit heißem Wasser vorzuwärmen. Die Bewegung erinnerte sie daran, wie ihre fünfundachtzigjährige

Großmutter sich in ihren Stoffschühchen auf die Zehenspitzen stellte, um die Custardschüssel aus dem Schrank zu angeln. Im Juni 1990 hatte Stella sie eine Woche lang besucht, kurz nachdem sie sie nach siebenundzwanzig Jahren wiedergefunden hatte. Nach Nanas Tod im März '91 bekam sie ein Päckchen von ihrer Cousine Deirdre, in dem sich – sorgfältig in viele Schichten knisternden Papiers eingeschlagen – die Teekanne ihrer Großmutter befand. Deirdre, die jetzt leider in Australien wohnte, war ihre letzte Verbindung zu dem noch lebenden Teil ihrer Herkunftsfamilie gewesen. Mit ihrer sehr englischen Schrift hatte sie Stella in freundlichen Briefen eingeladen, sie in Hull zu besuchen, doch die Gelegenheit kam nie. Geblieben war von ihr nur die Adresse in der Schachtel, in der Stella alle Fotos und Briefe aufbewahrte, die mit ihrer Kindheit und ihrer Familie in England zu tun hatten.

Frau Fish überquerte jetzt die Straße zum Haus mit ihrem Pflanzenkarton. Skeptische Wellensittichaugen hatten Stella gemustert, als sie von der Arbeitslosigkeit erfuhr. „Und wie soll es jetzt weitergehen, Kindchen?" Eigentlich hieß das: Und was ist mit der Miete? Frau Fish hatte, wie sie gern über sich selbst sagte, „das Herz auf dem rechten Fleck". Doch dicht neben dem Herzen, in einer Seitenkammer des Herzbeutels, wohnte ihre Geldbörse. Zu viele Hungerjahre hatte sie in der „schlechten Zeit" erlebt, als sie von Schwaben nach Berlin zog, um Alma, ihre Schwester, die Kriegerwitwe, zu unterstützen.

Frau Fish, damals noch Rosemarie Aegerle, wollte nach Kriegsende so schnell wie möglich nach Hause, aber dann konnte sie Alma mit ihren kleinen Kindern nicht im Stich lassen. Stella kannte alle Alma-Geschichten auswendig. Die schwäbisch eingefärbten Sätze von Frau Fish – sie sprach ungefähr so wie Mathias Richling – hätte sie problemlos zu Ende bringen können, doch Frau Fish beendete ihre Sätze lieber selbst. Wenn es etwas zu klagen gab, tat sie das durchaus heiter, wobei sie den Kopf schief legte. Nein, Sprechperlen brauchte Frau Fish nicht. Nur wenn die kranke Hüfte allzu sehr schmerzte, kniff sie den Mund für einen kurzen Moment zusammen. Schon lange war sie auf einer Liste für die OP. Inzwischen musste sie sich auf einen Stock stützen, wenn sie das Grab ihrer Schwester Alma goss. Gleich nebenan lag Horace Woodrow Fish, von ihr und der Familie Woody genannt. Zu Lebzeiten hatte er sich darüber geärgert, dass er in Woody Allen ausgerechnet einen amerikanischen Namensvetter hatte. Der britische Major a.D. – Rosemarie Aegerle hatte ihn im April 1947 in einem Zug nach Lindow kennen gelernt, wohin sie auf Hamsterfahrt unterwegs war – fand die Amerikaner albern.

Stella setzte sich mit einer Tasse Tee in den Schaukelstuhl. Der Kühlschrank gab ein ratterndes Geräusch von sich. Er hatte ein wahrhaft biblisches Alter erreicht. Wenn sie nach England ginge, lohnte es sich nicht, einen neuen zu kaufen. Eigentlich lebte sie Jahr für Jahr, innerlich auf gepackten Koffern sitzend, in einem emotionalen Provisorium. Aus Büchern wusste sie, dass sie dieses Lebensgefühl mit vielen Adoptierten teilte. Für sie haftete allem etwas Vorübergehendes an, nichts war sicher. Manche wollten sich sogar wie eine Fötusrose wieder im Mutterschoß zusammenfalten.

Sie schaukelte sich im Schaukelstuhl hin und her. Wie immer, wenn sie Tee aus der Kanne ihrer Großmutter trank, vermisste sie die kleine, alte Frau. Im Juni, ein Jahr vor ihrem Tod, eilte Nana im gesteppten Morgenmantel über das betaute Gras, um im Gewächshaus nach den Tomaten zu sehen. Danach kamen die Goldfische dran, denen sie ihr Frühstück ins Wasser streute. Als dicke rote Tropfen rollten die Fische in ihrer Wasserwelt, von den unsichtbaren Fäden eines schwerelosen Mobiles gehalten. Nach dem Lunch würde sie Hühnerknochen für die Vögel auf dem Rasen auslegen. Stellas Großvater hatte das Gewächshaus gebaut. 1990, bei Stellas Rückkehr, war er schon seit einigen Jahren tot. Stella hat ihn nie wiedergesehen, nachdem sie 1963 zu ihrer Mutter in das schwarze Taxi vor dem Haus gestiegen war.

Die Kufen des Schaukelstuhls knarrten auf den Holzdielen. Durch das Weiß schimmerte die alte Farbe. Jetzt hätte sie Zeit für den notwendigen Anstrich. Allein der Gedanke machte sie müde. In dem kühlen Korridor vor dem Schlaf nistete das letzte Zimmer in dem Haus der Müdigkeit. Linoleum bedeckte den Boden wie eine ölige Haut. Draußen ergoss sich das leere Licht wie in den Alpträumen, in denen sie nicht mehr nach Hause fand. Der Name des Ortes, wo ihre Großeltern lebten, war von der Landkarte verschwunden. Selbst als sie ihre Herkunftsfamilie wiedergefunden hatte, hörten diese Träume nicht auf. Das Zimmer im Traum war die Schwester des Kellers in Deutschland.

Im Sommer '63 saß Stellas Mutter mit sonnengebräunten Knien am Strand. Sie ließ Stella Salzwasser aus Sandförmchen trinken, weil Stella das probieren wollte, und lachte, als Stella es eklig fand. Sie lachte auch, als Stella und ihre Freundin in einem Sandloch im Meer verschwanden und hustend und schluckend wieder auftauchten. Im Bett der Großeltern schlief ihre Mutter mit offenem Mund. Stella dachte, dass Dornröschen sicher mit geschlossenem Mund hinter der Rosenhecke lag. Wer war diese Frau? Sie sagte, dass sie ihre Mummy wäre, aber warum war sie nicht vorher da gewesen?

Die Mutter, dachte Stella als erwachsene Frau, war die Todesfee, die sie herausriss aus allem, was gut war. Die Mutter, der Tod, nahm sie auf ihr weißes Pferd, in das weiße Flugzeug, und niemand wusste, dass es für immer sein würde. Für immer. Das Wort war eine große Schere, die sie aus den Armen ihrer Großmutter schnitt. Die Schere schnitt sie von Daddys Schultern, wo sie in Sicherheit gewesen war wie ein gerade flügge gewordenes Vogeljunges. Die kalten Schenkel der Schere schnitten sie aus der Wärme des Hauses, wo sie geborgen gewesen war und in Sicherheit. Stella konnte sich nicht erinnern, wie sie auf Wiedersehen zu ihren Großeltern sagte. Wahrscheinlich war es ein Singsang von *bye-bye*, und vielleicht hatte Mummy ihr molliges Handgelenk hin und her gedreht.

Über Nacht war sie ein großes Mädchen geworden. Nun gab es die kleine Schwester. Süß war die, und Stella wollte sie herumtragen, aber Mummy ließ sie nicht. „Du lässt sie fallen!" Stella schmollte. Nein, würde sie nicht. Sie war ja kein Baby mehr. Sie ging hinaus in den Garten, wo Daddy, ihr Großvater, mit der eisernen Forke in der Erde grub. Sein großes Gesicht lachte. Er hatte den ganzen Tag auf der Farm gearbeitet. Stella liebte es, dort den Babyflaum der kleinen Küken, gelb und winzig, zu berühren, auch wenn sie nicht mochte, wie sie rochen. Manchmal klebten Federn auf den Eiern, die die großen Hennen hinter dem Drahtzaun legten. Mit Augen aus Glas schauten sie auf Stella. Ihre Schnäbel pickten im Schmutz Würmer auf. Krallen spreizten sich langsam und gelb über Matschlöchern. Ihre braunen, schwarzen und weißen Federkörper vibrierten vom Summen aus ruckenden Kehlen. Stella konnte nicht so singen wie sie, aber Daddy. Sie hatte etwas Angst vor ihnen, aber das sagte sie niemandem, außer Daddy. Stella streckte die Hand nach einem der körperwarmen Eier im Sägemehl aus. „Mach das nicht kaputt!" Warum mochte Mummy Stella nicht? Mummy mochte das Baby, das sah man. Ihre Stimme gurrte lieb, wenn sie es auf ihren Knien wiegte. Stella wollte, dass sie mit ihr auch lieb sprach. Aber Mummy musste sich die Haare kämmen.

Stella ging zu Nana in die Küche. Nana tauchte den Löffel in den Custard und gab Stella etwas davon, direkt aus dem Topf. Sie blies auf den duftenden Custard und Stella schluckte vorsichtig die warme Süße. Sie stellte sich auf die Zehen, um die Blasen im Topf blubbern zu sehen. „Nachher lese ich dir ein Geschichte aus dem Märchenbuch vor."

Nana hielt immer ihr Versprechen. Später passte sie siebenundzwanzig Jahre lang auf Stellas Spielzeug auf, weil sie versprochen hatte, es zu tun. Die erwachsene Stella wünschte, sie hätte ein inneres Bild vom Abschied von ihren Großeltern behalten. Vermutlich war ihr Großvater im Laden, niemand wusste ja, dass es kein Wiedersehen geben würde. Er verkaufte Samen und Rasenmäher. Wenn Stella ihn in dem Laden besuchte, gab er ihr Schokolade. Wahrscheinlich hatte nur Nana sie gegen ihre Schürze gedrückt und ihr einen Kuss auf die Wange gegeben. Sie roch nach Truthahnsandwiches und Tee mit Milch. Wenn sie gewusst hätte, dass es ein Abschied für – fast – immer war, hätte sie Stella zurück ins Haus gezogen. Mummy und das Baby wären ohne sie mit dem Taxi weggefahren. Stella hätte ihre Mutter sehr schnell wieder vergessen.

Das Taxi wartete vor der Tür. Vielleicht war es sogar der gleiche Taxifahrer wie im Juni 1990, der sie zum Bahnhof fuhr und ihr sagte, dass er sich an das kleine Mädchen erinnerte. „Jeder fragte sich, was aus ihr geworden ist." Ihre Großeltern lebten in einem kleinen Dorf. Es gab ein Postamt, ein paar Lädchen. Stella rollte auf ihrem roten Dreirad neben Nana zum Bäcker. Sie machten Spaziergänge zu der Farm, wo Daddy arbeitete, sie gingen zum Strand. Aus Nanas Tasche ragten ihre Stricknadeln, wenn sie einen weißen Mantel für Stellas Puppe Polly strickte.

Ihre Großeltern lebten seit vielen Jahren in dem kleinen Ort. Nana erzählte ihr davon, als Stella sie mit Anfang dreißig wiederfand. In Stellas Erinnerung hatte es nur das Haus hinter den gelben Hecken gegeben – und die Nähe des Meeres. Sie schlief im gleichen Zimmer wie als Kind. Und wieder konnte sie sich später nicht an den Abschied erinnern. Wieder wusste sie nicht, dass es ein endgültiger Abschied war, weil ihre Großmutter ein knappes Jahr später starb. Stella erinnerte sich an den Taxifahrer. „Also Sie waren diejenige, die als Kind adoptiert wurde?" Es klang wie: „Also Sie waren die, die später Verkäuferin bei Woolworth wurde?" Das passierte eben. Man wurde adoptiert. Man wurde vom Erdboden verschluckt. Eben war man noch da: ein kleines Kind, das die Zeitung der Großeltern trug, und dann plötzlich war man eben weg. Erst in Deutschland, dann im Nirgendwo.

Für die Leute aus dem Küstenort war Deutschland keine gute Adresse. Während des Zweiten Weltkrieges hatten die Deutschen sie Nacht für Nacht attackiert. Sie kamen über das Meer geflogen, und Stellas Großmutter suchte Schutz unter der Treppe. Daddy war zu alt für den Krieg. Er half beim Brandschutz löschen, kontrollierte die Verdunkelung. Für den Ersten Weltkrieg war er zu jung gewesen, für den Zweiten zu alt. Mit einem deutschen Schwiegersohn schien er keine Schwierigkeiten zu haben. Zumindest war die schwierige Tochter jetzt verheiratet. Sie konnten aufhören, sich Sorgen zu machen. Er war Ingenieur, in der Familie gab es Geld. Er fuhr diesen roten Sportwagen, und er liebte Nanas Kekse. Er aß sie gleich aus der Dose. Sie konnten nicht wissen, dass dieser neue Ehemann für die Adoptionsakte zu Protokoll geben würde, er könnte für das Kind einfach keine Zuneigung entwickeln. Und dass seine Eltern sagten: „Schickt sie doch dorthin zurück, wo sie hergekommen ist, nach Amerika!"

Was wäre gewesen, wenn sie das alles gewusst hätten? Wussten sie davon? Als ihre Tochter ihr schrieb, dass Stella adoptiert werden würde, war Nana außer sich. Die alte Frau sagte: „Ich war so aufgeregt, ich musste nach draußen gehen und einen langen Spaziergang machen." Sie konnte nichts tun. Sie war noch niemals in einem anderen Land gewesen. Deutschland war weit weg. Aber Nana sagte, dass sie immer gewusst habe, dass Stella eines Tages an der Tür stehen würde.

1963 fuhr der Taxifahrer Stellas Mutter mit den beiden Kindern zum Bahnhof. Der Zug brachte sie in eine große Stadt. Dann waren sie an einem Flughafen, und wenig später flogen sie durch die Wolken. Unter dem runden Fenster sah Stella England und kleine Schafe auf dem Flickenteppich der Felder wie in ihrem Bilderbuch mit den Bauern und den dicken Heuhaufen auf den Erntewagen vorbeifliegen. Schiffe zogen Kreidelinien auf das salzige Blau des Meeres. Die Erde wurde waldig, und Mummy sagte: „Das ist Deutschland". Als das Flugzeug in dem anderen Land aufsetzte, trug Mummy das Baby auf der Hüfte. Sie hatte keine Hand frei, weil sie ihre Tasche tragen musste. Stella ängstigte sich vor der steilen Gangway. Die Frau mit dem schiffchenartigen Hut nahm sie an die Hand.

Der erste kleine Deutsche, den Stella kennen lernte, steuerte sein gelbes Plastikkanu, das ihm seine Mutter am Schwimmbadrand aufgeblasen hatte, durch die türkisen Wellen eines gefliesten Planschbeckens. Das Kanu war spitz wie das der Indianer in Stellas Hiawatha-Bilderbuch. Das Wasser schmeckte anders als das Meer. Auf dem sandigen Boden des Meeres waren Stellas weiche Füße in zerbrochene Muschelschalen getreten, und manchmal hatte sich ein grüner Tangfaden um ihren Arm gewickelt wie die ausgekämmte Haarsträhne einer Meeresprinzessin. Hier am Swimmingpool quietschten die Stimmen all der anderen Kinder in Stellas Ohren. Sie konnte nicht verstehen, was sie kreischten. Ihre Augen wurden durch die Sonne geblendet. Sie hatte Angst, Mummy zu verlieren, die weit weg mit dem Baby auf einer Decke saß und mit der Mutter von dem Jungen Zigaretten rauchte. Er hatte Geschwister, und sie teilten sich das Boot. Sie sprangen in das gelbe Kanu. Stella wollte auch mal. Sie wollte das stolze Gefühl, in einem richtigen Gummiboot zu sitzen wie eine Indianerin. Aber erst kam der kleine Junge an die Reihe, dann sein Freund, dann seine

Schwester mit dem langen Zopf, und dann erst kam Stella, vielleicht, hieß das. Sie kletterte mühsam in das Boot. Die heißen, nassglitschigen Wülste bogen sich weg, waren widerspenstig. Doch Stella strengte sich an, hielt das Boot fest, legte ihr Bein quer über den Rand und zog sich hoch. Sie hatte das heftige Verlangen, auch in dem Boot zu sitzen und es durch die kreischenden Kinder und das knallblaue Wasser zu paddeln. Sie saß kaum richtig drin, da sagte der Junge schon etwas zu Stella. Sie konnte ihn nicht verstehen. Das blaue Wasser reichte ihm bis zum Bauch. Sein nackter Oberkörper zitterte vor Aufregung und Kälte. Er hatte lila Lippen. Er zerrte an seinem Kanu. Er wollte es zurückhaben. Und Stella? Warum hatte sie nicht so ein Boot? In England, da hatte sie doch ein ganzes Meer. Niemand nahm ihr dort ihre Spielsachen weg. Der Junge rannte durch das platschende Wasser schreiend zu seiner Mutter. Sie kamen alle zurück, und Stella wusste schon, dass sie aussteigen musste. Sie krallte die Hände in das Kanu. Das Kanu gehörte ihr nicht. Ihre Mutter löste ihre Hände von dem Boot, drehte sich weg und gab dem Baby einen Keks.

Später wohnte sie mit ihrer Mutter und ihrer Schwester in einem großen Haus. Hier gab es auch Großeltern. Im Wohnzimmer standen fremde Möbel, und sie hatten keinen Kamin. Die Teppiche waren so rot wie die Steppdecke, die über dem Bett lag, wo Mummy schlief und das Baby. Manchmal hielt die deutsche Großmutter Stella Kandiszucker hin, und ihre Mutter holte sie abends aus dem Keller, in dem ihr Klappbett stand, über die dunkle Treppe nach oben in das helle Zimmer, und sie durfte im Schlafanzug auf einem runden Lederkissen sitzen und die Zirkuspferde im Fernsehen mit wippenden Federbüschen auf dem Kopf rund um die Manege traben sehen.

Der Zucker krachte gegen ihre Zähne. Mummy wollte, dass Stella Deutsch lernte. Sie sagte ihr die Namen von den Wochentagen vor. Das Baby schlief, und deshalb hatte Mummy etwas Zeit. Sie sagte die Namen ganz langsam, und Stella wiederholte sie. Stella machte es gut. Mummy war zufrieden mit ihr. Stella sah die Worte in Farben vor sich. Montag und Donnerstag, das war ein pastenartiges Gelb. Dienstag: das Blau eines regenfeuchten Dachs. Mittwoch: rötlich, ein bisschen wie die Stängel des Rhabarbers, der in diesem Garten wuchs und den sie in Zucker tauchten. Freitag war braun wie die Erde, die das Baby aus der Faust aß, wenn Stella nicht aufpasste und Mummy schimpfte. Samstag war schwarz oder grün wie das Gras auf dem Sportplatz in der Nähe.

Der Mann, der manchmal da war – ein anderer Daddy? –, nahm Stella nie auf die Schultern und trug hellblaue Hemden wie ein Pilot. Als es heiß war, sprang er in ein rundes Wasserbecken mit dem Kopf voran, in einem glänzenden Bogen wie ein Hai. Stella konnte noch nicht lesen, als sie die Sprachgrenzen passierte. Es passierte ihr, nein, sie wurde passiert – sie wurde durch ein Sieb gedrückt, von einer Sprache in die andere, von einem Leben ins nächste. Das Englische war um sie gewesen wie die See, salzig, grau. Dann begann die Bedeutung der Worte auszutrocknen, wich um sie herum zurück wie später das Wattenmeer.

Am Anfang konnte sie die anderen Kinder nicht verstehen, wenn sie draußen auf der Straße unterwegs war, allein, denn Mummy wollte, dass sie neue Freunde fand. Der neue, fremde Garten streckte sich im Sonnenlicht weit und grün hinter dem betonierten Hof, den sie von ihrer Küche im Keller aus sahen. Es gab nicht den Schutz der dunkelgrünen Blätterhecken wie in England. Hier grenzten andere Gärten an das Land, und ein fliegendes Spielzeug, eine bunte Plastikspirale, die man sirrend wie einen Propeller mit einem Gummi wegschießen konnte, flog so weit, dass Stella es nicht wiederfand.

In jeder Nacht wachte Stella auf. Sie wusste nicht, wo sie war. In der Dunkelheit gab es keine anderen Menschen, aber sie wusste, dass da böse Tiere waren. Die Füchse trugen Mäntel und Mützen und lehnten sich mit Pfeifen über den Gartenzaun und sie hatten scharfe Zähne. Bevor sie hierher gekommen war, hatte es keine Nacht und kein Alleinsein gegeben. Wo war Mummy? Stella hatte vergessen, dass Mummy oben war. Im Hellen lief sie ganz schnell die steile Treppe hinauf. Aber jetzt im Dunkeln ging das nicht. Sie musste still sein, damit die Tiere und die Ungeheuer sie nicht fanden. Sie musste auf die Toilette, aber sie traute sich nicht, sich zu bewegen. Die böse, hungrige Nacht war neu für Stella. Nacht hieß jetzt, im Dunkeln aufzuwachen, in dem rabenschwarzen Dornengestrüpp der Angst. Nacht war, sich in einem Wald zu verlaufen, wie Hänsel und Gretel.

Sie hätte es nicht in Worte fassen können, das Alleinsein machte sie schreckensstarr. *I'm scared.* Manchmal war ihr Atmen ein komisches Pfeifen, sie hustete, aber sie kriegte keine Luft. Sie stützte sich mit den Händen auf, bog den Rücken nach hinten. Sie fror, und die Tiere beobachteten sie mit ihren Augen aus dem Dunkel, so wie die Augen aus dem Blätterwerk in dem Hiawatha-Buch.

Wo war Mummy? War sie wirklich oben, in dem Schlafzimmer, mit der kleinen Schwester und manchmal mit dem Mann, der vielleicht ihr Daddy war? Wenn er da war, machte Mummy die Tür des Schlafzimmers zu. Bei Tageslicht rannte Stella einfach die Treppe hoch. Sie war ja schon ein großes Mädchen. Vier Jahre alt. Sie hatte richtige Zöpfe und einen Ringelpullover. Und sie fuhr mit einem orangefarbenen Tretroller vorne auf der Spielstraße.

Mittags aßen sie den Nachtisch aus den neuen Schalen, die Mummy gekauft hatte. Die waren dunkelblau und tiefrot. Ihre Schwester saß in ihrem Hochstuhl, und Mummy fütterte sie mit einem kleinen Plastiklöffel. Der Mund des

Babys war voller Bananenbrei. Manchmal wollte Stella auch wieder ein Baby sein. Sie wollte gefüttert werden, und sie wollte, dass Mummy sie herumtrug. Sie wollte mit dem Babyshampoo gebadet werden, oben in dem Badezimmer, wo das Kosili-Kinderbad auf der Fensterbank stand und die Sonne schien.

Noch Jahre lang konnte sie sich später an dieses Badezimmer erinnern, weil es ein richtiges Fenster mit Gardinen hatte. Sie wollte, dass Mummy ihr die blaue Kapuze des kuscheligen Handtuchs über den Kopf legte, aber das gehörte dem Baby. Sie wollte, dass Mummy ihr den Kopf mit der weichen Babybürste bürstete. Sie wollte auf Mummys Schoß sitzen und von ihr gewiegt werden. Sie wollte, dass sie ihr etwas ins Ohr summte, aber auf ihrem Schoß war kein Platz mehr, da saß schon die kleine Schwester und klapperte mit ihrer Rassel, warf sie auf den Boden, und Stella musste die Rassel aufheben. Und Mummy mochte Stella nicht.

Wo war Nana? Wo war das andere Haus? Wann fahren wir wieder nach Hause, dachte Stella. Es gefiel ihr hier nicht. Nana hatte sie nie weggestoßen und nach ihr geschlagen. Sie hatte Stella zum Tee aus dem Garten hereingerufen und ihr Kekse mit Milch gegeben. Sie hatte immer Zeit. Mummy nicht. Sie rannte den ganzen Tag herum, und die deutsche Großmutter sagte ihr, was sie machen sollte. Mummy wollte Stella aus dem Weg haben. „Geh doch raus und spiel mit Manfred!"

Manfred war ein Nachbarjunge, ungefähr so alt wie sie. Stella und er spielten mit seinem silbernen Plastikschwert. Später, als sie schon acht Jahre alt war, fand Stella ein Bild von ihm in der Adoptionsakte. Er stand hinter ihr, und sein Gesicht war herausgekratzt. Stella dachte, dass die Adoptionsbehörde nicht wollte, dass sie sich an sein Gesicht erinnern konnte. Manfreds zerkratztes Gesicht war das einzige Gesicht aus der Vergangenheit außer ihrem eigenen auf den drei Fotos, die sie hatte. Sie spielten Ritter mit dem Schwert, und Stella spielte, dass sie ein Messer hatte. Sie war ein Messer, und sie dachte an Mummy. Manfred und sie waren allein auf dem Hof. Mit nackten Füßen rannten sie über den von der Sonne aufgeheizten Beton. Stella spielte, dass ihr Messer in Mummys Bauch stach. Ihr Blut war so dunkelrot und salzig wie ihr eigenes. Mummy hatte sie gestern auf der Kellertreppe verprügelt, und Stella hatte geblutet. Dass sie blutete, war genauso neu wie die Nacht und das Alleinsein in der schwarzen Dunkelheit. Mummy fand, dass Stella böse war, weil sie auf dem Bürgersteig die große, grüne Flasche mit Absicht kaputtgeschlagen hatte.

„Du traust dich doch nicht, wetten, dass du dich nicht traust?" Manfred hatte die Flasche im Müll gefunden, es klebten noch Kartoffelschalen an ihr. Jetzt hielt er sie Stella mit seiner Jungshand hin. Es war eine Mutprobe. Stella schaukelte die schwere Flasche in ihrer Hand. Sie wollte sie über den Kopf heben und mit aller Kraft kaputthauen. Aber sie hatte Angst. Sie wusste, es war böse, so etwas zu machen. Sie rieb ihren nackten Fuß an ihrem Bein. Neben ihnen gurgelte der Gully hinter dem gestreiften Eisen.

„Ich weiß doch, du traust dich nicht. Angsthase, Pfeffernase!" Ein paar andere Kinder kamen näher heran und guckten zu.

„Angsthase, Pfeffernase!" Stella nahm die Flasche höher, hielt den Atem an, hob sie hoch. Nein, das durfte sie nicht.

„Angsthase, Pfeffernase." Die Stimmen der anderen Kinder wechselten in eine höhere Tonlage. Sollte sie wegrennen? Rein ins Haus, wo Mummy in dem runden Korbstuhl eine Zeitschrift las und nicht gestört werden wollte? Oder war sie oben im Schlafzimmer und stand wieder vor den geöffneten Flügeln des Kleiderschranks? Sie war oft dort und schaute sich ihre schönen Kleider an. Gestern noch waren sie in der Stadt gewesen, und Mummy hatte Kleider anprobiert. Eins mit Tupfen in Weiß und Blau und sie hatte sich vor Stella hin- und hergedreht, und Stella fand sie so hübsch wie eine Prinzessin in einem Märchen. Wenn sie groß war, wollte sie auch so ein Kleid mit Tupfen, das so schön hin- und herschwang, wenn man sich drehte. Das neue Kleid, das sie schließlich kaufte, war blau. Sie band Stella die Samtschleife neu, die sich von ihrem linken Zopf gelöst hatte, und erzählte ihr, dass sie darin tanzen gehen würde. Wenn Mummy mit dem Mann, der Daddy hieß, wegging, dann kam sie vorher nie nach unten zu ihr in den Keller. Dann war sie weg für die ganze Nacht und für immer.

„Du traust dich nicht, du traust dich nicht." Manfred stand vor ihr und starrte sie an. Seine Stimme hatte sich in einen höhnischen Singsang verwandelt. „Angsthase, Pfeffernase, kann nicht richtig reden, traut sich nicht, traut sich nicht ..." Stella kniff die Augen fest zu, hielt die Flasche waagerecht, fühlte den kalten Flaschenhals fest in ihrer Hand und ließ sie mit aller Kraft auf den Boden krachen. Die Flasche explodierte mit einem Knall in einen Haufen von grünen und weißen Splittern.

Mummy sah zum Fenster raus, ihr neues Kleid auf dem Bügel in der Hand. Stella schlug die Hand vor den Mund, hielt den Atem an. Mummy kam aus dem Haus gerannt, ihr Gesicht war ganz weiß. Sie stieß Stella einen kleinen Besen in die Hand und das Kehrblech, das so schön schepperte, wenn man dagegen schlug. Normalerweise liebte Stella es, mit diesen beiden Sachen zu spielen. Mummy sagte kein Wort, aber Stella fühlte an Mummys stoßweisem Atem, wie böse sie war.

„Na, warte, du!", presste Mummy zwischen den zusammengebissenen Zähnen hervor, als Stella nicht schnell genug war. Stella fing an zu weinen. „Du brauchst gar nicht zu heulen!" Die anderen Kinder waren weggerannt. Stella wusste hinter ihrem Tränenschleier, dass sie sie beobachteten. Sie hatten auch Angst vor Mummy, weil Mummy manchmal sehr laut schimpfte, besonders wenn die neue Großmutter aus dem Küchenfenster schaute. Mummys Finger krallten sich in Stellas nackten Arm. Mummys Hand tat ihr weh. Stella riss sich zusammen, um nicht Aua zu sagen, Mummy mochte das nicht. „Warum hast du das gemacht?" Sie waren jetzt auf der Kellertreppe angekommen. Hier konnte sie niemand sehen. Mummy schüttelte Stella hin und her. Die Kellertreppe war steil. Stella sagte: „Ich weiß nicht."

„Du weißt nicht?" Stella wimmerte. „Hör auf zu greinen. *I'll give you something to cry about!*" Sie zerrte Stellas Faltenrock hoch, zog ihr die Unterhose herunter und schlug sie mit ihrer Hand, die voller Ringe war. Niemand hatte je so etwas mit Stella gemacht. Sie schämte sich. Sie schrie vor Schmerz, aber noch mehr vor Wut. Sie hasste Mummy.

In der Nacht, unten im Keller, weinte sie so laut, bis jemand kommen musste. Manchmal kam Mummy. Stella musste jetzt lauter weinen, denn die Tiere kamen immer näher. Vielleicht hörte Nana sie ja doch und würde kommen. Sie hatte Stella nie weinen lassen. Und Daddy auch nicht. Zu Hause hatte sie nicht weinen müssen. Da hatte sie im gleichen Zimmer mit ihnen geschlafen, und sie hörte sie atmen. Und später, als sie größer war und in ihrem eigenen Zimmer schlief, hatte sie keine Angst gehabt, sondern war stolz gewesen, dass sie schon ein großes Mädchen war mit einem richtigen Morgenmantel, auf dessen Tasche ein Häschen aufgenäht war.

Manchmal las Mummy ihr hier abends eine Gutenachtgeschichte vor, wenn sie artig gewesen war. Stella trank roten Fruchtsaft. Wenn Mummy lieb war, saß sie bei Stella auf dem Bett und ließ sie ins Buch hineinschauen. Das ausgeklappte Bett stand unter dem Fenster, wo sonst der Tisch war, und die Füchse mit den Mänteln waren noch weit weg, draußen im Garten, ganz weit hinten, wo Stella später im Jahr mit den deutschen Großeltern die kleinen Kartoffeln aus der dunklen Erde herausgraben würde. Mummy hatte das Baby schon gebadet und zugedeckt. Es lag oben im Schlafzimmer, und jetzt hatte sie Zeit für Stella.

Der Mann, der Daddy hieß, war in einem Land, wo es im Sommer nie Nacht war und im Winter immer. Mummy erzählte, dass die Eskimos, die sich Iglus bauten, auch dort wohnten und dass es ein Nordlicht gab. Stella sah sich die Bilder in dem Micky-Maus-Malbuch an, wo die Schlittenhunde durch den Schnee rannten und Pluto auch ein Schlittenhund sein wollte. Das Buch roch nach Wachsmalkreiden. Stella trank ihren süßen, kühlen Saft und wollte, dass Mummy nie mehr nach oben ging. Sie mochte es, wenn Mummy ihr vorlas oder ihr Geschichten erzählte. Mummy sagte ihr, dass Stella vielleicht zu neuen Eltern käme. Die wollten gern ein kleines Mädchen wie Stella haben. Ob Stella das gefallen würde?

Ein paar Tage später fuhr sie mit ihrem Roller einen steilen Berg hinunter. Der Abhang war voller Laubblätter, die schön raschelten. Sie sauste so schnell wie noch nie. Plötzlich kippte ihr Roller um, sie fiel ins Laub, sie fiel mit der Lippe in etwas Spitzes, Stacheliges. Überall war Blut. Eine fremde Frau kam und hob sie auf. Stella war so verwirrt, dass sie die Frau erst für Mummy hielt, aber diese Frau war netter. Die liebe Frau brachte sie zu dem Haus, wo Mummy war. Sie fuhren sie mit dem Auto in ein anderes, sehr großes Haus, wo es komisch roch. Sie legten sie auf einen Tisch, und der Mann, der mit ihr redete, hatte gefährliche weiße Schuhe an. Er holte eine Nadel und einen Faden. Stella schrie immer noch, und alles tat so weh. „Hör endlich auf zu kreischen!" rief der Mann mit den gefährlichen Schuhen. Dann nähte er ihren Mund und klebte ein großes Pflaster darauf. „Das wird man dein ganzes Leben lang sehen", sagten sie später zu Stella. Der Lenker von dem Roller war immer noch voller Blut. Sie wollte nicht mehr Roller fahren, aber der war sowieso für ihre Schwester gedacht. Mummy kochte ihr Custard mit Bananenscheibchen, extra für sie.

Als an einem kalten Morgen im Winter wieder ein Taxi vor die Haustür rollte, wischte Mummy ihr schnell die klebrigen Hände ab. Die Babyschwester konnte jetzt schon laufen. Stella breitete die Arme aus, und das Baby kam mit ihren Elefantenlauflernschuhen auf sie zugeschaukelt. Das Baby lachte, wenn Stella sie rief. Stella musste das Honigbrot auf dem Teller liegen lassen. Draußen wartete die Fürsorgerin. Gestern hatte Stella ihre Sachen gepackt. Mummy meinte, es wäre nicht gut, die englischen Bilderbücher mitzunehmen. Die neuen Eltern konnten kein Englisch. Stella würde jetzt deutsch sprechen. Und es wäre doch nicht so schön für die Eltern, wenn Stella nicht deutsch mit ihnen sprechen würde. Die Frau mit dem dunkelblauen Hut neben dem Taxi würde Stella zu den neuen Eltern bringen.

Fast vier Jahrzehnte später sah Stella sich in ihrer Wohnung um wie in einem sicheren Königreich. Das Licht hatte sich verändert, die Sonnenstrahlen des frühen Nachmittags blendeten. Auf dem Balkon, der nach Westen ging, wäre es jetzt angenehmer, dachte sie. Hinter dem Fenster hörte sie die Stimmen der heimkehrenden Schulkinder. Wenn sie eine Mutter wäre oder ein allein erziehender Vater, wäre es Zeit, das Mittagessen auf den Tisch zu bringen. Morgens hatte sie überlegt, sich Kartoffelsuppe zu kochen. Kartoffelsuppe bedeutete Trost.

Ihr Blick wanderte zum Spülbecken unter dem großen Fenster. Der Stiel des Milchtopfs, den sie umgedreht in das Abtropfgestell hineingesetzt hatte, ragte in die Luft. Sie sah sich selbst dort stehen und abwaschen. Links von der Spüle befand sich ihr Küchenschrank, ein weißes Ungetüm, das schon ihr Vormieter, ein Neffe von Frau Fish, benutzt hatte.

In den Tiefen des Schranks hatte ihr ganzes Geschirr Platz. Möhren schnitt sie auf dem Tisch am Fenster. Wenn sie Besuch hatte, saßen die Gäste dort und schnippelten Bohnen in die große Emailleschüssel.

Falls sie wirklich Kartoffelsuppe kochen würde – noch war der Konjunktiv ein mürrischer Schutzwall gegen mögliche Aktivität –, dann bräuchte sie Schnittlauch. Sie stand auf, ließ den sich knarrend auf den Kufen nachschwingenden Schaukelstuhl hinter sich zurück. Mit zehn Schritten war sie, an ihrem Bett vorbei, an der Balkontür.

Als sie zögernd auf den Steinbalkon trat, der wie ein grüner Thron in Frau Fishs großen Garten hinausragte, wurde sie mit seidiger Frühlingsluft belohnt. Mit geschlossenen Augen hielt sie ihr Gesicht in die unerwartete Sonne, die ihre Haut erwärmte. Sie öffnete die Augen und schaute auf die braunen Blätter, die sich in den Ecken zwischen den Blumenkästen eingenistet hatten. Doch der Schnittlauch reckte sich ihr mit sattem Grün entgegen. War es schon warm genug, um draußen die Kartoffeln zu schälen und die Zwiebeln zu schneiden?

Sie klappte den Gartenstuhl auseinander. Wo hatte sie im Herbst die Stuhlkissen eingelagert? In der Kammer, klar. Die Kammer war ein Extrazimmerchen, das von der Küche abzweigte. Sie drückte die Jugendstilklinke herunter und betrachtete – wie jedes Mal, wenn sie die schmale Holztür öffnete – zufrieden das kleine Zimmer. Hinter einer geschickt eingebauten Klapptür verbargen sich links Staubsauger und Putzmittel. Sie tastete nach dem Sitzkissen. Auf der rechten Seite lagerten ihre Lebensmittel. Kartons mit Bio-H-Milch standen auf dem Regal über den Kartoffeln, Äpfeln und Möhren. Allein hätte sie die Kammer niemals so ausbauen können. Sie klemmte sich das Sitzkissen unter den Arm und griff nach der Plastikschüssel, in die sie die für die Suppe erforderlichen Kartoffeln, Zwiebeln und Knoblauch hineinlegte.

Auf dem Balkon rückte sie sich den Metalltisch zurecht. Die Beine schrappten laut kratzend über den Boden. Besorgt spähte sie über die Balkonbrüstung. Frau Fish pflegte zu dieser Zeit ein Nickerchen zu machen und schätzte es gar nicht, dabei gestört zu werden. Die mageren, ein wenig krummen Beine ihrer Vermieterin lagen lang ausgestreckt unten auf der Gartenliege. Die Pinscher hatten sich zu ihren Füßen zusammengerollt. Der Tisch stand jetzt in der richtigen Position, und Stella legte das Holzbrettchen, das Schneidemesser, Knoblauch und Zwiebeln darauf ab.

Das Tischchen hatte sie damals mit Katja mit deren Skoda besorgt. Stella erinnerte sich gut an den ersten Frühlingstag mit Katja. Sie hatten die Kofferraumtür offen lassen müssen, weil der Metalltisch sonst nicht hineingegangen wäre. Sie hatten ihn mit einer Wäscheleine hinten festgezurrt. Katja hatte ihr die Kammer ausgebaut. Sie wollte mit ihr zusammenziehen. Katja umwarb sie mit ihren handwerklichen Fähigkeiten wie ein nistender Vogel.

Wenn sie ein Mann gewesen wäre oder wenn es schon damals für Lesben üblich und möglich gewesen wäre, dann hätte Katja ihr einen Heiratsantrag gemacht. Fünf Jahre blieben sie zusammen, trotz Katjas Affären. Eine Amsel auf dem Ast des Birnbaums beobachtete sie mit blanken Augen. Schließlich hatten sie sich getrennt, und Katja zog sofort mit einer neuen Frau zusammen. Sex haben, das war etwas gewesen, das andere taten. Mit Katja verwandelte Stella sich in ein wortloses Floß von Haut und zurückgeschobenen Haaren, von ungeduldigen Zähnen, von Hüftknochen, von Weichheit vertrauter und unvertrauter Regionen, von grausam innehaltenden Fingern, ein Floß, das die Niagarafälle hinunterstürzte.

Für Sekunden, Minuten wurde sie aus der Zeit getragen. Dann war sie eine Frau aus einem Guss, eine Frau, die nur aus Rot zusammengenäht war, immer wieder, an jedem einzelnen Tag ihres Lebens. In der Geborgenheit des Nichts dahinschwebend war sie aus Gold, aus elektrisch leckendem Blau. Jedes einzelne Molekül ihres Körpers wurde ihr im Moment des Orgasmus geschenkt. Und später schmiegte sie sich, zurückgekehrt von einem Meer ohne Seekarte, in Katjas Nacken. Sie sog den salzigen Geruch ihres Rückens ein, drehte sie zu sich herum, leckte über ihre Oberlippe, wo ihr eigener Duft sich mit dem von Katja vermischte, in dem sie von Anfang an zu Hause gewesen war.

Zu Hause zu sein war aufregender und machte sie atemloser als die Hand in der Nässe einer anderen Frau. Zugehörigkeit war kostbar und flüchtiger als jeder Kuss, dessen Intensität das Innere ihres Körpers und ihrer Seele für einen Moment mit Vollkommenheit auskleidete.

Kapitel 11

„War der vierzigste Geburtstag der DDR nicht gleichzeitig ihr letzter?"

Zugegeben, ich wollte Robin ein wenig provozieren. Eine neutrale Beobachterin hätte nicht gelogen, wenn sie die Stimmung zwischen Robin und mir als etwas angespannt bezeichnet hätte. Robin gähnte. Es war ein großes Gähnen, zu groß für ihr doch ziemlich hübsches Gesicht. Auch hübsche Gesicher, fand ich, hatten eine gewisse Verpflichtung zur Höflichkeit. Robins Gähnen war nicht höflicher als das des Flusspferds, das uns gestern im Zoo den Rachen entgegengeklappt hatte.

„Worauf willst du hinaus, Noreen?" Gereizt vom Schlafmangel der letzten Nächte ließ sie die Sonnenbrille zurück auf den Nasenrücken gleiten. Mich nervte, dass sie immer noch glaubte, ich sollte meinen vierzigsten Geburtstag wie einen persönlichen Staatsakt begehen. Ähnlich wie vielleicht manche Menschen in der DDR '89 konnte ich mich des Gefühls nicht erwehren, dass mein vierzigster Geburtstag der Anfang vom Ende war. Dazu kam, dass ich mit meiner Stella-Suche noch keinen Zentimeter weitergekommen war.

Im Schlepptau von Robin hatte ich mich tatsächlich in eine Touristin, wenn auch eine widerwillige, verwandelt. Den Anblick von Postkarten ertrug ich erst recht nicht mehr. Es nützte nicht viel, mich zurückfallen zu lassen, wenn ich das typische Zögern in Robins Schritt bemerkte. In Berlin – zumindest dort, wo wir unterwegs waren – bestand unentwegt die Möglichkeit, sich in Postkartenständern zu verheddern. Ein Ort, der sich selbst so übermäßig in Postkarten darstellen musste, litt meiner Ansicht nach an einer Persönlichkeitsstörung. Zugegeben, bei uns zu Hause konnte man auch

Postkarten am Pier kaufen, und gut, in Berlin lag der Fall vielleicht etwas anders.

Mir war schon klar, dass es einer Stadt zu schaffen machte, dreißig Jahre lang von einer Mauer durchteilt zu werden. Wenn unser kleines Seebad durch Wachtürme observiert worden wäre und Grenzer Spiegel an langen Stangen unter jedes einreisende Fahrzeug gehalten hätten, dann gäbe es wohl auch mehr Postkarten von der High Street. Trotzdem, Berlin und Robin übertrieben es, und ich ärgerte mich, dass mir so wenig, genauer gesagt, gar keine Selbstständigkeit mehr gelang.

Ich hielt die Hand vor den Mund und gähnte auch. Daran waren Ute und Joschi schuld. Robin unterschrieb die dritte Postkarte innerhalb von fünf Minuten. Gleich, das wusste ich, würde sie aufschauen und mir einen weiteren Vorschlag unterbreiten, wie ich meinen Geburtstag – freudiges Grinsen: „bald ist es so weit!" – begehen sollte. Ich ließ mich tiefer in den Caféstuhl sinken. Das einzige Geburtstagsgeschenk, das mich interessierte, war auch am dritten Tag unseres Aufenthalts unauffindbar geblieben. Kunststück: Ich hatte so viel damit zu tun gehabt, eine Touristin zu simulieren, dass ich mich zu anderen Aktivitäten nicht aufraffen konnte. Immerhin hatte ich Jackie eingeweiht, die es sich seitdem zur Aufgabe gemacht hatte, mich unter Druck zu setzen. Mehrmals täglich blinkte mir eine SMS entgegen, in der sie mich der Hasenfüßigkeit bezichtigte.

Robin knipste die Mine des Kulis weg. „Warum eigentlich kein Champagner auf dem Fernsehturm am Alexanderplatz? Bist du zu geizig für die 6,50 Euro?"

Ich zog es vor, nicht zu antworten. Es ging mir nicht um die dreizehn Euro – selbstverständlich würde ich sie einladen –, aber musste Robin wissen, dass ich nicht schwindelfrei war?

Die permanente Nähe mit der falschen Frau machte mich unruhig. Ich fühlte mich allmählich wie ein Iltis, der sein eigenes Revier brauchte und nur zur Paarungszeit die Nähe einer Artgenossin ertrug. Warum wehrte ich mich nicht dagegen, mich eine Stunde lang auf den Stufen des Reichstages vollregnen zu lassen, während belgische Rentnerinnen uns harte Handtaschen in den Rücken stießen? Was hatte ich nur davon, mich in die halbierte Schneekugel des Kuppeldachs hochzuschrauben? Und warum, um Himmels willen, ließ ich mich am Checkpoint Charlie neben künstlichen Sandsäckchen für ein Foto zurechtrücken? „Weil du Schiss hast", simste Jackie, die gerade überlegte, ihr Zölibat zu beenden. Von Zölibat war bei mir nie die Rede gewesen. Die wahren Schrecken haben keinen Namen.

Im Café Orange konnten wir heute draußen sitzen. Die deutschen Polizisten patrouillierten in grünen Uniformen mit ihren MGs vor der Synagoge. Robin lachte zufrieden auf. Ich verschränkte die Arme vor der Brust. Ich wusste, gleich würde sie mir eine Kostprobe dessen geben, was sie gerade geschrieben hatte. Und wirklich: „Die Polizisten ähneln schwerbewaffneten Förstern. Sie scheinen sich nach Wildschweinen und Hirschen zu sehnen, die sie abends bei einer Maß Bier verzehren können." Dass ich diesen Satz nicht mit einem zustimmenden Lachen quittierte, prallte an Robin völlig ab. Bisher war mir noch nie jemand begegnet, die so vor inniger Selbstzufriedenheit strotzte. Ich seufzte. Die Einzige, der ich wirklich gern eine Postkarte geschrieben hätte, war Stella. Ich nahm eine Karte aus Robins Postkartenfächer neben dem Latte Macchiato, drehte sie um und malte in das vorgesehene Feld: „Liebe Stella!"

Robin schaute auf. „Das macht einen Euro, bitte."

„Was?"

„Dachtest du, die Dinger wachsen auf Bäumen?" Ich ignorierte sie und inspizierte die Fotoseite der Karte. Die Ruine einer Kirche, die aussah wie eine ausgehöhlte Plombe. Nun, wenn es mir nicht bald gelänge, aktiv zu werden, würde ich mich genauso fühlen. Ich drehte die Karte wieder um. Meine Schrift mit dem ganz und gar normalen „Liebe Stella!" schien Stella so real zu machen. Und irgendwo gab es sie ja auch ganz real. Morgen, dachte ich und drehte das Lied lauter, dass sich aus den Kopfhörern in meine Ohren ergoss, morgen setze ich mich an den Hotelrechner und finde ihre Adresse heraus. Schließlich weiß ich ihren Nachnamen, das kann doch nicht so schwer sein!

Mein Handy vibrierte. Jackies Nachricht, die nur aus den drei Worten „Noch immer nicht?" bestand, war keine Überraschung. „Morgen", schrieb ich zurück, in Großbuchstaben: „MORGEN!"

Robin legte mir ihre Hand auf den Arm. „Und wen lädst du nun zu deinem Geburtstag ein?" Sie trug schon den ganzen Nachmittag ihre Sonnenbrille. Es beunruhigte mich, statt ihrer Augen nur die Gläser zu sehen, die die Umgebung reflektierten.

„Ute und Joschi auf jeden Fall nicht!"

Robin schnitt eine Grimasse. „Wie schade!"

Ute und Joschi waren unsere Zimmernachbarinnen, deren vorwurfsvolle Stimmen jede Nacht durch die Wand zu uns herüberdrangen. Sie sahen aus wie Engel, die ihre Ellbogen in sahneweiße Wolken stützen. Joschi hatte mich am ersten Morgen im Frühstückszimmer scheu angelächelt. Ute verschob nur ihren Unterkiefer, was ihr das Aussehen einer ziemlich missgestimmten Himmelsbotin gab. Ihre blonden Locken umstanden ihren Kopf wie ein feminines Desaster. Aus ihren Unterhaltungen mit Joschi, die wir unfreiwillig mitanhören müssen, wusste ich, dass sie ihr Haar hasste. Täglich erwartete ich, Ute haarlos im Frühstücksraum vorzufinden, doch Joschi hatte sich mit ihrem Flehen, dass Utes Locken dranbleiben sollten, bisher noch durchgesetzt.

Schweigen war für das Paar ein Ausnahmezustand, der nur in Augenblicken höchster Entfremdung oder seltener Innigkeit eintrat. Meistens redeten sie in einer rudimentären

Therapiesprache miteinander, die so einfach strukturiert war, dass selbst ich sie erstaunlich gut mitverfolgen konnte. Gelegentlich musste ich aber einige Vokabeln nachschlagen. Ute und Joschi kamen aus einer Stadt namens Essen. Robin konnte es immer noch nicht fassen, dass die Stadt so hieß wie das deutsche Wort für Nahrung. Meiner Ansicht nach wurde „Essen" aber noch durch „Wedding" getoppt. Woran es wohl lag, dass in diesen Nordberliner Stadtteil noch kein Heiratstourismus englischsprachiger Paare eingesetzt hatte?

Ute und Joschi waren hier, weil ihre Paartherapeutin ihnen eine Belohnungsreise in die Hauptstadt verordnet hatte. „Sie meinte, kulturelle Anregungen würden unserer Beziehung gut tun", flüsterte mir Joschi hastig zu, bevor sie von Ute weggezogen wurde. Wenn ihre Kommunikationsprobleme überhand nahmen, stellten sie sich einen piepsenden Wecker und verständigten sich nur noch anhand vorgegebener Redezeiten.

Auch gestern Nacht piepste der Wecker Robin und mich wieder und wieder aus dem Schlaf – wie auch in allen anderen Nächten davor. Im Verlauf der Sequenzen verbesserte sich die Stimmung zwischen dem Paar jedoch stetig, und schließlich verbrachten sie eine harmonische Nacht miteinander. Ungeduldige Kommandos drangen durch die Wand zu uns herüber. „Ja, hier!", „Nein, mehr rechts!", „Nein, links!" Robin fand, es klang wie der ekstatische Versuch, ein Auto in eine zu enge Parklücke zu bugsieren.

Robin beugte sich herunter, um in ihrer Tasche nach Zigaretten zu suchen.

„Kann ich auch eine haben?"

„Bist du sicher?" Robin hielt mir die Zigarettenpackung hin.

Die Sonne schob sich hinter die Kuppel der Synagoge, deren fein-goldenes, flirrendes Gespinst mich an ein Haarnetz erinnerte.

Robin nahm ihre Brille ab. „Du willst doch nur ablenken!"

„Wer will hier ablenken? Ich habe dich lediglich um eine Zigarette gebeten!"

Seit fast vier Jahren hatte ich nicht mehr geraucht. Warum wollte ich plötzlich aus einer Laune heraus meine mühsam errungene Suchtfreiheit aufs Spiel setzen? Glaubte ich, mit gesundheitsschädigenden Aktionen meine Erstarrung durchbrechen zu können und plötzlich locker zu werden? Robin zog die Packung zurück. Sie umfasste meine ausgestreckten Finger. Ihre Hand fühlte sich überraschend weich an.

„Noreen, warte! Wirst du mir vorhalten, dass ich dich süchtig gemacht habe, wenn ich dir jetzt eine Zigarette gebe?"

Ich lächelte und sah ihr in die Augen. „Wäre es nicht praktisch, dir die Schuld aufzuladen?"

Sie schob die Lippen hoch und klemmte sich eine Zigarette der Länge nach zwischen Mund und Nase. Sie versuchte zu sprechen, wobei die Zigarette auf den Tisch fiel, knapp am Kaffee vorbei. Ein Mann mit Piratenkopftuch schaute vom Nebentisch herüber.

„Schätzchen, hör mal. Du wartest noch ein wenig mit der Zigarette. Wenn du später eine willst, bitte schön. Dann klettern wir heute Abend aufs Dach und trinken Wodka."

„Aufs Dach?"

„Joschi hat mir gezeigt, wo sie sich versteckt, wenn sie sich von Ute erholt. Es ist klasse da oben. Man sitzt zwischen Schornsteinen, und es gibt sogar Palmen."

Als Frau mit Höhenangst konnte mich das Angebot nicht wirklich locken, aber das war nebensächlich. Unentschlossen ließ ich meine rechte Hand über der offenen Schachtel kreisen. Robins Motive rührten mich in ihrer Durchsichtigkeit. Es war süß von ihr, dass sie versuchte, mich von etwas abzuhalten, das ich morgen sicher bereuen würde.

„Offenbar habe ich dir einmal zu oft erzählt, was für eine Kettenraucherin ich mal war, was?"

Robin schaukelte bestätigend mit dem Kopf auf und ab wie ein bekiffter Rapper aus einem Videoclip.

„Na gut. Aber dafür hörst du auf, mich wegen meines Geburtstags zu löchern!"

Sie umfasste die Zigarettenschachtel mit Daumen und Zeigefinger und ließ sie auf ihre Tischhälfte zurückwandern, als wäre sie eine Art Zigarettenschachtel-Bär.

„Aber warum? Was hast du bloß mit deinem Geburtstag? Midlife-Crisis? Mein Gott, Noreen, das hast du doch gar nicht nötig."

Kurz bereute ich, doch keine Zigarette in der Hand zu haben.

„Danke."

„Bitte." Sie versenkte die Zigarettenschachtel in ihrer Tasche und legte die Hände erwartungsvoll auf die Seitenlehnen ihres Stuhls.

„Also, was ist es?"

Ich schaute seitlich zu Boden. „Ach, ich weiß nicht. Es hat etwas mit der Vergangenheit zu tun."

„Vergangenheit? Wirklich keine Midlife-Crisis? Gehörst du nicht zu denen, die sich mit dem vierzigsten Geburtstag daraufhin abtasten, was sie alles in ihrem Leben erreicht haben und was nicht?"

Der Ausdruck ihrer Augen hatte nichts mehr von einem Schlittenhund.

„Manchmal bist du seltsam", sagte ich langsam und beobachtete sie dabei, wie sie die Zigarette zwischen ihre Lippen steckte und anzündete.

„Na und?" Sie blies Rauch aus. „Ich finde, seltsam zu sein, ist eins der wenigen kostenlosen Privilegien!" Wir schwiegen.

„Also, was war jetzt mit der Vergangenheit?"

„Willst du das wirklich wissen?"

Robin stützte die Ellenbogen auf den Tisch. Ungeduldig schnippte sie Asche in den Aschenbecher.

„Du bist vielleicht eine Geheimniskrämerin! Komm schon!" Sie knuffte mich spielerisch in die Seite. „Erzähl!"

Ich nahm die Kopfhörer ab und betrachtete die Zuckerkrümel auf dem Tisch. Als Teenager, fiel mir plötzlich ein, hatte ich mich mit Gladys Mulligan zum Rauchen hinter den Stechpalmen im Memorial Park versteckt. Ich hatte Zigaretten für uns besorgt, damit sie mir das Rauchen und französische Küsse beibrachte. Gladys scherte sich genauso wenig um die Ansichten anderer Leute, wie Robin das zu tun schien. Damals war es Herbst gewesen. Ich zitterte im feuchten Laub, als sie mir – als wäre gar nichts dabei – eine Hand unter die Bluse der Schuluniform schob. Gladys trug noch Söckchen, obwohl es schon viel zu kalt dazu war. Ihre Hand war heiß wie im Juli am Strand, als sie meinen Rücken mit Sonnenöl eingecremt hatte. Das Rauchen war – ähnlich wie das Küssen – wie Schaukeln, es war wie hoch und höher im Stehen in den kalten Himmel zu fliegen. Später klammerten sich Gladys sommerwarme Hände um meine, die ich in die nassen Ringe der Metallkette krampfte. All das mäanderte mir in Sekundenschnelle durch den Kopf, während Robin rauchte und darauf wartete, dass ich ihr etwas aus meiner Vergangenheit erzählte. Ich schloss die Augen und beugte mich vor.

„Immer wenn ich als Kind Geburtstag hatte, bedeutete das Stress für meine Mutter."

Robin zog fragend die Augenbrauen hoch.

„Es versetzte sie in die schlimme Zeit zurück, als ich ein Baby war und sie ohne meinen Vater mit meiner Schwester und mir alleine zurechtkommen musste. Madge hasste Vater sowieso dafür. Sie bildete sich ein, er sei wegen mir weggegangen."

„Bist du sicher?"

„Jedenfalls ließ sie oft genug ihren Hass an mir aus, als ich noch klein war. Madge war so biestig. Als sie zwölf war und ich drei, schenkte sie mir eine tote Maus in rosa Einwickelpapier und behauptete, sie habe sie eigenhändig für mich im Garten mit einer Nagelschere abgemurkst."

„Noreen!" Robins Stimme kippte entsetzt nach oben. Der Mann mit dem Piratenkopftuch ließ die Gabel in seinen Salat sinken. Seine Begleiterin drehte mit einer vielsagenden Geste einen Finger vor ihren Augen. Ich hätte wetten können, es ging darum, dass Engländerinnen immer so hysterisch sind.

„So schlimm war es auch wieder nicht. Meine Mutter kaufte mir Geschenke. Ich durfte Freundinnen einladen. Es gab Torte, Spiele im Garten. Und außerdem – das war dann für mich das Größte – gab es Päckchen von meinem Vater."

„Von woher kamen die denn?"

„Na, wo er gerade war. Einmal schickte er mir einen Bumerang, da wurde ich gerade sechs. Im Fernsehen guckte ich zu der Zeit *Skippy, das Buschkänguruh*."

„Meinst du, deine Mutter hat ihm davon geschrieben?"

Ich schüttelte den Kopf. „Nein, im Gegenteil, sie versuchte, ihn zu vergessen. Sie ging sogar mit neuen Männern aus. Aber das tat sie nur aus Pflichtbewusstsein. Ihre Mutter, die meinen Vater nie hatte ausstehen können, drängte sie dazu. ‚Vergiss den Kerl, Edna', sagte sie jedes Mal, wenn sie mit dem Messer neben meiner Geburtstagstorte wartete. ‚Herzlichen Glückwunsch, Noreen. Vergiss den Kerl, Edna!' – so lautete ihre alljährliche Gratulation. Ich pustete die Kerzen aus, und sie schnitt die Torte an."

Robin drückte ihre Zigarette im Aschenbecher aus. „Schrecklich."

„Ja, schon. Wenn ich anfing, mit der Schere herumzuhampeln, um die Bindfäden von dem Päckchen zu lösen, achtete ich nicht auf das Gesicht meiner Mutter. Ich war zu aufgeregt. Aber wenn ich in ihre Richtung sah, bekam ich immer einen Schreck. Sie sah so bleich aus. Später hat sie mir erzählt, dass sie tapfer sein wollte. Sie war mir fremd. Wo war meine Mum, die so gern Grimassen schnitt? Ihre Paraderolle war ein Ochsenfrosch. Sie blies dann die Backen auf und verdrehte ihre Augen zu einem furchterregenden Schielen. Wenn sie dazu noch quakte, war der Gipfel meiner Glückseligkeit erreicht. ‚Mach den Frosch, Mum! Mach Mrs. Frosch!'"

Unsicher verstummte ich und scannte Robins Gesicht nach einer gelangweilten Reaktion. Ich redete nicht gern von mir als Kind.

Das war doch alles Schnee von gestern, peinlich. Wenn ich Stella fand – ich schluckte bei dem Gedanken, weil ich plötzlich ein glasklares Bild von ihren Schlüsselbeinknochen vor mir hatte und vom Ansatz ihrer Brüste, ein Anblick, der mich innerlich zum Niederknien brachte, wenn ich Stella fand, musste ich ihr dann auch aus meiner Vergangenheit erzählen?

Für einen Moment wirbelte alles durcheinander. Ich fragte mich, ob ich die Einzige war, die Schlüsselbeinknochen erotisch fand. Robin hätte ich natürlich danach fragen können und sie hätte mir sicher bereitwillig geantwortet, aber gerade mit ihr wollte ich das Thema nicht erörtern. Allmählich fühlte ich mich wie die Kopie einer Frau aus einem amerikanischen Film. Ich hätte gern Zeitsprünge gemacht, Stella gefunden, geküsst, wäre mit ihr ins Bett gegangen, hätte die Unsicherheiten der ersten Male hinter mich gebracht und wäre eingetaucht in die warme Vertrautheit einer selbstverständlichen Liebe. Aber so ging das nicht, das wusste ich aus Erfahrung.

Und überhaupt, Stella: War da nicht irgendetwas, dass sie bei deutschen Adoptiveltern aufgewachsen war? Ich war ein Feigling gewesen und hatte es vermieden, sie genauer danach zu fragen. Mein Mund wurde trocken, als ich mich an ihre Fingerspitzen auf meiner Hüfte erinnerte, während der Massage an jenem Morgen im Hotelzimmer. Warum waren ihre Hände plötzlich so steif und kalt geworden? Und über Adoption wusste ich gar nichts. Schon das Wort klang bedrohlich. Noch nie hatte ich jemanden getroffen, der adoptiert worden war. So etwas kam nur im Nachmittagsfernsehen vor. Tränenüberströmte Unterschichtsfrauen taumelten „Mama, Mama" rufend in die ausgebreiteten Arme anderer frisch frisierter Unterschichtsfrauen. So etwas sah ich mir nur an, wenn ich Grippe hatte oder einen Kater. Gott, ich würde Schwierigkeiten haben, Stella danach zu fragen. Ich wollte sie nicht verletzen.

„Robin?" Ich folgte ihrer Blickrichtung. Der Mann mit dem Piratenkopftuch hatte die halbgeleerte Salatschüssel von sich geschoben. Seine Begleitung, eine attraktive, indisch aussehende Frau mit einem Hörgerät im Ohr, sah ärgerlich in Robins Richtung. „Hab ich dich gelangweilt?"

„Blödsinn! Wie kommst du denn darauf?"

„Ist es seltsam für dich, dass diese Dinge mir den Spaß am Geburtstagfeiern bis heute verderben?"

Bevor Robin antworten konnte, ragte ein Schatten über uns auf. Die Kellnerin wollte abkassieren. Anders als bei ihren diversen Kolleginnen klang ihr Wunsch nicht wie der Befehl eines paramilitärischen Einsatzkommandos. Sie schenkte uns sogar ein hektisches Lächeln. Ich schob meinen Stuhl zurück. Eine so gute Gelegenheit, mich abzusetzen, bekam ich so schnell nicht wieder. „Robin, ich würde ganz gerne gehen."

„Aber warum?"

„Dieses Bewachungsszenario finde ich ziemlich deprimierend."

Robin machte eine wegwerfende Handbewegung in Richtung der MG-bewaffneten Polizisten. „Ach, Noreen, das sind doch nur Förster!"

Manchmal konnte ich Robins Witzen nicht mehr folgen. Sie hätte vermutlich kein Problem damit gehabt, sich an Halloween als Eva Braun zu kostümieren, aber dieser Humor war nicht meiner.

„Sie wollen doch nur ihre Maß trinken!"

„Ja, genau wie du, was? Robin, nicht alle Deutsche sind Bayern, und nicht alle Bayern tanzen Schuhplattler!"

Ich wedelte mit der rechten Hand, als hätte ich mich verbrannt. Das war gemein. Und unnötig. Beleidigt wandte sie sich ab. Sie hatte vollkommen Recht. Trotzdem war ich ihr dankbar, dass sie mich nicht fragte „Wie alt bist du gerade?", wie wir es durch die Wand von Ute und Joschi gelernt hatten. Ich schob der Kellnerin einen Geldschein hin und nahm mechanisch das Wechselgeld entgegen.

„Robin, entschuldige bitte!"

„Das war dir wohl alles zu heiß mit deiner Erzählung aus der Vergangenheit?"

Ich ließ die unvollständige Postkarte an Stella in meine Jackentasche gleiten. „Was meinst du mit zu heiß?"

Robin stopfte sich den Keks von ihrer Untertasse in den Mund, bevor die Kellnerin das Geschirr mitnahm. „Kleines Ablenkungsmanöver", sagte sie kauend. „Mal eben einen Nebenschauplatz eröffnen, wenn ein Gesprächsthema zu brenzlig wird. Kennst du das nicht?"

Ich schüttelte den Kopf. Aus dem Augenwinkel nahm ich das Piratenkopftuch wahr, das noch sehnsüchtig einen Blick zu Robin ankerte, aber das Piratenkopftuch war jetzt abgemeldet.

Robin lächelte überlegen. „Daran merkt man, dass du längere Zeit nicht mehr in einer Beziehung warst. Da sind solche Grabenkämpfchen doch an der Tagesordnung!"

Empört öffnete ich den Mund, aber sie blockte jede weitere Erörterung des Themas ab.

„Sollen wir uns jetzt diese Hackeschen Höfe anschauen?" Robin hatte mich bereits untergehakt und steuerte meinen wehrlosen Körper die Oranienburger Straße hinunter, vorbei an Cafés und Kneipen, in denen Leute, Leute, Leute saßen. Aus einer Ruine loderten die Flammen einer Metallwerkstatt. Robin schob mich vorbei.

„Schätzchen, das ist alles Geschäftemacherei. Das war hier mal ein besetztes Haus, aber inzwischen ist das nur noch Kommerz."

Erstaunt schaute ich sie von der Seite an. Woher war sie so gut informiert?

„Swetlana, meine Russin, weiß einfach mehr als dein Reiseführer, viel mehr!"

„Swetlana?" War Swetlana die Abwesenheit von Mittwochnacht? Abneigung gegen die unbekannte Osteuropäerin keimte in mir auf. Nur Robin brachte es fertig, etwas mit einer Frau anzufangen, die ausgerechnet wie Stalins Tochter hieß.

„Swetlana hat mich hier schon rumgeführt und mir alles dazu erzählt. Ich gebe dir jetzt eine kleine Extra-Führung, weil du mir so ans Herz gewachsen bist!"

„Na, vielen Dank."

Hauptsache, das Thema von vorhin war vergessen. Allerdings machte ich mir keine Illusionen: Innerhalb der nächsten halben Stunde würde Robin wieder auf meinen Geburtstag zurückkommen. An meiner rechten Seite merkte ich ein leichtes Ziehen. Ich stemmte meine Füße in das Pflaster des Bürgersteiges.

„Robin!"

Sie schaute mich flehend an.

„Nein, heute keine Postkartenständer mehr!"

Vor dem weiß gekachelten Häuserkomplex aus dem neunzehnten Jahrhundert erlebte ich einen touristischen Super-

GAU. Robin zog mich hinein in die Höfe, wo Touristen und Feuerschlucker durcheinander wuselten. In all dem Lärm redete sie noch auf mich ein und erzählte mir von Swetlanas etruskischen Augen.

„Ich dachte, sie sei Russin?"

Robin ignorierte diesen Einwand. Wichtiger sei, dass Swetlana immer Mörtelstaub unter den Fingernägeln habe, denn sie sei Bildhauerin.

„Noreen! Pass auf!" Im letzten Moment riss Robin mich zurück. Fast wäre ich von einer knallgelben, tückisch leise um die Ecke biegenden Tram überfahren worden. Robin fühlte meinen Puls.

„Schätzchen, komm, wir gehen an den Fluss!"

Am Fluss – war das die Spree? – regenerierte ich mich wieder etwas. Ich holte meinen Reiseführer hervor und verglich das Foto des Berliner Doms, seinerzeit als Geschmacksverirrung des Kaisers geschmäht, mit dem Original. Die Blättchen der Kastanien auf dem kiesbestreuten Platz begannen sich zu öffnen. Die grausilbernen Bögen und Kuppeln des Doms erinnerten mich an Stellas Schilderung von diesem Ort. Warum war ich nicht mehr da, wenn die alten Bäume rosa und weiß in Blüte stehen würden? Stella hatte mir im Winter von den Kastanien erzählt. Im Mai war sie hier morgens um sechs spazieren gegangen.

Am Gendarmenmarkt stiegen die Freitreppen der Paläste um uns herum auf wie in einer südlichen Stadt. Warum konnte Stella nicht quer über den Platz auf mich zukommen? Hand in Hand würden wir wie in einem Filmabspann Richtung Unter den Linden gehen und dort in einen der Doppeldeckerbusse einsteigen und zu ihr nach Hause fahren. Ich stellte mir ihr Bett vor wie einen weißen See. „Swim to Me", sang es wieder in meinem Kopf, während Stella mich in ihre Arme zog und kein Fetzen Stoff uns mehr trennte. Doch in der Realität schluchzten keine Geigen auf. Stattdessen begann Robins Jackentasche zu klingeln.

„Swetlana?" Die Russin wollte sie – „das glaubst du nicht!" – in einem Fish-and-Chips-Lokal in der Oranienburger Straße treffen. Abschied nehmend fühlte Robin mir noch einmal den Puls.

„Du gehst besser früh ins Bett und schläfst dich mal ordentlich aus!"

Kapitel 12

Die Kälte schien sich von unten in ihren Körper hineinzuringeln wie eine eisige Schlange. Stella sprang auf und ab, als wäre der Bürgersteig ein Trampolin. Irgendwie musste es ihr gelingen, den Blutkreislauf anzuregen. Lange hielt sie es hier nicht mehr aus. Endlich! Sabines Schal flatterte hinter ihr her, als sie – schon von weitem Entschuldigungsgesten signalisierend – in Stellas Richtung rannte.

„Schön, dich zu sehen!" Sie warf Stella die Arme um den Hals. Von ihr ging ein Geruch nach Hundeshampoo aus, der Stella mit Wehmut erfüllte.

„Ich wusste gar nicht, dass Eisregen jetzt zum Frühling gehört! Warum bist du denn noch nicht hochgegangen?"

„Ach, ich hab gedacht, du kommst sicher gleich. Im Hundesalon war wohl viel los?"

Sabine stieß einen knurrenden Laut aus: „Zweiundzwanzig Hunde habe ich fast alleine abgefertigt!" Die Absätze ihrer Stiefel knallten auf dem Kopfsteinpflaster, als sie Stella eilig ins Haus hinein zum Fahrstuhl zog.

Auf ihr Klingeln öffnete sich die cremefarbene Stahltür, und orientalische Entspannungsmusik wehte ihnen zusammen mit einem Hauch von ätherischen Ölen entgegen.

„Bekommst du nicht Ermäßigung?"

Stella zögerte. Sie hatte sich noch nicht daran gewöhnt, die Kopie ihres Bewilligungsbescheides vom Arbeitsamt an öffentlichen Kassen hervorzukramen. „Meinst du?"

„Klar, warte mal, hier steht's doch. Schade, nur bis 14 Uhr."

„Na gut, der eine Euro Unterschied wird mich auch nicht in den Ruin treiben." Stella steckte ihre Fotokopie in die Geldbörse zurück.

„Möchten Sie einen Seidenwaschlappen leihen oder kaufen?"

Die Frau hinter der Kasse stellte zwei versilberte Schalen auf den Tresen. „Nein danke", sagte Sabine. Zu Stella gewandt, fügte sie hinzu: „Ich hab noch zwei ganz neue, die hat Gamse mir vor drei Monaten geschenkt – so lange will ich hier schon hin!"

Stella legte den Schrankschlüssel zu dem Seidenlappen in die Schale.

„Wäschst du mir nachher den Rücken?"

Bildete sie sich das ein oder hatte ihre Stimme fast flehend geklungen? Ihre durch die Arbeitslosigkeit ausgelöste Überempfindlichkeit ging ihr zunehmend auf die Nerven. Der fehlende Körperkontakt setzte ihr heftiger zu als je zuvor in ihrem Leben.

„Na klar." Sabine öffnete die Tür zum Umkleideraum. Beim Anblick der Frauen im unterschiedlichsten Stadium des Aus- oder Angezogenseins musste Stella an Noreen denken. Garantiert hätte sie verlegen an der kräftigen Frau vorbeigeschaut, die sich gerade völlig unbefangen von ihrem Sport-BH befreite. Sabine hängte ihren Mantel in den Metallschrank.

„Du kannst dir nicht vorstellen, wie froh ich bin, jetzt hier zu sein! Onkel Michi hat gestern schon wieder gesoffen und roch entsprechend. Ein Gutes hat das Ganze nur: Bald hab ich Martin so weit, dass er dich auf Knien bitten wird, wieder zurückzukommen."

Stella zuckte unmerklich zusammen, während sie sich in ihr Handtuch einwickelte. Sie bückte sich, um sich das Gummiband mit dem Schrankschlüssel über den Fußknöchel zu streifen. Wie würde Sabine wohl auf ihre Pläne reagieren? Heute wollte sie ihr endlich von den Ideen erzählen, die ganz allmählich von embryonalen Träumen zu realen Absichten gereift waren.

„Oder hast du was Neues in Aussicht?"

In den letzten Wochen hatte Sabine die Frage zu oft gestellt, als dass sie anders als mechanisch klingen konnte. Einerseits wünschte Sabine ihr einen neuen Job, andererseits wollte sie nichts lieber, als wieder mit Stella zu arbeiten.

„Nein, nicht direkt ... Aber vielleicht habe ich was Besseres!"

„Was meinst du denn damit?"

„Sage ich dir gleich – lass uns erst mal ins Warme gehen, ja?"

Vor dem großen Baderaum hängten sie ihre Handtücher über die Haken und schlüpften aus den Badeschläppchen.

„Gut, dass es nicht so voll ist!"

„Stimmt, aber ich habe nicht daran gedacht, dass heute auch Kinder mit reindürfen."

„Ist doch egal!"

„Dir vielleicht!" Sabine verdrehte die Augen. „Lilli hat sich gestern fünfmal auf den Boden geworfen und gekreischt, weil sie keine Handschuhe anziehen wollte."

„Aber sieh mal, die sehen doch ganz friedlich aus." Stella deutete auf zwei kleine Jungen, die verblüffend lautlos mit einer Wasserschale spielten. Sabine kicherte.

„Erinnerst du dich noch an diese Gumminäpfe im anderen Hamam?"

„Die so aussahen, als könnc man sie auch zum Gipsanrühren benutzen?"

„Genau! Wie wär's hier?" Stella setzte sich in eine der gefliesten Nischen. Sabine stopfte den Korken in das Loch am Boden des geschwungenen Wasserbeckens. Sie drehte die Hähne auf, zuckte kurz zurück – das heiße Wasser schien sehr heiß zu sein – und füllte die erste Schale mit dem gemischten Wasser. Schweigend übergoss sie ihre rechte Schulter. Eine Gruppe türkischer Frauen, die sich in dünne, karierte Tücher gehüllt hatten, ging an ihnen vorbei ins

Dampfbad. Stella ließ sich zurücksinken. Warum war sie nur so lange nicht mehr hier gewesen? Gegen den kältenieselnden, nicht enden wollenden Winter – der Frühlingstag vor kurzem erschien ihr jetzt wie eine Art Fata Morgana – gab es nichts Besseres als die wohlige Wärme des Hamam. Sabine hatte sich ein Frotteehandtuch als Turban um ihren Kopf gewickelt. Genussvoll leerte sie Schale um Schale mit Wasser über ihren Körper.

Auf dem Plateau in der Mitte des hallenden Raums ruhten entspannte Frauen. Eine massierte ihre Freundin mit einem Ernst, der schon ans Komische grenzte. Sie sah aus wie eine selbsternannte Priesterin der Ganzkörpermassage. Aus der ausgestreckten Haltung ihrer Geliebten sprach die Gewissheit, dass dies hier nur der Vorspann für den Hauptfilm zu Hause war. So etwas möchte ich auch wieder erleben, nahm Stella sich vor. Sie hatte genug von grünäugigen Geistern, die sie in ein körperloses Gestern zu ziehen versuchten. Sie schaute an ihrem eigenen Körper herab und dachte sich wieder einmal, dass sie etwas Besseres verdient hatte als diese leibliche Isolation. Dann tauchte sie den Seidenlappen ins Wasser und rieb probeweise über ihren Arm. Nein, es war noch nicht so weit. Es dauerte immer eine ganze Weile, bis die Wärme die Poren so weit öffnete, dass sich mit der sanften Rauheit des Seidenwaschlappens ein Peelingeffekt erzielen ließ. Sie liebte die Weichheit ihrer Haut nach dem Hamambesuch, wenn sie sich wie neugeboren fühlte.

„Was wolltest du mir denn erzählen?" Sabine stellte die Schale beiseite. Stella schreckte aus ihrer Trance auf und versuchte umzuschalten.

„Ich war kürzlich bei einer Info-Veranstaltung."

„Und zwar?"

„Da ging es um etwas, das sich E3o3 nennt. Hast du davon schon mal gehört?"

„Hat das nicht was mit EU-Angehörigen zu tun, die im europäischen Ausland Arbeitslosengeld beziehen, während sie dort auf Jobsuche sind?"

„Sabine, du bist ja richtig gut informiert!"

„Eine Freundin von Gamse hat auf diese Weise einen Job in Spanien gefunden. Aber warum ist das für dich interessant? Du hast doch nur diesen kanadischen Pass?"

Stella lachte. „Ist es nicht absurd, hier völlig nackt zu sitzen und über Pässe zu sprechen?"

„Schön, dass du das so locker siehst. Du hast dir doch immer solche Sorgen gemacht, dass du in England mit dem Pass nur unter schwierigen Bedingungen arbeiten könntest."

„Ja – und jetzt kann ich mir plötzlich vorstellen, diesen Pass aufzugeben."

„Du überlegst, die deutsche Staatsangehörigkeit zu beantragen?"

„In England oder woanders in Europa wäre es dadurch für mich viel einfacher. Weißt du, mir ist klar geworden: Ich will auf jeden Fall für längere Zeit nach England. Das ist das Wichtigste. Das mit den Pässen und E303 und so weiter, das ist alles nur Beiwerk. Ich habe lange nachgedacht – ich hatte ja auch genügend Zeit dafür. Würdest du mir wohl jetzt den Rücken abrubbeln?"

Sabine machte ihr ein Zeichen, sich umzudrehen.

„Deine Überlegungen haben nicht zufällig auch mit Noreen zu tun?"

Stella schüttelte den Kopf. „Mit wem?"

Sabine klatschte ihr den Seifenlappen auf den Rücken. „Komm, jetzt tu nicht so! Wochenlang ging es doch um nichts anderes!"

„Eben! Mir ist klar geworden, dass ich endlich aufhören muss zu phantasieren. Dass ich sie kennen gelernt habe, das war ein Auslöser. Aber eigentlich geht es darum, dass ich mich so danach sehne, für längere Zeit in England zu sein. Verstehst du, was ich meine?"

„Nein, das klingt plötzlich so rational. Willst du sie dort nicht suchen?"

„Hat sie mich denn gesucht?"

„Wie meinst du das?"

„Na ja, sie hätte ja auch etwas unternehmen können! Schließlich war sie diejenige, die nicht wollte. Nein, ich glaube, das Ganze ist abgeschlossen. Ich muss mich auf die Gegenwart konzentrieren."

Stella schloss die Augen und genoss das warme Wasser, das Sabine ihr über den Rücken goss.

„Wenn du wirklich gehst, dann werde ich dich sehr vermissen."

„Ich dich doch auch. Aber ich will es wenigstens ausprobieren."

Trotz allem, was sie gerade zu Sabine gesagt hatte, hielt sich das Bild von Noreen hartnäckig hinter ihrer Netzhaut. Sie hoffte, dass es nach und nach ausblassen würde wie ein Gesicht und ein Körper auf einem Aquarellgemälde, dessen Farben immer sanfter und verschwommener wurden, je mehr Wasser man hineintupfte.

Kapitel 13

Am Morgen öffnete ich die Augen mit einem Ruck. Obwohl ich noch auf dem Rücken lag wie etwas, das von der Ladefläche eines LKWs auf eine Baustelle gekippt worden war, wusste ich, heute würde ich Stella wirklich suchen. Robin hatte sich neben mir eingerollt wie eine nach Mörtelstaub riechende Katze. Von ihr abrückend, zwinkerte ich all die Berliner Schwenkkräne und Schaufelbagger fort, die durch meinen Traum gerollt waren. Ich kreuzte die Arme im Nacken, dehnte mich bis in die Zehen. Ich wollte, dass Stellas Finger mich überall berührten, vom obersten Halswirbel bis hinunter in den Süden. Und mein ungeduldiger Mund wollte auf der Landschaft ihres Körpers Schlittschuh laufen, Kreise ziehen und Pirouetten, wollte sich hinabstürzen von der Ebene ihres langen Rückens bis hinunter ins Tal.

Im Hinterhof sangen Amseln in fedrigen Kleidern. Ich konzentrierte mich auf das volltönende Zwitschern, das zu mir hereindrang, akustisch durch den Hohlraum verstärkt, den die restaurierten, gelb gekalkten Häuser bildeten. Robin bewegte sich im Schlaf, hob ihre Hand wie eine müde Tatze und legte sie mit einem zufriedenen Laut auf meine Hüfte, als hätte ihre Hand dort schon immer gewohnt. Unten im Hof warf jemand klirrend eine Flasche in einen Container. Ich schob Robins Arm weg. Für einen Moment wünschte ich mir, meine Wange in Robins Hand zu legen und sie mit einer gestohlenen Zärtlichkeit aufzuwecken.

Was war los mit mir? Brach ich plötzlich aus der Erstarrung aus, und alles, was ich vorher einfach nicht als liebenswert und begehrenswert wahrgenommen hatte, klopfte plötzlich an meine Haut, kribbelte an meiner Nase und drückte sich süß und fordernd an meine Lippen? Süß und fordernd? Die Bettdecke wackelte unter meinem lautlosen Gelächter. Als

Pubertierende hatte ich Kitschromane verschlungen, in denen Brüste bebten und starke Muskeln im Abendlicht zuckten – musste ich jetzt dafür büßen? Entschlossen schleuderte ich die Decke von mir. Robin zog den Arm mit einem schnurrenden Geräusch unter das Laken. Sie schlief unbekleidet. Am ersten Abend hatte sie sich große Mühe gegeben, so zu tun, als wäre nichts dabei. Sie öffnete ihren blauen Satinmorgenmantel, zog ihn aus und glitt schnell unter ihre Decke. Ihr Buch vom Nachttisch nehmend, zwinkerte sie mir zu wie eine übermütige Eule. Ich schob die Ärmel meines karamellfarbenen Schlafanzugs hoch. Der Anblick von Robins nacktem Rücken verwirrte mich. Sie war schön wie eine Frau auf einem impressionistischen Gemälde.

„Ich schlafe immer nackt." Sie senkte den Blick in ihr Buch. Ihren Gesichtsausdruck konnte ich nicht erkennen, weil der Buchrücken ihren Mund verdeckte.

„Kennst du den Film *Irma la Douce*?"

„Dieser alte Farbfilm, der in Paris spielt mit Shirley MacLaine und Jack Lemmon?"

Sie nickte und blättert eine Seite um.

„Wieso?"

Ich hob die Bettdecke und ließ mich auf meiner Hälfte nieder, als vermutete ich unter der Matratze eine Tellermine.

„Irma schlief auch ohne Nachthemd, das hat mich schon als Kind beeindruckt."

„Hast du den Film etwa als Kind gesehen?"

„Ja, wieso? Ich war acht oder neun. Haben sie ihn dir verboten?"

Robin interessierte sich nicht für meine Antwort. Sie war – wie ich bereits einschätzen konnte – in einer ihrer Bekenntnislaunen. Vermutlich lag das an ihrer katholischen Erziehung. Ihre Psychohygiene bedurfte ab und zu eines Bekenntnisses. Ich selbst war keine Bekennerin. Als gute britische Calvinistin pflegte ich mich durch Arbeit zu reinigen.

„Meine Mutter war aufgebracht, dass ich keine Nachthemden mehr anziehen wollte. Sie befürchtete, es brächte mich auf unsittliche Gedanken. Als ob das den Ausschlag gegeben hätte!" Sie warf mir ein freches Grinsen zu. „Aber zurück zum Thema Nacktschlafen – stört es dich?"

„Mich?" Ich schüttelte den Kopf. „Wieso denn?" Dann presste ich mich an den äußersten Rand meiner Betthälfte, drehte Robin den Rücken zu und hob die Knie bis zum Kinn.

Unten im Frühstücksraum klirrten Teller leise aneinander. Andreas deckte die Frühstückstische und plauderte in meine Richtung, während ich am Gästecomputer Telefonnummern ausdruckte. Ich zog das warme Papier aus dem Drucker. Wäre ein leichtes Zittern meiner Hände der Situation nicht angemessen gewesen? Aber den Gefallen taten sie mir nicht. Vier Einträge zu S. Wölk hatte der Rechner gefunden, mehr, als ich erwartet hatte.

„Noch Kaffee?" Andreas hob die Kaffeekanne.

„Nein danke."

Wieder und wieder schaute ich auf die vier Zahlenreihen und das geheimnisvolle ‚S. Wölk', das den sofortigen Zugang zu Stellas Stimme bedeuten konnte. Wie sollte ich jetzt weiter vorgehen? Wo fand ich einen ruhigen Platz zum Telefonieren? Und: Welche Sprache sollte ich sprechen? Ich erkannte, dass mir ein verhängnisvoller Fehler unterlaufen war. Mit meinem bruchstückhaften Deutsch konnte ich mich in Alltagssituationen zwar verständigen, am Telefon aber wäre ich absolut hilflos. Hinter einer Geräuschgardine hörte ich Andreas monologisieren. Als einziger Gast in Reichweite musste ich für sein Mitteilungsbedürfnis herhalten. An ihm bestätigte sich die Theorie von Wendys Nichte. Selbst wenn wir Deutsch gekonnt hätten, hätte er es vorgezogen, mit uns englisch zu sprechen. Sein Akzent war untadelig, abgesehen von einem gewissen bajuwarischen Holpern. Als wir ankamen erzählte er uns, dass er aus einem bayerischen Dorf mit homophoben Einwohnern stammte. Sein Vater – dunkel rollten die Vokale dahin – leitete den dortigen Trachtenverein.

„Weißt du, was ein Trachtenverein ist?"

Robin spuckte am ersten Abend auf ihr Reisebügeleisen, um die Temperatur zu prüfen. „Nein, keine Ahnung."

„Was haben wir nur getan, um ihn gleich zu solchen Vertraulichkeiten zu veranlassen?"

Sie zog den Ärmel ihrer Bluse straff. „Du hast gar nichts getan, Darling! Er wollte nur nett sein. Das ist die deutsche Art, nett zu sein. Sie erzählen dir einfach etwas aus ihrem Leben."

„Meinst du?"

„Ja, sie erzählen dir irgendwas von sich, auch wenn es gar nicht passt. Auch wenn es dich in Verlegenheit bringt. Du weißt doch, dass sie nicht sehr sensibel sind. Sie sind ernst und oft etwas pathetisch, aber feinfühlig sind sie nicht. Niemand, der Sauerkraut isst, kann feinfühlig sein."

Andreas, der nun die Kerzen auf den Tischen anzündete, sah nicht so aus, als ob er häufig Sauerkraut zu sich nehmen würde, und wenn, aß er es sicher roh, um etwas für seine Gesundheit zu tun.

„Du brauchst wirklich keine Hilfe?"

„Nein, eigentlich nicht."

„Eigentlich?" Schon stand er hinter mir und schaute mit aufrichtigem, nicht unsympathisch wirkendem Interesse auf den Bildschirm. Etwas indiskret war das schon. Mir kam eine Idee.

„Kannst du schweigen?"

Sein Zweitagebart-Gesicht verzog sich zu einem zerknitterten Lächeln. „Manchmal. Wieso?"

Ich drehte die Ausdrucke in meiner Hand zu einem Blasrohr aus Papier. „Ich suche jemanden, eine Frau."

Aus dem Treppenhaus waren Stimmen zu hören. „Wie alt bist du gerade?" Utes Stimme verhieß nichts Gutes.

„Wir haben uns in England kennen gelernt", flüsterte ich hastig, aber dann habe ich ihre Adresse ..." – ich verstummte hilflos.

„Verloren?" ergänzte Andreas mit einem leichten Schieflegen des Kopfes. Wie sympathisch er doch ist, dachte ich überrascht, schuhplattlnder Vater hin oder her.

„Genau, verloren und jetzt ..."

Ute und Joschi näherten sich der Flügeltür, die das Frühstückszimmer von der Diele abteilte. Ute maulte etwas, das, glaube ich, damit zu tun hatte, dass Joschi zu viel Kaffee trank. „Kaffee stinkt!" Mein Deutsch wurde täglich besser, ich schien ein Sprachgenie zu sein. Wenn ich Stella traf, würde sie staunen. Mein „Ach" bekam ich nahezu fehlerfrei hin.

Andreas beugte sich näher zu mir. „Soll ich dir helfen?"

„Das wäre wunderbar!" Vor Aufregung geriet ich außer Atem.

„Würdest du für mich diese Nummern anrufen?"

Ute und Joschi betraten den Raum, Joschi traurig lächelnd. Utes Kopf war kahl wie eine dieser blankpolierten Marmorkugeln aus der Toskana. Andreas stutzte, fing sich aber schnell wieder.

„Hallo, ich komme gleich!" Er schob sein Basecap zurecht und wandte sich mir erneut zu.

„Was soll ich denn sagen?"

Ich folgte ihm kurzerhand in die Küche, wo er Getreidebrei in kugelige Schalen gab, die mich an übergroße Katzennäpfe erinnerten.

„Sag doch einfach, du möchtest Stella Wölk sprechen. Es ginge um eine Hotel-Buchung, wie wäre das? Stella, das ist der entscheidende Vorname, ja? Soll ich es aufschreiben – oder kannst du dir das merken?"

Er drapierte gelassen ein Blättchen Zitronenmelisse auf den Getreidebreischalen. „Keine Sorge, das schaffe ich schon. Was soll ich sagen, wenn es Stella Wölk ist?" Es war seltsam, Stellas Namen aus dem Mund dieses bayerischen Fremden zu hören.

„Dann, dann ..." Meine Stimme drohte schrill zu werden, „Dann sag ihr einen ganz lieben Gruß von Noreen. Wenn möglich lass dir gleich ihre Adresse geben."

Andreas runzelte die Stirn. „Das wird schwierig werden. Kann ich ihr nicht einfach deine Handynummer nennen?"

„Du hast Recht!" Ich griff nach einer Serviette, um ihm die Nummer aufzuschreiben, aber er nahm mir die Serviette aus der Hand und bestand darauf, sich die Nummer in sein Handy einzuspeichern. Von nebenan piepste es. Andreas ergriff die Näpfe. Ich hielt ihn am Ärmel fest.

„Eine letzte Bitte noch, kannst du es so einrichten, dass Robin nichts von dem Ganzen mitbekommt?"

Er sah mich befremdet an, während er die Schwingtür zum Frühstückszimmer mit dem Ellenbogen aufhielt.

„Ginge das?" Meine Stimme hatte selbst in meinen eigenen Ohren ein unangenehmes Drängen.

Als ich die Stufen des Hotels hinausstolperte, erschien mir die Stadt wie das Innere einer versteinerten Schnecke. Mein Körper saß in einer der Schneckenwindungen fest wie in der eisernen Spindel einer viktorianischen Wendeltreppe. Sacht fiel die Tür hinter mir zu. Wählte Andreas schon die erste Telefonnummer? Würde er etwa gleich an die Tür gerannt kommen und mir den Hörer hinhalten? Ich versenkte die Hände in der aufgerauten Wärme meiner Jackentaschen. Die Zeiger der Uhr auf der anderen Straßenseite schoben sich in Zeitlupe auf die Acht zu. Schulkinder, die mir nur bis zur Hüfte reichten, mit eckigen bunten Taschen auf den

Schultern schaukelten, mit klaren Stimmen an mir vorbei. Würde Andreas Stella erreichen? Wie würde sie reagieren? Wüsste sie noch, wer ich war? Und wenn sie es wüsste, würde sie überhaupt mit mir sprechen? Hatte sie irgendeinen Grund dafür, mit mir zu sprechen? Mir wurde ein wenig übel. Wohin sollte ich gehen? Was tun, bis mein Handy klingelte und ich erfuhr, ob Andreas Stellas Telefonnummer herausgefunden hatte?

„Entschuldigung." Joschi presste eine Reisetasche an sich und starrte mich an. Sie sagte undeutlich etwas auf Deutsch. Sie trug eine teure Lederjacke. Ich drehte den Kopf. Wo war Ute? Und wie hatte Joschi es geschafft, so schnell ihren Getreidebrei auszulöffeln? Ein wenig davon klebte noch in ihrem rechten Mundwinkel.

„Auch zur U-Bahn?" Joschi gestikulierte in die Richtung des blauweißen U-Bahn-Zeichens am Ende der Straße. Sie machte eine Bewegung mit den Fingern, als wollte sie Stufen hinuntergehen. Warum nicht? Schließlich konnte ich nicht für den Rest des Tages hier vor dem Hotel herumstehen. Joschi sagte wieder etwas, dessen Sinn ich nicht erfasste. Sie schien ins Englische gewechselt zu sein, aber die Vokale holperten über ihre Zunge wie der Bollerwagen voller Kleinkinder, der eben an uns vorbei über das Kopfsteinpflaster gezogen wurde. Die gummierten Räder rollten in langsamen Umdrehungen über das Pflaster. Ein Kind schwenkte einen Wolf aus Plüsch, dem die rosa Zunge aus dem Maul hing.

Ich hielt meinen Blick starr auf den Bürgersteig gerichtet, und das hatte nicht nur mit der Angewohnheit der Deutschen zu tun, ihren Hunden überall die Darmentleerung zu gestatten. Einen letzten Blick zurück zum Hotel werfend, setzte ich mich widerstrebend in Bewegung. Schon öffnete sich der Bürgersteig zu den Treppen des U-Bahn-Eingangs. In welche Richtung sollte ich fahren? Ich tastete nach dem

Handy. War der Akku aufgeladen? Das zumindest schien in Ordnung zu sein.

„Ich fahre nach Schöneberg." Der erste Satz von Joschi, den ich verstand.

„Schöneberg, liegt das nicht im Süden der Stadt?" Joschi lächelte. Ihre Zähne standen etwas schief und waren – vermutlich vom Rauchen – gelblichbraun verfärbt.

„Tut mir Leid, dass ich kein Deutsch spreche!"

„*No problem*." Joschi steuerte auf das Geländer zu, das parallel zu den U-Bahn-Treppen an der gefliesten Wand entlang führte.

„Wenn ich mit der S1 fahre, komme ich da auch an Schöneberg vorbei?" Joschi zog einen Berliner Streckennetzplan hervor. Ohne sich vom Strom der Passanten stören zu lassen, die rechts und links an uns vorbei Richtung U-Bahn eilten, entfaltete sie den Plan. Ein warmer Wind schlug uns entgegen, der das dünne Papier nach oben riss. Ein Zug schoss in den Bahnhof ein. Joschi zog mich näher zum Geländer, und ich folgte ihrem Zeigefinger mit dem abgekauten Nagel, der sich langsam auf der rosa Linie der S1 Richtung Süden bewegte. Als Gitarristin würde Joschi ohne Plektron mit diesen Fingernägeln nichts werden.

„Ich besuche eine Freundin in Schöneberg. Ute mag sie nicht. Unsere Therapeutin hat aber gesagt, es sei wichtig, dass jede Partnerin auch den Kontakt zu den eigenen Freundinnen pflegt. Bis vor zwei Jahren habe ich in Berlin gewohnt. Wegen Ute bin ich nach Essen gezogen, auch wegen dem Job als Gas-Wasser-Installateurin. Manchmal frage ich mich, ob das so richtig war."

Robin hatte Recht. Die Deutschen neigten dazu, zu schnell zu viel aus ihrem Leben zu erzählen. Was erwartete Joschi von mir? Und warum war sie mit der Reisetasche zu der Freundin unterwegs? Gab es eine Beziehungskrise wegen Utes neuer „Frisur", und hatte Joschi zumindest den Anstand, diesen Vorfall mir gegenüber nicht zu erwähnen?

„Wenn du hier gelebt hast, dann kennst du dich ja sicher gut aus in der Stadt? Kannst du mir vielleicht einen Tipp geben, wo ich einen richtig schönen langen Spaziergang machen kann?"

„*No problem*. Du fährst bis Wannsee mit der S1, nimmst den Bus 114 bis Heckeshorn – und dann gehst du immer am Wasser entlang bis zum Schloss Glienicke. Das dauert insgesamt drei Stunden."

Das klang perfekt. Alles, was ich brauchte, war ein langer Spaziergang, um die Wartezeit zu überbrücken.

„Das klingt gut. Könntest du mir die Namen und die Busnummern aufschreiben?"

Ich hielt ihr meinen kleinen Block mit dem Kugelschreiber hin.

„Und wie komme ich dann zurück in die Stadt?"

„Du steigst einfach am Schloss Glienicke in den Bus 116 und fährst damit zurück nach Wannsee."

In der U-Bahn drängte sie mich zu einer schmalen Lücke auf der Sitzbank. Die dicke Frau neben mir bohrte ihre Ellbogen in meine Rippen, als sie eine kleine Plastikdose mit mundfertig geschnittener roter Paprika öffnete. Eng an sie und Joschi gepresst, hätte ich unmöglich in meine Tasche greifen können, falls das Handy klingelte. In einer Woche würde ich schon wieder zu Hause sein. Und dann? Würde sich mein Leben verändert haben – oder ginge alles weiter wie bisher? Schuldbewusst dachte ich, dass ich Robin angelogen hatte. Mein vierzigster Geburtstag war durchaus mit einer Art Midlife-Crisis verbunden. Was würde in zehn Jahren aus mir geworden sein? Würde ich es noch nicht einmal dazu gebracht haben, ein weiteres Opfer des *lesbian bed death* zu sein? Joschi packte plötzlich meinen Arm und zwang mich, zur Tür zu schauen.

Ein Wesen, das aussah wie ein Skelett, bahnte sich mit Beinschienen seinen Weg durch die ihm ausweichenden Fahrgäste.

Erschrocken sah ich Joschi an. Ich hatte den Eindruck, dass sie diese Person nicht zum ersten Mal sah, genauso wie die Mitfahrenden.

„*I need the space!*" Der abgemagerte Mann drängte einen afrikanisch aussehenden Geschäftsmann beiseite, der die erste Aufforderung, ihn vorbeizulassen, offensichtlich nicht verstanden hatte. Sichtlich verstört zerrte der Mann seinen Koffer beiseite. Die Skelettperson trug eine gelbliche Wollmütze. Fordernd hielt er den Fahrgästen Fotokopien von handgeschriebenen Texten hin. Joschi wühlte in ihrer Geldbörse und ließ einen glänzenden Euro in das Plastikgefäß fallen. Er bedankte sich mit einem Satz, den Joschi mir – überraschend behände – mit „Gottes Segen" übersetzte. Ich ließ mich zurücksinken. Die Fahrgäste bemühten sich, so apathisch wie möglich auszusehen. Die dicke Frau hielt vor lauter Aufregung die bunte Zeitschrift mit den gekrönten Häuptern falsch herum. Ihre Paprikastückchen schmeckten ihr offensichtlich nicht mehr.

Völlig überraschend geschah das Ersehnte: Mein Handy klingelte. Ich taumelte ins Stehen und kämpfte mich in den Bereich, der den Kinderwagen vorbehalten war. Mindestens zehn Leute klammerten sich dort an die Haltestangen und dicht neben meinem Ohr begann jemand mit einer Querflöte Geräusche zu produzieren, die entfernt an das Adagio von Albinoni erinnerten.

„Hallo?" Vor lauter Aufregung gab es nur noch eine Stimme, die ich zu hören erwartete: die von Stella. „Hallo?"

Die Leitung wurde unterbrochen. Der Zug näherte sich einem Bahnhof. Das Quietschen der U-Bahn-Räder auf den Schienen schwoll zu einem Crescendo an, das mit dem Adagio nicht harmonierte. Ich winkte in Joschis Richtung:

„Ich steige aus! Ich muss dringend telefonieren!" Ihr Mund formte die Worte „*No problem*". Ich ließ mich von den anderen Fahrgästen nach draußen auf die Plattform drücken.

„Noreen?" Ich sackte in mich zusammen und lehnte meine Stirn an einen Fahrkartenautomaten.

Es war Robin. „Robin? Was ist los?"

„Bist du böse auf mich?"

„Böse? Wieso?" Meine Stimme klang böse, jedenfalls schärfer als beabsichtigt.

„Weil du schon wieder so früh weg bist, ohne mit mir zu frühstücken, und Andreas benimmt sich so geheimnistuerisch – er telefoniert, und wenn er mich sieht, legt er die Hand über die Muschel."

„Was?" Sahen so seine Bemühungen aus, damit Robin nichts mitbekommt? Und außerdem – meine Knie wurden weich – mit wem hatte er telefoniert?

„Robin, hör mal, kann ich dich gleich zurückrufen?"

„Ja, aber ..." Doch ich hatte bereits aufgelegt. Ich wählte die Nummer des Hotels.

„Andreas? Noreen hier. Hast du vielleicht schon etwas erreicht?"

Schweigen am anderen Ende. Ein ärgerliches Schweigen? Ich setzte mich auf die Bank neben dem Fahrkartenautomaten.

„Wie man's nimmt. Ich habe mit zwei Leuten gesprochen."

„Und?"

„Ein Siegfried Wölk und eine Sieglinde Wölk – beide schon etwas betagter –, was auch erklärt, warum sie um diese Tageszeit zu Hause sind."

„Also noch keine Neuigkeiten über Stella?"

„Nein, ich fürchte nicht. Es tut mir Leid. Halt – auf einen Anrufbeantworter habe ich noch gesprochen, aber das war eine dieser anonymen Mailboxen, wo man die Stimme des eigentlichen Teilnehmers nicht zu hören bekommt. Ich habe meine Nummer hinterlassen und um Rückruf gebeten."

„Und die vierte Nummer?"

„Da wollte ich es gerade probieren!"

„O gut, dann beenden wir dieses Gespräch ganz schnell, ja? Ist es in Ordnung, wenn ich dich gleich noch einmal anrufe?"

„Ehrlich gesagt ..." Das Zögern in seiner Stimme strahlte einen Mix aus Höflichkeit und schlecht verborgener Ungeduld aus.

„Gut, gut. Du rufst mich an, wenn du etwas Neues hast? Und danke für deine Bemühungen, vielen Dank."

Jetzt bloß nicht nachdenken. Wie betäubt wählte ich Robins Nummer. Je eher ich mit ihr sprach, desto schneller hatte ich sie wieder vom Hals. Diese Reise brachte meine schlechtesten Seiten zum Vorschein. Mit betont freundlicher Stimme redete ich auf Robin ein.

„Hallo, da bin ich wieder – entschuldige, aber es war wichtig."

Bevor sie Atem holen konnte, um mich zu fragen, was denn um Himmels willen mitten im Urlaub im Ausland so wichtig sein konnte, plapperte ich weiter.

„Robin, ich bin überhaupt nicht böse auf dich. Im Gegenteil, ich fand es wunderbar, wie du mich gestern vom Rauchen abgehalten hast! Aber hatten wir nicht abgemacht, dass wir heute getrenntes Programm machen? Was ist mit Swetlana?"

„Hör mir auf mit der! Diese Russinnen, die sind dermaßen unzuverlässig! Sie ist nach Dresden gefahren, irgendwas ist da mit einem Bildhauerkurs. Aber die Haselmaus hat mir vorhin auf dem Gang aufgelauert."

„Wer? Welche Haselmaus?"

„Na, diese kleine dünne Person, diese Freundin von Ute und Joschi, die vorgestern angereist ist."

„Ja, und?"

„Sie ließ einfach nicht locker und ich habe ihr zugesagt, dass wir sie um acht in dieser Frauenkneipe treffen."

„Wir? Diese Haselmaus? In einer Frauenkneipe?"

„Ja, da wollten wir doch sowieso hin! Weißt du nicht mehr?"

„Schon. Mal sehen. Vielleicht. Ich ruf dich später wieder an."

Bevor Robin antworten konnte, beendete ich das Gespräch. Das war alles zu viel für mich. Ich musste dringend hinaus in die Natur. Dort würde es mir besser gehen.

An der Havel schaute ich auf die Dünung des in der Sonne glitzernden Wassers. Es ging mir nicht besser. Ich war wütend und hilflos, weil ich im Moment nichts weiter tun konnte, als auf das Klingeln meines Telefons zu warten. Ein Segelboot glitt zwischen einer roten und grünen Boje hindurch Richtung Potsdam. Um mich herum roch es verwirrend intensiv nach Knoblauch. Litt ich unter einer olfaktorischen Halluzination? Viel zu viel Zeit war seit dem Telefonat mit Andreas vergangen, ohne dass irgendetwas passierte. Ich gab den Stacheluhren die Schuld, an denen ich auf meiner Fahrt nach Wannsee vorbeigekommen war. Vermutlich sollten die Stachel die Tauben davon abhalten, die Uhren zu beschmutzen. Für mich sahen sie eher aus wie Seeigel, wie etwas, das die Zeit verzauberte.

Am Schloss Glienicke ging ich durch das Tor, das von mageren Löwen mit goldenen Flügeln bewacht wurde. Im Schlossgarten stellte ich mich in den kleinen Pavillon, der „Große Neugierde" hieß und den Blick freigab auf das blassgrüne Stahlgerüst der Glienicker Brücke. Hier, informierte mich mein Reiseführer, den ich lustlos durchblätterte, war bis 1989 West-Berlin zu Ende. Und ich? Würde bei mir heute etwas zu Ende gehen? Würde sich eine Grenze öffnen, oder würde ich bis Ultimo ungeduldige Agentinnen auf einer unsichtbaren Brücke austauschen, die aus der Kälte meines nicht liebenden, nicht geliebten Herzens kamen?

Oberhalb des Schlossgartens waren die silbrigen Stämme winterkahler Buchen zu erkennen. Ich unterdrückte den Impuls, der wie ein Juckreiz war, Andreas anzurufen, und bog in einen anderen Teil des mit einem Drahtzaun abgesperrten Schlossgartens ein. Zum Schutz gegen die Wildschweine! Stella hatte mir auch davon erzählt. Ich hatte sie ungläubig angesehen. Wildschweine, in der Stadt?

Am Kasino stand ich an der Balustrade und schaute hinab auf die Havel. Ein Industrieschiff fuhr vorbei. Es hatte die schwarzweißen Farben eines Bordercollies oder einer Nonne und hieß Magda. Auf das Glienicker Schloss zurückblickend dachte ich, dass das kleine Herrenhaus in England nicht als Schloss gezählt hätte. Nachdem ich die Gebäude umkreist hatte, ging ich zum Wasser hinunter und folgte dem Weg, den Joschi mir beschrieben hatte. Zum Lunch kehrte ich in ein Gasthaus voller Hirschgeweihe ein. Ausgestopfte Eichhörnchen beäugten mich von den Wänden. Ihr Anblick machte mich traurig. Ich musste an den Morgen mit Stella denken, an ihr Erstaunen über die grauen Eichhörnchen in England. Diese hier, diese ausgestopften Exemplare, waren so ausgebleicht, dass man ihre ursprüngliche Farbe kaum noch erahnen konnte.

Was machte ich hier überhaupt? Ich musste verrückt sein, einem Phantom nachzujagen, das mir nur ein paar Mal von der anderen Seite eines Frühstückstisches entgegengelächelt hatte. Und doch, Stella war kein Phantom. Zu deutlich konnte ich mich an ihren sommerlichen Himbeerduft erinnern, an die dunklen Härchen auf ihren schlanken Armen, an die sinnliche Wellenlinie ihres Mundes. Und die Eichhörnchen an der Wand waren braun, das sah ich jetzt deutlich. Braun, nicht grau.

Kapitel 14

Stella atmete tief durch und drückte nach einem letzten Zögern die vertraute Klinke herunter. Statt des melodischen Klingeltons, den manche Hunde so fürchteten, tönte nur ein metallisches Röcheln von der Decke.

„Kaputt! Onkel Michi will die Türglocke nachher reparieren", sagte Martin, den Blick auf die Verkaufsvitrine gesenkt. Hatte er den Mitarbeitern nicht immer eingeschärft, die Kunden stets mit einem direkten, freundlichen Augenkontakt zu begrüßen? Stella ließ die Tür mit der matten Milchglasscheibe ins Schloss fallen. Sie sog den Geruch nach Tierhaaren, Hundekuchen, Shampoo und nassen Handtüchern ein. Sie verspürte eine Mischung aus Beklommenheit und Traurigkeit. Dabei hatte sie sich doch vorgenommen, den Laden mit dem Gefühl einer werdenden Siegerin zu betreten.

„Hallo, Martin. Ist Sabine nicht da?"

Martin sah von den Hundeleinen auf, die er eben aus einem Pappkarton heraushob. „Ich dachte, du kommst mich besuchen?"

Er betonte „mich" und schob die offensichtlich neu angelieferten Bürsten neben der Registrierkasse zu einem borstigen Berg zusammen. Aus dem hinteren Raum dudelte das Radio – Onkel Michis Lieblingssender.

„Warum sollte ich?" Es klang feindseliger als beabsichtigt.

Stella lauschte. Konnte das sein? War da hinten kein einziger Käfigföhn zu hören? Für Freitag schien es ein ausgesprochen ruhiger Tag zu sein. Martin streckte ihr die rechte Hand hin. Stella ignorierte diese Hand und blieb auf der Fußmatte stehen, die die Form eines Hundekuchens hatte. Martin ließ die Hand wieder sinken.

„Wo steckt Sabine denn? Ich habe doch vorhin noch mit ihr telefoniert."

„Musste schnell weg. Irgendwas ist mal wieder mit Lilli. Ihr ist schlecht geworden in der Kita. Sie hat Fieber oder Mumps. Oder alles auf einmal."

Stella wich zurück. Martins Tonfall weckte unangenehme Erinnerungen.

„Na ja, dann wären wir damit endlich ein für allemal durch. Allerdings: Gerade heute!", sagte Martin genervt.

Stella ging an Martin vorbei und spähte vorsichtig, um von Onkel Michi nicht bemerkt zu werden, in den Arbeitsraum. Außer dem Frührentner aus Reinickendorf im speckigen Holzfällerhemd und einem eingeschüchterten Mops befand sich kein weiteres lebendes Wesen in der Halle.

Martin atmete Stella in den Nacken: „Heute Nachmittag erwarten wir den großen Ansturm!"

Stella drehte sich skeptisch zu ihm um. Martin sah schwammiger aus als noch vor einigen Wochen. Sein Bauch wölbte sich unter dem bis zur Brust aufgeknöpften Hemd.

„Willst du nicht wenigstens einen Tee mit mir trinken?"

„Tee? Du trinkst doch nie Tee!"

Martin fasste sie leicht am Ellbogen und drückte sie in den großen Stuhl, der sonst nur den Kunden vorbehalten war. Die Sitzfläche war geflochten, und die Lehnen endeten in geschnitzten Hundegesichtern. Martin hielt einen Becher hoch, auf dem Stellas Name stand.

„Nein danke." Stella setzte sich auf ihre Hände. Nebenan fing Onkel Michi an zu singen. Ein Gutes hatte die Arbeitslosigkeit: Jeder, der nicht hören musste, wie Onkel Michi „Ein Bett im Kornfeld" mitsang, hatte eigentlich schon das große Los gezogen.

Sie deutete auf den Becher mit ihrem Namen. „Kann ich den mitnehmen?"

„Meinst du nicht, du kommst noch mal zurück? Übrigens: ich faste! Deshalb trinke ich auch Tee und nicht meinen geliebten Latte Macchiato. Drei Kilo habe ich schon runter."

Stella räusperte sich. Martins Körpergewicht war ihr gleichgültig.

„Hältst du das für realistisch?"

Martin nahm einen Schluck Tee und verzog angewidert den Mund. Ihm schien klar zu sein, dass sie nicht auf seinen Fastenerfolg anspielte.

„Warum denn nicht? Möglich ist alles!" Er schenkte ihr ein Lächeln, das sie früher für treuherzig gehalten hätte. Wie dumm war sie gewesen. Jahrelang hatte sie sich ausnutzen lassen, nur weil sie gern mit Sabine zusammenarbeitete und Martins Launen – nicht zuletzt wegen seiner Diäten! – dadurch besser zu ertragen gewesen waren.

„Bisschen still hier, nicht?"

Sie sah Martin an, dass er das halbleere Auftragsbuch auf der Verkaufsvitrine am liebsten zugeklappt hätte. Er hob die linke Schulter und schabte sie gegen sein Ohr.

„Um diese Jahreszeit ist es doch immer ein bisschen mau."

Stella wusste, dass er log. Beinahe tat er ihr Leid, aber auch nur beinahe. „Aber dein Angebot steht immer noch?"

„Dass ich dich sofort wieder einstelle, wenn ich es mir leisten kann? Na klar." Er mied ihren Blick.

Stella nahm eines der Hundespielzeuge aus dem Regal. Es war ein Quietschespielzeug in der Form eines Brötchens. Pogo und Liesl hatten ihr altes Quietschebrötchen gestern endgültig zerbissen.

„Gibst du mir Rabatt?"

Martin betrachtete seine Fingernägel. „Ja, sicher." Seiner Stimme war sein Widerstreben anzuhören.

„Und – was machst du sonst so?"

Stellas Miene hellte sich auf. Jetzt schlug ihre Stunde.

„Erinnerst du dich an diese Kundin mit den beiden West-highland-Terriern?"

„Soweit ich weiß, ist sie zu Dana gewechselt." Dana war Martins erbitterte Konkurrentin. Ihr Laden brummte.

„Stimmt. Und sie ist dort sehr zufrieden!" Stella beobachtete mit Vergnügen, wie Martin sich wand.

„Fängst du etwa dort an?"

„Nein, ich hab was Besseres."

„Wie?"

„Na ja, die Kundin hat eine Tochter. Und diese Tochter hat einen Mann geheiratet, dessen Schwester in Scarborough einen Hundesalon betreibt."

„Die Verwandtschaftsverhältnisse der Heteros können doch recht verwirrend sein! Wie heißt das? Scarborough?"

„Scarborough" – Stella konnte sich eine gewisse Ironie nicht verkneifen – „liegt im Nordosten von England und ist eine wunderschöne alte Küstenstadt. Demnächst fahre ich hin und schaue mir diesen Hundesalon an. Die Frau sucht jemanden, der auch mit Katzen klarkommt."

Martin runzelte die Stirn. „Mit Katzen? Niemand kann so gut mit Katzen wie Sabine!"

Stella verkrampfte sich innerlich, aber nur für einen Moment. Das war doch wieder typisch Martin. Diese Mischung aus Nicht-richtig-Zuhören und biestigen Kommentaren.

„Außerdem, kriegst du überhaupt die Arbeitserlaubnis?"

„Das werden wir ja dann sehen. Ich freue mich auf jeden Fall riesig über die Vermittlung. Ohne Frau Andresen hätte ich doch niemals von diesem Job erfahren! Eigentlich bin ich hierher gekommen, um Sabine davon zu erzählen."

Martin drehte seine halbleere Teetasse in den Händen.

„Also ich an deiner Stelle würde mich nicht zu früh freuen. Warum sollte sie ausgerechnet dich nehmen? Und dieses Scarborough, meinst du wirklich, du kannst in so einem englischen Provinznest leben? Wenn du überhaupt die Arbeitserlaubnis kriegst, heißt das."

Stella schnappte sich den Kaffeebecher mit ihrem Namen – den hatte Sabine ihr mal zu Weihnachten geschenkt –, stopfte das Quietschebrötchen in die Tasche und legte mit gefährlicher Sanftheit einen Fünfeuroschein in die für Welpenfutter werbende Wechselgeldschale.

„Martin?"

Er hatte einen Ausdruck in den Augen, den sie nicht deuten konnte. Traurigkeit? Ärger? Oder einfach nur Hunger, weil er fastete und in den nächsten Tagen nichts anderes zu sich nehmen würde als Gemüsebrühe?

„Hast du schon mal den Spruch gehört: ‚Man muss auch gönnen können'?"

Stella wartete seine Antwort gar nicht ab.

„Mach's gut, ja? Und viel Spaß noch – mit deinem Jürgen Marcus aus Reinickendorf!"

Martin zog den Kopf ein. Er hasste deutsche Schlager.

Wenigstens das hat gesessen, dachte Stella, während die Türglocke blechern hinter ihr zum Abschied röchelte.

Kapitel 15

In der Frauenkneipe lehnte ich den Rücken gegen die blau getünchte Wand und verzehrte skeptisch ein Gericht aus Linsen und etwas, das entfernt an Nudeln erinnerte. Den Namen des Gerichts auszusprechen, wäre mir unmöglich gewesen. Nachdem ich einfach auf irgendein Hauptgericht gedeutet hatte, schenkte mir die Kellnerin ein bezauberndes Lächeln. Ihr lachendes Porträtfoto prangte vorne in der Speisekarte, so als wäre das eine besondere Empfehlung des Hauses. Das Essen tat mir gut. Konnte dieser Tag nicht doch noch glücklich enden? Soviel Warten wie ich heute erlitten hatte, verdiente Belohnung. Wann und wo, überlegte ich, sollte ich Stella am besten treffen? Meine Nervosität hatte nicht nachgelassen, aber allmählich trat ich in eine Phase ein, in der ich nicht mehr daran zweifelte, dass wir uns sehen würden.

An einem Tisch in meiner Nähe lärmten Karten spielende herb-rustikale Damen jenseits der vierzig. Die Kellnerin versorgte sie mit großen Vasen voller Weizenbier. Die Kartenspielerinnen trugen mehrheitlich längsgestreifte Hemden, die sie in den Bund ihrer Jeans gestopft hatten, und sahen genauso aus wie ihre englischen Schwestern in meinem Pub zu Hause neben der Tankstelle. Nur gut, dass hier keine Countrymusik erklang und mein künftiges Leben mit Stella mich davor bewahren würde, ein vierzigjähriger biertrinkender, Wanderjacken tragender Single zu werden.

Nachdem ich anderthalb Gläser Rotwein geleert hatte, schob ich den Teller weg und beschloss, Andreas anzurufen. Der Alkohol hatte mich in eine trügerisch sedierte Gelassenheit versetzt. Mit ethnologischem Interesse lauschte ich dem Tuten des deutschen Freizeichens. Einen Schluck Rotwein weiter begann ich den Unterschied zwischen dem englischen und dem deutschen Freizeichen zu interpretieren. Das englische war ein altmodisches, hektisches „Purr-Purr", während das deutsche Freizeichen ein distinguiertes, weitaus unbeteiligteres „Tuut Tuut" war. Oh, schon wieder ein Glas Rotwein leer. Ich suchte den Blick der Kellnerin und schenkte ihr meinerseits ein vermutlich ebenso bezauberndes Lächeln. Eine Männerstimme riss mich aus einer aufkeimenden Phantasie, die erstaunlicherweise nichts mit Stella zu tun hatte. Ich fragte die sachliche Männerstimme, die mit amerikanischem Akzent sprach, ob Andreas da sei.

„Er musste weg."

„Weg? Hat er etwas für mich hinterlassen?"

Die Kellnerin stellte den nächsten Rotwein vor mich hin.

„Ja, einen Augenblick" – ich hörte Gerry in einem Notizblock blättern. Ich presste das Telefon gegen mein Ohr. Trotz aller rotweingetauften Besinnlichkeit hämmerte mein Herz hart in der Kehle.

„Er hat etwas aufgeschrieben. Hören Sie?"

„Ja!" Ich rief das Wort so laut, dass eine der Damen am Weizenbiertisch zu mir herüberschaute. Täuschte ich mich, oder war es die Haselmaus? Sie war es. Sie winkte mir fröhlich zu und schaukelte mit ihrem pelzigen Köpfchen hin und her. Ich drehte mich um, so dass ich nur noch die blaue Wand vor mir hatte.

„Entschuldigen Sie bitte, Andreas hatte es wohl ungeheuer eilig. Ich kann seine Schrift kaum entziffern."

Ich wartete. Von hinten näherte sich jemand meinem Tisch, und eine Weizenbiervase wurde neben meinem Rotweinglas abgestellt.

„Und?", fragte ich schwach. „Können Sie es dechiffrieren?"

Ein längsgestreifter Ärmel streckte sich nach der Weizenbiervase aus und hob sie an. Warum konnte diese Person nicht etwas Rücksicht auf meine Privatsphäre nehmen?

Ich fühlte, dass Gerry schlechte Nachrichten für mich hatte.

„Er schreibt: Mission leider erfolglos, vier Nummern überprüft, Vornamen: Siegfried, Sieglinde, Stefanie und Simon. Macht das für Sie einen Sinn? Hallo – sind Sie noch dran?"

Das Telefon entglitt meiner Hand. Ohne mich zu bedanken, schaltete ich es aus.

Die Haselmaus saß inzwischen an meinen Tisch. „Na, wie war dein Tag?"

Das Letzte, was ich jetzt wollte, war von der Haselmaus im Stil einer amerikanischen Fernsehserien-Mutter angesprochen zu werden. Die Haselmaus, die eigentlich Petra hieß, leckte mit ihrer blassen Zunge über ein Zigarettenblättchen und rollte sich eine Zigarette.

„Bin gleich zurück!" Robotergleich stolperte ich zum Zigarettenautomaten, der mir gleich beim Reinkommen aufgefallen war. Ich warf Geld ein, hörte das Aufprallen der Packung unten auf dem Boden, klaubte die Schachtel heraus und riss auf dem Weg zum Tisch zurück das Zellophan ab. Eine anarchistische Seite in mir hoffte, die Realität besser verdrängen zu können, wenn ich meinem Körper Nikotin zuführte. Inzwischen war Robin eingetroffen.

„Sag nichts!", sagte ich zu ihr statt einer Begrüßung. Ich nahm ihr das Feuerzeug aus der Hand, das sie gerade zu ihrer Zigarette führen wollte.

„Guten Abend", entgegnete Robin. Sie trug ein T-Shirt, auf dem ein mir unbekanntes Wort mit Z prangte. Petra betrachtete den silbernen Schriftzug bestürzt.

„Haben sie dir im Laden nicht gesagt, was das heißt?"

Sie selbst sah in ihrem grauen Cordhemd wie eine Klempnerin aus, die widerwillig Überstunden abfeiert. Robin presste ihr Kinn auf die Brust und betrachtete den Schriftzug von oben.

„Wieso? Ist es was Schlimmes?"

Ihre Augen glommen voller Vorfreude, dass dies der Fall sein könnte. Die Kellnerin stand an unserem Tisch und schob ihre Hüfte auf eine Art vor, die ich vorher noch nicht an ihr gesehen hatte. Hatte Robin ein Aphrodisiakum in ihrer Aura, das alle, die mit ihr in Kontakt gerieten, auf der Stelle benebelte? Robin beriet sich mit der Kellnerin über ihr Abendessen. Die Haselmaus übersetzte und Robin verzichtete darauf, bei ihrem schaurigen „th" gequält das Gesicht zu verziehen.

Ich saugte die Zigarette und ein drittes Glas Rotwein in mich hinein. Die Zigarette fühlte sich fremd in meiner Hand an, aber das Nikotin tat mir so gut wie früher. Ich schien wieder bei meinem wahren Ich angelangt zu sein. Es war ein jüngeres Ich aus Studententagen, das durchaus in der Lage gewesen war, Dummheiten zu begehen und sich gehen zu lassen. Etwas in meinem Kopf weigerte sich hartnäckig zu denken. Obwohl sich in einem Rotweinnebel die Worte formten: „Es ist aus, ich werde Stella niemals finden", gelang es mir doch, die Aufmerksamkeit der Kellnerin für den Moment zu erhaschen, der für die Bestellung eines vierten Rotweins notwendig war.

„Ist dir nicht gut?", erkundigte sich Robin, als die Kellnerin mit der Bestellung von dannen geschwebt war. Noch ihr Rücken schien Robin bezaubernd anzulächeln. Ich wandte den Blick ab. Diese Anbetung war unerträglich.

„Mir? Wieso?"

„Du siehst so komisch aus. Ist es wieder die vorgeburtstägliche Depression?"

Die Haselmaus – ich fand, dieser Name passte viel besser zu ihr als Petra – nahm in Berlin an einem Zahnärztinnenkongress teil, bei dem es um ein kompliziertes unappetitliches Thema ging, das ich sofort wieder vergessen hatte. Sie spitzte die Ohren, die rotglühend unter ihrem Achtziger-Jahre-Lesbenstandardschnitt herauslugten. Glücklicherweise fehlte wenigstens das früher obligatorische Zöpfchen.

Ich würdigte Robin keiner Antwort. Sie wandte sich an Petra, die beglückt die Farbe wechselte wie ein pelzköpfiges Chamäleon, und raunte ihr zu: „Sie wird nämlich vierzig!"

„Robin!"

„Sie mag es nicht, wenn man darüber spricht!"

„Ist es dir peinlich?", fragte die Haselmaus verständnisvoll. Besser gesagt, ich nehme an, dass sie so etwas zu fragen versuchte, ihr Zahnärztinnen-Englisch reichte für solche zartfühlenden Fragen nicht ganz aus. Ich zerstieß meine bis zum Filter heruntergerauchte Zigarette im Aschenbecher, nachdem ich mir gleich die nächste an der Glut angezündet hatte. Robin schüttelte den Kopf.

„Du solltest es nicht so überstürzen, Darling. Manche Dinge muss man langsam angehen."

Petra versorgte uns mit weiteren Details des auf sie zukommenden Wochenendes. Es gab, wie sie uns weitschweifig mitteilte, noch einen weiteren Grund für ihre Berlin-Reise. Ihre langjährige Exgeliebte würde einen Dermatologen heiraten. Aus diesem Grund war die Haselmaus extra aus Essen angereist.

„Ich bin nur froh, dass Ute und Joschi auch da sind. Wenn die beiden nicht wären, würde ich das Ganze nicht durchstehen."

„Hast du schon Utes neue Frisur gesehen?", fragte ich die Haselmaus etwas undeutlich.

„Nein, aber sie hat sich sicher ganz besonders schick gemacht für diesen Anlass!"

Ich unterdrückte einen Schluckauf. Wenn ich in diesem Tempo weitertrank, hätte ich in einer halben Stunde eine Alkoholvergiftung, die mir hoffentlich eine Zeit des Vergessens schenken würde.

Sollte ich einen der vielen missglückten Abende meines Lebens als den entsetzlichsten auswählen, so würde ich diesen Abend ohne zu zögern in die nähere Wahl ziehen. Die weiteren Geschehnisse spielten sich wie hinter einer Glaswand ab, während ich Rotwein trank und Zigaretten rauchte. Robin flirtete mit der Kellnerin, die vor unseren Augen zum Ende des Abends zu verglühen schien wie ein fehlgeleiteter Satellit in einer überheizten Umlaufbahn. Petra war erbarmungslos anglophil und erzählte uns eine Episode nach der anderen aus „Der Doktor und das liebe Vieh". Manchmal schaute sie mich allerdings tadelnd an. Es passte nicht in ihr Weltbild, dass eine lesbische Engländerin keinen dieser gestrickten, quergeringelten Pullunder trug wie Tristan oder Siegfried. Aber ich musste ja schließlich auch nicht mit klapprigen alten Autos durch die Yorkshire Dales fahren und Bullenhoden schälen.

Glücklicherweise gelang es mir doch noch, zu Mineralwasser und Kaffee überzugehen. Die Geschehnisse am nächsten Morgen konnten – zumindest meinerseits – nicht auf den sicher nicht unbeträchtlichen Restalkoholpegel zurückgeführt werden.

Schon während es passierte, dürfte Robin und mir klar gewesen sein, dass es ein Fehler war. Vielleicht hielt Robin mich im Halbschlaf für die vor erotischem Verlangen narkotisierte Kellnerin. Es funktionierte nicht besonders gut, aber aus einer seltsam fehlgeleiteten Höflichkeit heraus machten wir einfach weiter. Fast hätte ich gelacht, wenn es nicht eine so absurde Situation gewesen wäre. Hat man jemals schon davon gehört, dass zwei Frauen miteinander Sex haben, einfach weil sie sich nicht die Blöße geben wollen zu sagen: Tut mir Leid, ich finde das jetzt doch nicht so gut?

Wir konnten uns noch nicht einmal damit herausreden, dass wir betrunken gewesen wären – wir waren stocknüchtern. Allerdings war das kein Kunststück, denn es war acht

Uhr morgens, als ich plötzlich Robins Hände an einer Stelle meines Körpers fühlte, wo sie sich bisher noch nicht befunden hatten. Die Situation bot an, so zu tun, als ob ich noch schliefe, aber da mein Körper andere Pläne hatte als ich und mit überaus angenehmen Reflexen reagierte, blieb bald auch dieser Ausweg verschlossen.

Eine fast vierzigjährige Frau, die bereitwillig einen karamellfarbenen Pyjama abstreifte, konnte nicht behaupten, noch im Tiefschlaf zu liegen.

Robin roch gut, ich mochte sie – in diesem Moment noch mehr als sonst –, und für ein paar unüberlegte Minuten, die den Fortgang der Dinge beschleunigten, sonnte ich mich mit einer Art pubertärem Triumph darin, dass „es" passierte. Aber was war „es" eigentlich? Abgesehen von der Neuheit und Fremdheit und der Aufregung lief es lediglich auf eine hastige Stimulation hinaus. Während sich an meinen Händen bewahrheitete, dass Robins Körper sich so anfühlte, wie er aussah, konnte ich meinen Kopf nicht abstellen, der hartnäckig fragte, was denn hinterher aus uns werden sollte. Als später eine Art „Hinterher" eintrat, hätte ich mich am liebsten auf die Seite gerollt und endgültig so getan, als schliefe ich, aber das ging ja wohl auch nicht.

Kapitel 16

Und wenn schon! War magisches Denken nicht Teil der menschlichen Evolution, sogar der Kunstgeschichte? Konnte es schaden, wenn sie versuchte, ein wenig zu zaubern? Stella stand mit sich selbst argumentierend vor dem Spiegel, die Zahnseide straff zwischen den Fingern gespannt wie ein winziges Drahtseil. Wieder surrte der Gedanke an Scarborough sanft durch ihren Kopf, zart vom Frühlingswind angehoben wie draußen die Birkenpollen. Sie lächelte sich selbst beschwichtigend mit einem nach Zahnpasta schmeckenden Lächeln zu. Die Gewissheit, dass sie nach Scarborough reisen und vielleicht sogar dort arbeiten würde, hatte die lähmende Unentschlossenheit des Winters in ihr fortgeschmolzen. Die Schulterblätter bewegend, stellte sie sich vor, wie sie mit fedrigen Flügeln aus dem Badezimmer herausflog, über die Straße, über die Gärtnerei, über den weißen Zuckerwürfel des Hauses – hinaus über den See und die vollgestopfte Stadt. Zwei ganze Wochen lang würde sie am Meer sein, schon bald und später vielleicht sogar für länger, je nachdem wie das Probearbeiten im Hundesalon verlaufen würde. Sie war zuversichtlich. Die Inhaberin hatte sich am Telefon ausgesprochen nett angehört.

Sie drückte eine neue Zahnbürste aus der Verpackung und stellte sie in den Becher. Ob jetzt wohl der Zeitpunkt zum Zaubern gekommen war? Unschlüssig wog sie die grüne Zwillingsschwester ihrer Zahnbürste in der Hand. Sie ließ sie auf und ab schwingen, bevor sie die Schublade des Schränkchens zuschob. Behutsam lehnte sie die grüne Zahnbürste neben die rote.

„Vorgestern Abend habe ich versucht, Noreen mit einer Zahnbürste herbeizurufen."

Sabine schwieg. Als Alarmzeichen war das noch nicht zu werten. In ihrer Bedächtigkeit neigte sie auch am Telefon zu langen Pausen. Stella setzte ihre nackten Füße auf das feuchte Gras des frischgeschnittenen Rasens. Frau Fish, die mit der Zeitung in einem Gartenstuhl saß, hatte offenbar alles, was sie brauchte. Gestern war sie aus dem Krankenhaus zurückgekehrt, wo man ihr endlich eine künstliche Hüfte angepasst hatte. An ihrem Stuhl lehnten ein paar knallblaue Gehhilfen.

„Sabine?" Stella hielt ihren Kopf in den Fliederbusch, dem schon ein zarter Geruch entströmte. „Komm, sag schon, du denkst, ich bin nicht mehr ganz dicht."

„Ja", kam es schwach von der anderen Seite.

Nun, ein bisschen Protest wäre doch ganz nett gewesen. Stella ging tiefer in den Garten hinein, um sich von Frau Fish zu entfernen. Die aufgelockerte Erde fühlte sich kühl unter ihren Fußsohlen an. Sie genoss den Bodenkontakt. Endlich wieder barfuß laufen! In der kalten Jahreszeit hatte ihr das so gefehlt. Sie senkte die Stimme. Frau Fish wusste noch nichts von ihren Englandplänen.

„Seit klar ist, dass ich mir diesen Hundesalon in Scarborough anschaue, bin ich wie ausgewechselt. War das nicht ein wunderbarer Zufall, dass ich mit der Kundin hier am See ins Gespräch gekommen bin? Hab ich dir erzählt, dass sie zum Powerwalken extra aus Kreuzberg hierher anreist?"

„Stella, wie war das mit der Zahnbürste? Hattest du das Thema Noreen nicht für dich abgehakt?"

Stella lachte verlegen. „Ja, das dachte ich auch. Aber plötzlich hatte ich so ein Gefühl. Wie soll ich das erklären? Mir war so, als könne es nicht schaden zu signalisieren, dass bei mir doch noch Platz für sie ist."

„Mit einer Zahnbürste?"

„Na ja, kennst du nicht diesen symbolhaften Moment, wenn eine Frau, mit der du eine Affäre hast, ihre Zahnbürste bei dir im Badezimmer lässt?"

Statt einer Antwort hörte sie Sabine nur aufseufzen.

„Ja, ist gut, das passiert normalerweise, wenn sie angefangen hat, bei dir ein- und auszugehen, aber trotzdem ... Meinst du nicht, manchmal kann man dem Schicksal auf die Sprünge helfen?"

„Stella, ich muss dich was fragen."

„Wer mein Arzt ist?"

„Nein, was ganz anderes. Wie sieht Noreen eigentlich aus?"

„Du meinst wohl, ich kann mich nicht mehr erinnern, weil das jetzt schon fast vier Monate her ist? Nun, sie ist einfach sehr ungewöhnlich – sie ist einfach ganz und gar einzigartig!"

Sabine seufzte wieder. „Könntest du dich vielleicht ein bisschen genauer ausdrücken? Alter, Größe, Haarfarbe, so was eben – abgesehen davon, dass sie natürlich unglaublich hübsch und absolut einzigartig ist."

„Machst du dich über mich lustig? Warum willst du das überhaupt wissen?"

Liesl war Stella in den Garten gefolgt und legte ihr auffordernd das Quietschebrötchen vor die Füße. Es war zu groß für den Kiefer des Pinschers, aber Liesl hielt sich für einen viel größeren Hund. Pogo sprang eifrig hinter ihr her und wackelte, in Ermangelung eines Schwänzchens, mit dem glatthaarigen Hinterteil. Stella ignorierte die beiden und drehte sich um. Sie hoffte, dass Liesl und Pogo sie nicht in die nackten Fersen zwickten, dazu neigten sie, wenn sie überschwänglicher Stimmung waren.

„Warum willst du das wissen?", wiederholte sie ihre Frage.

„Ach, nur so ..."

„Sabine, das glaube ich dir nicht! Aber egal: Noreen ist ungefähr so groß wie ich, sie müsste gerade vierzig werden, sie hat rötliche Haare mit etwas Grau. Am Ansatz der Stirnhaare hat sie eine dicke graue Strähne, die ich sehr attraktiv finde, weil sie so einen interessanten Kontrast zu ihrem jung wirkenden Gesicht bildet. Sie hat allerdings Probleme mit ihrer Frisur, und als ich sie das letzte Mal gesehen habe, hatte sie einen guten Haarschnitt dringend nötig."

„Daran hat sich nichts geändert."

„Was?"

Stella ließ sich auf die Erde sinken, direkt neben das Erdbeerbeet.

Liesl und Pogo stürzten mit hopsenden Schrittchen herbei und lärmten mit ihrem Spielzeug herum. Stella warf es ins Gebüsch, wohin Liesl und Pogo enthusiastisch folgten. Die Zweige der Hecke wackelten, und aus dem Grün gellte Kampfgekläff.

„Was? Sag das noch mal? Du hast sie gesehen? Wieso? Wo ist sie?"

„Lass mich doch mal zu Wort kommen", sagte Sabine müde. „Und schick die Pinscher weg, man versteht ja sein eigenes Wort nicht!"

„Sofort! Rede! Sag mir bitte, was los ist!"

Sabines Antwort ging im triumphierenden Gebelle der Pinscher unter, die ihre Beinchen in den Boden stemmten und Stella auffordernd anstarrten. Sie schleuderte das Quietschebrötchen in hohem Bogen so weit weg, wie es nur eben ging, um endlich Ruhe zu haben. Aus Frau Fishs Richtung kam ein empörter Aufschrei. Hatte sie etwa die alte Dame getroffen?

„Sabine, ich hab dich immer noch nicht verstanden! Noch einmal bitte!"

„Ich glaube, Noreen war heute bei uns im Laden!"

Kapitel 17

Sabine hasste es, nervös zu sein, und jetzt war sie es. Schlimmer noch: Sie hatte das Gefühl, sich in eine Falle manövriert zu haben. Verständlicherweise würde Stella jetzt jedes Detail wissen wollen. Gab es wenigstens noch eine Chance, die viel zu attraktive Begleiterin der angeblichen Noreen nicht zu erwähnen? Sabine hatte sich Noreen immer ganz anders vorgestellt, irgendwie schüchterner. Harmlos, das traf es. Zurückhaltend. Vielleicht sogar ein wenig langweilig. Und warum hatte sie die erwachsene Version eines an Aufmerksamkeitsdefizitsyndrom leidenden Kindes im Schlepptau? Dazu kam, dass diese Person es kaum schaffte, ihre Hände von der angeblichen Noreen zu lassen?

„Sabine? Hab ich das richtig gehört? Du glaubst, Noreen war im Hundesalon?"

Stellas Stimme gellte alarmierend aufgeregt. Sabine rieb sich die Ohrmuschel. Wenn eine schon anfing, mit Zahnbürsten zu zaubern!

„Wenn du deine Phonzahl nicht reduzierst, erzähle ich dir gar nichts." Sabine schluckte. Sie würde sich, langsam und behutsam, wie es ihrer Natur entsprach, vorsichtig in die Teile der Geschichte hineintasten, die sie guten Gewissens erzählen konnte.

„Also, ich hatte mit Toddy zu tun, dem Riesenspitz, und der Föhn war sehr laut, du kennst das ja. Aus dem Augenwinkel habe ich gesehen, dass Martin mit ..." – sie stockte kurz und entschied sich dann endgültig, nur von einer Frau zu sprechen statt von den zweien, die sie wirklich gesehen hatte – „... dass Martin mit einer Frau redete. Sie hatte ein Halsband in der Hand, so eins für große Hunde wie für einen Labrador, aber sie wollte wohl noch mehr als nur dieses Halsband kaufen, und Martin wirkte unsicher ..."

„Sabine, bitte, kannst du mal zum Kern kommen? Warum glaubst du, dass es Noreen war?"

Wenn Sabine eine Katze gewesen wäre, hätte sie gefaucht.

„Lass mich doch mal der Reihe nach erzählen! Onkel Michi hatte sich nämlich auch noch da aufgebaut. Er wollte einen Vorschuss haben. Sie haben ihm das Konto gesperrt und seitdem besteht er auf Barzahlung und …"

„Das interessiert mich nicht! Was war mit der Frau? Warum bist du da hingegangen?"

„Ich bin da hingegangen", versetzt Sabine ziemlich heftig, „weil Martin so wirkte, als würde er von Onkel Michi in die Zange genommen, und die Frau sah nett aus, aber auch nervös."

„Nervös? Warum?"

Sabine stellte sich auf ein Bein, um sich zu beruhigen. Sie konnte Stella unmöglich sagen, dass die Frau wegen ihrer Begleiterin nervös ausgesehen hatte, die ihr von hinten die Hände auf die Schultern legte und ihren Nacken streichelte.

„Hm", improvisierte sie, „ich glaube, sie hat mitgekriegt, dass Martin eigentlich keine Zeit hatte, aber zu höflich war, das zu sagen. Und ich glaube, sie hatte Angst vor Onkel Michi, der ganz besonders fettige Haare hatte und sein Hells-Angels-T-Shirt trug. Shampoo könnte er bei uns genug haben, aber du weißt ja, wie eigensinnig er ist. Er sagt immer, ich bin doch kein Hund."

„Ja-ha! Was passierte dann?"

„Ich sagte zu Martin, ob ich vielleicht übernehmen sollte, und er sagte ‚ja, danke', und ich sagte zu der Frau: ‚Was kann ich denn für Sie tun?'"

„Auf Deutsch?"

„Nein, auf Englisch, ich hatte schon vorher mitgekriegt, dass sie englisch sprachen, und das war Martin auch unangenehm, du weißt ja, dass er da Komplexe hat, obwohl sein Englisch ganz passabel ist."

„Sabine! Weiter!"

„Also, sie sagte, sie wollte das Halsband bezahlen – für Maud, ihren Hund."

Stella stieß ein Wimmern aus, bei dem sich Sabines Nackenhaare aufstellten. Das hier sah böse aus, sehr böse.

„Sabine!" Stellas Stimme klang wie die eines liebeskranken Teenagers. „Sie ist es! Hast du ihre Telefonnummer? Mein Gott, was hat sie noch gesagt?"

Sabine hätte nicht gedacht, dass Stella dermaßen übertrieben auf Noreens Auftauchen reagieren würde. Hier bahnte sich eine Katastrophe an, und sie, Sabine, war schuld daran. Am besten sagte sie gar nichts mehr. Sie öffnete den Mund und sagte: „Sie sucht dich."

„Hast du ihre Telefonnummer?"

„Ja, sie hat mir die Karte des Hotels gegeben, wo sie wohnt. Es ist in Mitte. Sie hat dich im Telefonbuch gesucht, da hatte sie aber kein Glück. Und dann hat sie wohl sämtliche Hundesalons der Stadt abgeklappert. Ich hoffe, es ist in Ordnung, dass ich ihr deine Handynummer gegeben habe."

„Machst du Witze? Wann hast du genau mit ihr gesprochen?"

„Vorhin."

„Sie ist gerade bei euch zur Tür raus?"

„Stella, beruhige dich! Ich gebe dir jetzt die Telefonnummer des Hotels, ja?"

„Es gibt keinen Grund, mich zu beruhigen! Warte, ich bin hier im Garten, ich muss ins Haus, ich muss nach oben, einen Zettel suchen und einen Stift, bleib dran!"

Sabine hörte, wie Stella mit dem Telefon quer durch den Garten rannte. Sie stellte sich die verblüfften Pinscher vor, die das wahrscheinlich für ein neues Spiel hielten. Sabine wartete geduldig, bis Stella ihre Wohnungstür öffnete. Ihre Schritte waren auf den quietschenden Dielen zu hören, dazu ihr vor Aufregung lauter Atem. „Sabine, warte – ich bin jetzt oben, aber mein Stift ist weg! Mein Gott, wo ist der denn nur?"

Sabine hörte, wie Dinge durch die Gegend geworfen wurden. Sie wechselte das Bein. Sie war schuld. Sie hatte diese Lawine losgetreten, sie allein. Sie hätte den befremdlichen Auftritt dieser seltsamen Noreen einfach verschweigen können, und irgendwann hätte Stella sie vergessen. Aber nun war es zu spät.

„So, alles da, ich höre!"

Sabine diktierte die Telefonnummer, und bei jeder Zahl kam es ihr so vor, als schlüge sie einen Nagel in etwas hinein, nein, nicht unbedingt in einen Sarg – das wäre dann doch übertrieben –, aber sie hatte einfach kein gutes Gefühl.

Stella las Sabine jede einzelne Ziffer laut vor, um sich zu vergewissern, dass sie die Telefonnummer korrekt, blau auf weiß, vor sich hatte.

„Gut, das war die Telefonnummer. Und jetzt noch mal von vorn: Was genau hat sie gesagt?"

„Stella, was willst du eigentlich von dieser Frau?"

„Das weißt du doch ganz genau! Bine! Das habe ich dir doch alles erzählt! Wie oft hast du mich im Winter getröstet und gesagt, dass sie sich bestimmt noch mal bei mir meldet! Was ist denn los? Gönnst du mir das nicht, dass es jetzt passiert?"

„Doch, natürlich. Das weißt du doch. Ich habe nur das Gefühl, du musst ein bisschen auf dich aufpassen."

„Wieso? War da irgendwas, was du mir nicht sagen willst? Verschweigst du mir etwas?"

Sabine wechselte wieder das Bein. Heute beruhigte es sie überhaupt nicht, auf einem Bein zu stehen. Resigniert senkte sie den Fuß zu Boden und atmete tief durch.

„Nein, nein." Selbst in ihren Ohren klang das Leugnen halbherzig, aber Stella hatte offensichtlich ihre Antennen eingeklappt.

„Also, was genau hat sie gesagt?"

Sabine ergab sich. „Sie sagte, dass sie eine Frau namens Stella sucht, von der sie nur weiß, dass sie in einem Hundesalon in Berlin arbeitet. Dass sie dich gerne wiedersehen würde. Das war eigentlich alles."

„Und was hast du gesagt?"

„Dass du hier arbeitest."

„Du hast ihr nicht verraten, dass ich arbeitslos bin?"

„Wieso sollte ich? Das geht sie doch gar nichts an."

„Wollte sie nicht wissen, warum ich nicht im Laden bin?"

„Nein, sie war sehr zurückhaltend."

„Hat sie sich denn gefreut, als klar war, dass du mich kennst und weißt, wo ich bin?"

Sabine musste lachen. „O ja, das hat sie!"

„Warum lachst du?"

Sabine trat von einem Bein aufs andere. Was sollte sie sich jetzt einfallen lassen? Die Freude hatte sich in einem Luftsprung geäußert, der sehr abrupt kam und Noreens Begleiterin ein Stückchen von ihr wegtaumeln ließ, wobei sie gegen die Vitrine mit Hundespielzeug und Kauknochen prallte. Onkel Michi hatte das alles mit einem ziemlich anzüglichen „Hoppla!" kommentiert.

„Sie ist in die Luft gesprungen", fasste Sabine zusammen.

Sie hörte die Bodendielen von Stellas Wohnung bedenklich knarren. Sprang Stella ebenfalls in die Luft?

„Und dann?"

„Dann hat sie mir die Telefonnummer gegeben und mich gebeten, dich anzurufen, damit du sie anrufen kannst."

„Keine Handynummer?"

„Doch, auch. Warte."

Nachdem auch diese Zahlen auf Stellas kariertem Block standen, trat Stille ein.

„Und? Rufst du sie jetzt an?"

Kapitel 18

Am liebsten hätte ich mich in eines der Hundekörbchen in der Auslage des Salons gelegt. Ich presste die Stirn gegen die kühle Scheibe. Die großen, geflochtenen Körbe sahen gemütlich aus, die kreisrunden, gepolsterten wirkten aber noch einladender. Ein Finger tippte mir auf die Schulter.

„He, was hast du denn? Bist du jetzt nicht am Ziel deiner Wünsche?"

Seit unserer erotischen Entgleisung hatte Robin sich angewöhnt, mich ungefragt mit noch mehr Berührungen zu bedenken. Für sie war das vermutlich belanglos, doch mich befremdeten ihre Hände. Mehr noch: Sie machten mich aggressiv. Ich hob die Schulter, um Robins Zeigefinger abzustreifen. Sah sie denn nicht, dass ich versuchte, mich zu sammeln? Meine rechte Hand umklammerte den Zettel mit Stellas Telefonnummer, als ob ich ihn nie mehr loslassen wollte.

„Noreen, was hast du denn?" Robins Stimme klang jetzt eindeutig besorgt.

Eine Frau mit Kinderwagen kam aus dem Hundesalon. Ein Bordercollie-Welpe, der sehr sauber, aber auch eingeschüchtert wirkte, schaute mit langgestreckter Kehle zu dem Kind in dem Kinderwagen hoch, das dabei war, einen Reiscracker auszuspucken. Robin versuchte, mir den Arm um die Schultern zu legen.

„Lass das!", zischte ich, ohne mich umzudrehen. Inzwischen hatte ich mich für ein kugeliges Katzenkörbchen entschieden. Wenn es mir gelang, mich selbst in die dazu passende Katzengestalt zu schrumpfen, würde mir vielleicht einfallen, mit welchen Worten ich das Telefongespräch mit Stella einleiten könnte.

„Bitte!"

„Bitte, was?"

„Hör endlich auf, mich dauernd anzufassen!" So, jetzt war es raus! Ich drehte das neue Halsband für Maud in meinen Händen. In der Spiegelscheibe konnte ich sehen, wie Robin auf mich herunterlächelte.

„Da ist aber jemand ganz schön aufgeregt!"

Jetzt reichte es aber! Wie unangenehm, wenn Menschen, die eigentlich mehr begreifen müssten, die Situation nicht erfassen. Ich war alles andere als ganz schön aufgeregt. Ich war außer mir. Die Tatsache, dass es mir tatsächlich gelungen war, Stella ausfindig zu machen, hatte mich eben – vor circa fünf Minuten – völlig aus den Angeln gehebelt.

„Hör auf, dich über mich lustig zu machen!", sagte ich zu der Schaufensterscheibe. Robin lachte nur trocken auf.

„Ich hab dir doch alles erzählt! Du weißt, was das für mich bedeutet! Du hast gesagt – vorhin noch! –, es macht dir nichts aus, du bist nicht eifersüchtig, du denkst genau wie ich, dass das ein Ausrutscher war, letztens!"

„Eifersüchtig?" In der Fensterscheibe legte Robin den Kopf schief. „Auf welchem Stern lebst du denn?"

Es war mir gleichgültig, was sie dachte. Alles, was ich brauchte, war ein ruhiger Platz zum Telefonieren.

„Ist schon gut, Robin. Ich glaube, ich muss jetzt etwas Dringendes erledigen!" Robin zog die linke Augenbraue hoch und streckte die Hand aus, offenbar, um meine Schulter zu tätscheln.

„Lass mich!"

„Meine Güte, nur die Ruhe! Ich wollte sowieso gleich los, ich treffe mich doch noch mit … Wie hieß sie noch mal? Ursula?"

Ich drehte mich um. Meine Überraschung war größer als der Impuls, für immer an der Schaufensterscheibe kleben zu bleiben.

„Wer ist denn Ursula? Doch nicht etwa …?"

„Und wenn schon? Ich war gestern in der Frauenkneipe noch einmal einen Kaffee trinken und …"

Ich verstaute das neue Halsband für Maud in meiner Tasche. Klar, wer wie Robin ein Leben voller Abenteuer führte, konnte kein Verständnis aufbringen für erotische Dilettantinnen wie mich.

„Was ist eigentlich mit Hasenbär?"

„Nenn sie nicht so!"

„Wie um alles in der Welt schaffst du das, deine Haupt- und Nebenbeziehungen unter einen Hut zu bringen?"

„Glaubst du nicht, dass du andere Probleme hast?"

Fast hätte ich mich wieder zu den Hundekörbchen umgedreht. Ich, Probleme?

„Und außerdem: Bei den Schwulen geht's doch auch nur um Sex. Die trennen das."

Ich hatte keine Lust, mit Robin über Sex zu diskutieren. Sollte sie doch machen, was sie wollte. Vielleicht fand ich es auch nur befremdlich, dass ich angefangen hatte, ein gewisses Mitgefühl für Wendy zu entwickeln. Und, wenn ich ganz ehrlich war, hätte ich schon gern gewusst, ob Robin ihre Freundin wirklich liebte und ob sie sich vorstellen konnte, mit ihr gemeinsam ein Kind zu haben.

Robin redete einfach weiter, meine Bemerkung hatte sie offenbar in Bekenntnislaune versetzt.

„Vielleicht hast du Recht, ich übertreibe es im Moment vielleicht ein wenig, aber weißt du, nächste Woche bin ich wieder zu Hause, und dann geht alles von vorne los, es sei denn, Wendy ist inzwischen schwanger."

Täuschte ich mich oder sah die große Verführungskünstlerin für einen Moment ganz verletzlich aus?

„Wünschst du dir das denn?"

„Natürlich. Dann hat der Spuk endlich ein Ende."

„Die Socken des samenspendenden Optikers im Badezimmer?"

„Richtig. Aber darüber können wir uns auch noch ein anderes Mal unterhalten. Meinst du, du fliegst mit mir zurück?"

Ich musste lachen. „Was glaubst du denn? Dass ich gleich hier bleibe und mich morgen mit Stella als gleichgeschlechtlicher Lebenspartnerin eintragen lasse?"

Robin zwinkerte mit einem Huskie-Auge. „Bei dir weiß man doch nie!"

„Meinst du, sie redet überhaupt mit mir?" Hoffentlich sagte Robin jetzt das Richtige. Ich war auf Trost und Beistand angewiesen, selbst wenn er mir von recht unqualifizierter Seite geboten wurde.

„Natürlich!" Den Brustton der Überzeugung bekam Robin gut hin, das musste ich ihr lassen. Aber das reichte noch nicht, ich brauchte mehr.

„Warum?"

„Na, ich an ihrer Stelle wäre doch sehr neugierig, warum du hier plötzlich auftauchst. Außerdem hast du etwas gutzumachen!"

Meine Schultern sackten nach vorne.

„Denkst du, sie gibt mir die Gelegenheit dazu?"

„Wenn nicht, ist sie ein bisschen begriffsstutzig – allerdings, wenn man von dieser Sabine auf sie schließt ..."

„Was meinst du denn damit?"

„Sie war so umständlich. Gott sei Dank sind ja nicht alle Deutschen so. Ursula zum Beispiel ..."

„Verschone mich! Aber irgendetwas war komisch mit Sabine, da hast du schon Recht. Ich hatte das Gefühl, Stella hat ihr von mir erzählt. Meinst du, sie ist vielleicht mit ihr liiert?"

„Kannst du in keiner anderen Kategorie mehr denken?"

„Nein, im Moment nicht. Ich fand es auch nicht sehr hilfreich, dass du mich dauernd angefasst hast."

„Wieso?"

„Diese Sabine sagt Stella doch jetzt garantiert, dass ich mit meiner Freundin aufgekreuzt bin! Was wird Stella davon halten?"

„Ach, dann ist die Schuldfrage ja schon geklärt! Du hast vielleicht Sorgen! Entweder sie will dich wiedersehen oder eben nicht. Vielleicht hat sie ja wirklich eine Freundin."

„Vielen Dank, du machst mir ja richtig Mut!"

„Und wenn es so wäre, würdest du dich dann gleich wieder in dein Schneckenhaus zurückziehen?"

Mir fiel keine Antwort ein.

„Ich mach mich einfach mal auf den Weg, ja?"

Robin grinste gutmütig. „Ich hoffe, ich sehe dich nicht so bald!"

Kapitel 19

Stella holte eine große Plastikflasche aus der Seitentür des Kühlschranks. Sie goss sich ein Glas Wasser ein, trank es in einem Zug leer und hob das Telefon aus der Station. Sollte sie Noreen hierher einladen? Oder war es besser, sie unten am See zu treffen? Nein, sie wollte mit ihr allein sein. Störungen von außen stellten unkalkulierbare Risiken dar. Powerwalkende arbeitslose Frauen sollten heute nicht ihren Weg kreuzen. Außerdem wollte sie, dass Noreen ihre äußere Hülle sah, ihr Zuhause. Die zweite Zahnbürste im Bad fiel ihr ein. Hatte sie tatsächlich gezaubert? Sollte sie sich das vielleicht patentieren lassen?

Als Kind hatte sie mit offenen Augen im Dunkeln gelegen. Mit all ihrer Willenskraft – mit fest zugekniffenen Augen im Moment des Wünschens, den sie mit angehaltenem Atem in die Länge zog – war es ihr nicht gelungen, die blassen Scheiben der Gesichter ihrer Großeltern wieder in vertraute Gesichtszüge zu verwandeln. Das Lächeln des Großvaters war aus diesem Oval ausgewischt worden. Sechsundzwanzig Jahre mussten vergehen, bis sie das Gesicht ihrer Großmutter wiedersah, das Gesicht des Hauses und das des Meeres. Die papierene Oberfläche der Erinnerung hatte sich eines Tages doch mit den Farben der Wirklichkeit schraffiert. Sie kannte sich aus mit Beharrlichkeit.

Aber kannte sie sich aus mit Liebe? Liebe war ein ferner Kontinent, ferner als der Horizont von Kanada. Sie hob die Hand, um die erste Ziffer der fremden Telefonnummer einzutippen. Einen Schritt nach dem anderen, ermahnte sie sich: Anrufen. Ziffer für Ziffer die Tasten des Telefons drücken. Der letzte Zauberspruch. Aber bevor sie die Zahlen vor sich auf dem zerfledderten, hastig abgerissenen Stückchen Papier in ihr Telefon eingab, hielt sie noch einmal inne. Was bedeutete es wirklich, dass Noreen hier war, dass sie tatsächlich nach ihr gesucht hatte? War es wirklich schon Zeit für die Skeptikerin, ihre Einwände für sich zu behalten?

Stellas Seele war zweigeteilt. Der mutige Teil von ihr flog wie eine Paragliderin mit ausgebreitetem Schirm über dem Blau einer walisischen Bucht.

Ein Freizeichen, noch eins. Dann knackte es in der Leitung. Eine hastige, etwas raue Frauenstimme mit englischem Akzent rief atemlos: „Stella, bist du es?"

Der Klang von Noreens Stimme warf den Schirm des Paragliders nach oben wie eine Windbö, weit und weiter hinauf in die Seide des Meerhimmels. Der Bogen der Bucht mit den weiß gesträhnten Wellen lag tiefer unter ihr.

„Ja, ich bin es. Hallo."

„Du rufst an!" Noreen schien es nicht glauben zu können.

„Wo bist du?"

Es stellte sich heraus, dass Noreen in einem Park in Schöneberg saß und unbedingt ein Taxi nehmen wollte.

„Ein Taxi?"

„Ja, geht das nicht am schnellsten?"

„Du möchtest hierher kommen?"

„Ist dir das recht? Oder willst du lieber, ich meine, wir könnten uns natürlich auch in einem Café treffen, wenn es dir überhaupt passt, also ... Weißt du noch, wer ich bin?"

Stella wollte etwas Witziges sagen, aber ihr fiel nichts ein.

„Natürlich weiß ich noch, wer du bist. Du kannst gern hierher kommen. Ich freue mich! Aber ein Taxi, das ist doch hier raus viel zu teuer. Willst du nicht lieber die S-Bahn nehmen?"

Noreen lachte. Stella wich verblüfft zurück. So hatte sie Noreen im Winter nie lachen hören.

„Warum lachst du?"

„Die S1 ist meine Lieblingslinie, seitdem ich hier bin. Ich hatte immer das Gefühl, dass die mich noch zu dir führen wird."

Stella entspannte sich ein wenig. Der Paraglider nahm Kurs auf das offene Meer. Als sie den Hörer aufgelegt hatte, ließ sie sich gegen die Holzlehne zurücksinken. Ihr Herzschlag flimmerte in Hochfrequenz. Hatten sie wirklich nur darüber gesprochen, wie sie sich am schnellsten treffen konnten? Kein Smalltalk, keine Verwunderung? So redete man, wenn man es eilig hatte. Wenn es wichtig war, sich zu sehen, schnell. Wenn nichts mehr dazwischenkommen sollte. Was jetzt? Es blieb noch reichlich Zeit. Wenn sie hier nur herumhockte, würde sie verrückt werden. Sie spurtete barfuß die Treppen zum Garten hinunter, um Löwenzahn auszustechen. Es gab nichts anderes zu tun, was annähernd sinnvoll gewesen wäre. Frau Fish lächelte ihr zufrieden zu, als sie Stella mit der langen, rostigen Schere in der Hand zielstrebig auf die hohen, plustrig blühenden Pflanzen zugehen sah.

„Wollen Sie sich nicht das nasse Haar föhnen, Kindchen?"

Stella griff sich in die Haare und bemerkte, dass ihr Tropfen in den Ausschnitt des roten Hemdes liefen. War wirklich erst so wenig Zeit seit der Dusche vergangen, die sie vor dem Anruf genommen hatte?

„Oh, vergessen, ach was, das trocknet schon. Herrliches Wetter, was?" Sie hob die Arme und bezog den Himmel und den Garten in eine allumfassende Umarmung ein. Frau Fish nickte. Stella setzte sich auf das schon sonnenwarme Fußbänkchen und stieß die Schere tief in den weichen Boden, bis nur noch die beiden Scherengriffe herausschauten. Sie lockerte die Erde mit der Spitze und hoffte, dass sie nicht die Wurzel des Löwenzahns erwischt hatte. Frau Fish tat so, als ob sie Zeitung läse. Stella konnte sie nichts vormachen.

Sie wusste, dass die Nachbarin sie aus den Augenwinkeln beobachtete.

„Sie müssen es von allen Seiten machen, Kindchen!"

Ihrer Stimme war anzuhören, wie gern sie selbst auf die Knie gegangen wäre, um dem Unkraut zu Leibe zu rücken.

„Ganz tief hinein, aber nicht an die Spitze kommen, sonst nützt es nichts. Die Wurzel muss ganz mit raus, nicht das letzte Zipfelchen darf übrigbleiben!"

„Ja, klar!"

Wenn Frau Fish wüsste, warum sie sich hier abreagieren musste! So, die Erde um den Löwenzahn war genug vorbereitet, jetzt kam der spannende Moment des Ziehens! Frau Fish legte die Zeitung aus der Hand. Stella hielt die Pflanze samt langer, erdbedeckter Pfahlwurzel hoch in die Luft.

„Bravo!" Frau Fish applaudierte. „Die haben sie ja richtig erwischt!"

Nach zehn ausgestochenen Löwenzähnen – inzwischen stand ihr der Schweiß auf der Stirn – ging Stella in ihre Wohnung zurück, um sich die Hände abzuschrubben. Sie bearbeitete immer noch ihre Fingernägel, – unglaublich, wie viel Dreck sich innerhalb so kurzer Zeit unter den Nägeln festgesetzt hatte! –, als es an ihrer Tür klingelte.

Kapitel 20

Vor der Wohnungstür mit der Milchglasscheibe bleckte ein Hündchen gelbliche Zähne. Ich nahm an, dass es sich um einen der Pinscher handelte.

„Na, du?" Meine Freundlichkeit war nicht ganz ehrlich, aber dieses Wesen gehörte zu Stellas Leben, und obwohl ich es vorher noch nicht wusste, hatte ich mir gelobt, zu allem aus Stellas Leben nett zu sein. Ich drückte den Klingelknopf. Ein Schatten erschien hinter dem Milchglas.

„Bin gleich so weit!" Ein Wasserhahn plätscherte.

Der Rehpinscher legte die Tütenohren zurück, bellte überraschend tief und kräftig.

„Liesl!"

Die Tür wurde aufgerissen. Erwartete Stella den Hund etwa dringlicher als mich? Sie bückte sich nach dem Tier und scheuchte es fort. Zurückweichend drehte sich der Hund an der Treppe um und giftete mich noch einmal an wie ein winziger Drache.

„Liesl!", rief die zittrige Stimme einer alten Dame von unten. Liesl raste auf Rehbeinchen die mit einem roten Kokosläufer bedeckten Stufen hinunter.

„Hallo!"

Stella hockte noch immer auf dem Boden. Ihr Haar war ein wenig kürzer als im Winter. Ihr rotes Hemd gab ihren Halsansatz frei.

„Suchst du etwas?", sagte ich.

Sie drehte den Kopf zu mir nach oben, zog die dunklen Augenbrauen zusammen. Ich erinnerte mich daran, wie nah mir diese Augenbrauen gewesen waren und wie Schnee auf sie gefallen war.

Stella hob den Brief auf, den sie auf der Fußmatte gefunden hatte. „Die Telefonrechnung."

„Oh."

Sie richtete sich lächelnd auf. „Komm rein."

Mit einem vagen Gefühl uneingestandener Enttäuschung folgte ich ihr in ein geräumiges, mit Licht erfülltes Zimmer. Glutäugige Stehgeigerinnen hatte ich zwar nicht zu meiner Begrüßung erwartet, aber hätte eine kleine Umarmung nicht doch dazu beigetragen, die Atmosphäre zu lockern? Beklommen begann ich mich zu fragen, ob das Ganze nicht ein großer Fehler war. Stella wirkte schmaler, als ich sie in Erinnerung hatte. Mit einem Mal wurde mir klar, dass sie seit unserer Begegnung im Winter ebenso wie ich einige Monate voller Erlebnisse hinter sich hatte. Von der geöffneten Balkontür fiepten Spatzen.

Meine Augen folgten Stellas nackten Füßen. Bei jedem ihrer Schritte knarrten die Holzdielen. Es war ein Wunder, dass sie jetzt hier vor mir in ihrem Zimmer herumlief. Unter all den Millionen von Leuten in dieser Stadt war es mir tatsächlich gelungen, sie ausfindig zu machen.

„Tee?"

Sie hielt einen Teekessel in die Höhe. Wollte sie mir das Gefühl der Sicherheit vermitteln, das angeblich alle Briten empfinden, wenn jemand ihnen anbietet, für sie den Kessel aufzusetzen?

Ich nickte. Doch, eine Tasse Tee wäre jetzt genau das Richtige. Meine Arme baumelten an meinem Körper herunter. Mit einer Teetasse in der Hand würde mein Körper wenigstens einer seiner Bestimmungen zugeführt werden.

Verwirrt betrachtete ich die attraktive Fremde, die mir jetzt zu meiner Erleichterung den Rücken zuwandte.

„Setz dich doch", sagte sie.

Ich sah mich nach einer Sitzgelegenheit um und lehnte mich an einen ungewöhnlich laut brummenden Kühlschrank. Kaum hatte ich ihn mit meinem Körper berührt, stieß das Gerät ein Knacken aus und verstummte. Als gutes

Omen konnte ich das in meiner augenblicklichen Verfassung nicht deuten. Stella ließ Wasser in den Kessel einlaufen. Im Radio betete eine deutsche Männerstimme den Wetterbericht herunter. Ich erkannte das Wort „Niederschlag". Vermutlich hatte ich es mir gemerkt, weil es so ähnlich klang wie Niederlage.

Am Gasherd wurde ein blau flimmerndes Feuer entzündetet. Empfindsam und unsicher wie ich war, erschien mir auch das wie ein übersinnliches Ereignis.

Stella sah fremd aus in der Hose mit den vielen Taschen, die tief auf ihren schmalen Hüften saß. Ein Streifen gebräunter Haut war plötzlich zu sehen, als sie sich auf die Zehenspitzen stellte, um nach einer Teekanne zu greifen. Der Kühlschrank erwachte vibrierend zu neuem Leben. Ich verwurzelte meine Füße im Küchenboden. Ich wünschte mir sehnlichst, dass das Wasser zu kochen beginnen würde, als könnte das einen Wortbeitrag von mir ersetzen. Stella lächelte mich wieder an. Das zweite Lächeln innerhalb von fünf Minuten: Doch, es gab Hoffnung. Sie deutete auf ein Sofa unter dem Fenster, das die Ausmaße einer nordamerikanischen Rundschwanzseekuh hatte. Ich setzte mich in den schräg davor stehenden Schaukelstuhl. Schon im nächsten Moment bereute ich meine Wahl. Aus jeder Sitcom hätte ich wissen müssen, dass es ein Ausdruck von Distanzierung war, sich in einer solchen Situation nicht auf das Sofa zu setzen. Zu spät, Stella hatte sich bereits zu mir umgedreht. Mich jetzt noch umzusetzen, hätte albern und beflissen gewirkt.

„Schön hast du es hier!"

„Danke." Stella klapperte mit Tassen, hängte Teebeutel in die angewärmte weiße Kanne, die sehr englisch wirkte, und reckte sich nach einer Zuckerdose. Ich musste mich abwenden. Der Anblick ihrer nackten Haut zwischen Hemd- und Hosenrand war zu viel für mich.

„Ich bin froh, dass ich dich gefunden habe." Es hörte sich an, als ob ich die Kaltwetterfront eines Tiefs von Skandinavien im Wetterbericht moderierte.

„Ich auch."

Die Nasenpfeife des Wasserkessels schrillte, und Dampf quoll aus der Tülle.

Im Laufe meines Lebens habe ich schon viele schweigsame Tassen Tee mit jemandem geteilt. Die Tasse Tee mit Stella gehörte allerdings zu der allerschweigsamsten, und nachdem ich eine weitere abgelehnt hatte, schlug sie vor, mir den See zu zeigen, von dem sie mir berichtet hatte.

„Kann ich meine Tasche hier lassen und später mitnehmen?"

Ich brauchte zumindest *einen* Grund, um später hierher zurückzukehren.

Das Grün der Blätter breitete einen Schimmer über den braunen Boden, den die Sportschuhe vieler Jogger festgestampft hatten. Was auch immer aus dieser Situation werden würde, es war schön, mit Stella am Ufer entlangzugehen. Der See leuchtete dunkel und schmal und erinnerte mich an Schweden, wo ich vor vielen Jahren einmal gewesen war. Ich wünschte, der Elch aus der Geschichte, die ich Stella in Bournemouth erzählt hatte, würde jetzt in der kleinen Bucht an Land kommen, sein großes haariges Geweih mit Wassertropfen benetzt.

Stattdessen schoben sich Jogger mit angewinkelten Armen an uns vorbei, manche von ihnen schwer atmend, mit roten, verschwitzten Gesichtern. Stella musterte besorgt eine Gruppe Frauen, die sich mit auf- und abschwingenden Armen näherten. War Stella meine Gesellschaft etwa peinlich? Zog sie es vor, nicht mit einer stummen Engländerin von ihren Berliner Freundinnen gesehen zu werden?

Während ich noch nach Worten suchte – schließlich musste ich irgendwann mit der Erklärung anfangen, die ich mir vorhin in der S-Bahn zurechtgelegt hatte –, zog sie mich vom Weg zum Seeufer hinunter und ließ einen Stock für einen sandfarbenen Hund fliegen. Lichtreflexe funkelten auf dem Wasser. Nässe tropfte aus dem Fell des Hundes. Mit lautem Platschen warf er sich erneut in die Wellen. Enten und Blesshühner flogen auf. Stella lachte.

Was sollte ich jetzt bloß tun? Wie ausdrücken, was ich ihr sagen wollte? Was wollte ich ihr sagen? Und sie, Stella? Was wollte sie? Sie hatte sich doch wohl kaum mit mir getroffen, um dann Stock nach Stock für enthusiastische herrenlose Hunde zu schleudern?

Warum konnte ich sie nicht umarmen und ihre Ellenbogen in meinen Handflächen spüren? In den Filmen machten sie das immer so. Sahen sich an, redeten nicht viel und plötzlich verhakten sie sich ineinander und küssten sich übergangslos. Ich war da doch viel bescheidener. Ich würde mit den Ellenbogen anfangen, dann würde ich vielleicht auch wieder sprechen können.

Auf dem Uferweg eilten zwei weitere Frauen vorüber, die die Fäuste rhythmisch in die Luft stießen. Kam es mir nur so vor, oder suchte Stella wirklich Schutz hinter einem Busch, als sie diesmal den Stock für den aufgeregt hechelnden Hund warf? Sie klopfte sich die Hände ab.

„Was meinst du, wir könnten ein Boot mieten!"

„Ein Boot?" Wollte sie mich vor den Frauen verbergen, indem sie mich möglichst weit von ihnen entfernte?

„Warum nicht? Doch, das ist eine schöne Idee!" Schließlich wollte ich Stella mit meinem Besuch so wenig Unannehmlichkeiten wie möglich bereiten, wenn ich schon nicht Klartext reden konnte.

Das Boot stellte sich als altmodischer kleiner Ruderkahn heraus, dessen Holzplanken warm von der Sonne waren.

Stella saß mir gegenüber und hatte die Füße in meine Richtung ausgestreckt. Geschickt lenkte sie das Ruderboot vom Anlegesteg hinaus auf den See. Hier gab es wenig Möglichkeiten, den Blickkontakt zu vermeiden.

„Hör mal", setzte ich an, um gleich darauf wieder innezuhalten.

„Ja?"

„Ich wollte mich entschuldigen."

Sie tauchte die Ruder in den See. Das Wasser tropfte von den Ruderblättern, als Stella sie wieder herauszog.

„Wofür?" Sie hielt die schweren Ruder weiter in die Luft, als wollte sie meine Antwort abwarten, bevor sie sie wieder ins Wasser tauchte.

Wie schön wäre es, dachte ich, wenn ich noch öfter so mit ihr Boot fahren könnte. Wenn sie mir noch öfter gegenüber sitzen und nicht in zwei Stunden endgültig aus meinem Leben verschwinden würde – obwohl alles darauf hinauslief, wenn ich nicht endlich anfangen würde, mich etwas weniger blöd zu verhalten.

Ich holte tief Luft. Jetzt. Jetzt musste ich springen. Ich musste hineinspringen ins Unbekannte, ins Bekenntnismeer. Die Zeit der Rückzüge war vorbei. War ich nicht dreihundert Kilometer für diesen einen Augenblick durch die Luft geflogen?

Ich öffnete den Mund.

„Morgen habe ich Geburtstag."

Stella schaute mich verwirrt an. Ihre schwarzen Augenbrauen bildeten eine einzige Linie über ihren Augen. Sie lachte. Dann zog sie die Ruder ins Boot, ließ sie auf den hölzernen Boden poltern. Das Boot schwankte.

„Rück mal zur Seite!"

Sie stand auf, das Boot schwankte stärker. Sie kam auf mich zu. Ich krallte meine Hände in die Außenwände des Kahns. Der See sah tief aus. Stella lachte immer noch.

„Dafür wolltest du dich entschuldigen? Dass du Geburtstag hast?"

Sie machte noch einen Schritt auf mich zu, ließ sich neben mir auf der schmalen Bank nieder. Ich erkannte ihren Geruch nach Sommer und Himbeeren.

Ein schwarzes Blesshuhn schwamm, schrille Piepser ausstoßend, nah an uns heran. Es ließ sich kopfüber in den See gleiten, verschwand vollständig. Ich verzichtete darauf, das Blesshuhn zu beneiden. Ich merkte plötzlich, dass ich es leid war, Tiere zu beneiden, von denen ich annahm, dass sie es einfacher hatten als ich. Unschuldige kleine Igel zum Beispiel würden nicht mehr für meine Feigheit herhalten müssen.

„Ich war blöd", sagte ich zu Stellas linker Hand. Der Anblick ihrer Hände flößte mir Vertrauen ein. Ich erinnerte mich, wie sie an dem ersten Morgen im Sea-Hotel Messer und Gabel gehalten hatten und über dem dampfenden Cooked Breakfast schwebten. Damals hatte ich gedacht, dass es Sommerhände waren, die Johannisbeeren pflückten und von denen ich mir wünschte, dass sie Sonnencreme auf meinem Rücken verteilten.

„Wieso?"

„Du weißt schon."

„Was weiß ich?"

Das Blesshuhn war fünf Meter weiter aufgetaucht. Es tunkte seinen Schnabel ins Wasser und zog an etwas, das aussah wie Seegras. Ich hob meinen Arm und legte ihn ganz vorsichtig um Stellas Schulter. Ich spürte, wie ihr Körper weich wurde. Ich atmete langsam aus. Die Schulter in meiner Hand fühlte sich vertraut an. Allerdings würde ich es nicht schaffen, mich sofort weiter mit Stella zu verhaken, wie sie das in den Filmen taten.

Stella schien das allerdings auch nicht zu erwarten. Das Boot wiegte uns. Die Sonne reflektierte auf den braunblauen Wellen.

Es gab kein anderes Boot weit und breit, keine Gefahr der Kollision.

„Und?", fragte Stella leise. „Was wünschst du dir zum Geburtstag?"

Das Blesshuhn umrundete mit unablässigen kleinen Schreien das Boot, als wollte es uns unbedingt seine Meinung mitteilen.

„Einen Haarschnitt vielleicht?"

„Deshalb bin ich ja gekommen", murmelte ich ihr ins Ohr.

Dann fiel mir etwas ein.

„Gibt es hier eigentlich Wasserpolizei?"

Vor 30 Jahren hat die sittenstrenge Mutter den „Jugendsünden" Renas ein gewaltsames Ende gesetzt. Nun kehrt die Tochter in ihr Elternhaus, eine Kleingartenkolonie am Stadtrand von Hamburg, zurück.
